Elisabeth

ANDREAS WAGNER

JAHRESRINGE
ROMAN

Besuchen Sie uns im Internet:
www.droemer.de

Aus Verantwortung für die Umwelt hat sich die Verlagsgruppe Droemer Knaur zu einer nachhaltigen Buchproduktion verpflichtet. Der bewusste Umgang mit unseren Ressourcen, der Schutz unseres Klimas und der Natur gehören zu unseren obersten Unternehmenszielen. Gemeinsam mit unseren Partnern und Lieferanten setzen wir uns für eine klimaneutrale Buchproduktion ein, die den Erwerb von Klimazertifikaten zur Kompensation des CO_2-Ausstoßes einschließt. Weitere Informationen finden Sie unter: www.klimaneutralerverlag.de

Originalausgabe September 2020
Droemer Verlag
© 2020 Droemer Verlag
Ein Imprint der Verlagsgruppe
Droemer Knaur GmbH & Co. KG, München
Alle Rechte vorbehalten. Das Werk darf – auch teilweise – nur mit Genehmigung des Verlags wiedergegeben werden.
Covergestaltung: Sabine Schröder
Coverabbildung: istock.com/ivan-96
Illustration im Innenteil: annalisa e marina durante / Shutterstock.com
Satz: Adobe InDesign im Verlag
Druck und Bindung: CPI books GmbH, Leck
ISBN 978-3-426-28250-2

2 4 5 3 1

Für Lena, Frida, Juli, Nelly

TEIL 1

1946–1964

1

Eine Menschentraube hatte sich um den dunkelblauen Pritschenwagen gebildet. Mit drei lauten Knallgeräuschen war er mitten im Dorf zum Stehen gekommen. Ein, vielleicht zwei Dutzend Leute, hauptsächlich Frauen und Kinder, waren zusammengekommen, um diesem bemerkenswerten Ereignis beizuwohnen: Wie ein gestrandeter Blauwal lag der Lastkraftwagen schwer schnaufend auf der Hauptstraße des Ortes, aber anstelle der Fontäne aus dem Atemloch dampfte und zischte es aus Kühler und Motor. Schwarzer, öliger Rauch vermischte sich mit weißem Qualm und verwandelte das Dorf mit seinen eng aneinandergerückten Backsteinbauten, die von der tief stehenden Abendsonne angeleuchtet wurden, in einen höllisch schimmernden Ort. Aber was war die Hölle gegen das, was Leonore in den letzten zwei Jahren erlebt hatte, seit sie sich ganz im Osten auf den Weg gemacht hatte, um so weit wie nur irgend möglich in den Westen zu gelangen? Angst oder gar Verzweiflung hätte man ihr mit Sicherheit nicht angesehen. Solche Gefühle zu zeigen hatte die Flucht ihr ausgetrieben.

Aber niemand sah sie an, als sie zögernd der Ladefläche des havarierten Wagens entstieg. Die ehemals schwarzen Lederschuhe, die ihre Füße kaum noch umhüllten, hatten abgewetzte Sohlen und waren dünn wie Pergamentpapier. Einen Hauch von Enttäuschung hätte man bemerken können: ein tiefer Atemzug. Augen für einen Moment geschlossen. Lippen aufeinandergepresst. Mehr erlaubte sie sich nicht. Ihre Furcht davor, wie es weitergehen sollte, hielt sie verborgen. Ob sie hier in diesem Weiler einen Platz für die Nacht auftreiben würde? Ob sie wieder einen Teil ihrer Seele würde eintauschen müssen, um einen halbwegs sicheren

Ort zu finden? So wie sie es schon oft hatte tun müssen in den letzten zwei Jahren – zuletzt heute Morgen hinter den Trümmern eines zerbombten Hauses im Schatten des Kölner Doms für den Platz in dem blauen Pritschenwagen, dessen Fahrer mit seinem Passierschein und dem vollen Tank seines Lastwagens geprahlt hatte.

Leonore schob sich durch die Ansammlung der diskutierenden Dorfbewohner, die sich um den fluchenden und schwitzenden Fahrer gruppiert hatten und zu der sich nun auch die anderen zwei Mitfahrer gestellt hatten. Männer mittleren Alters; Kriegsheimkehrer? Tagelöhner? Wer wusste das schon? Niemand konnte dieser Tage einschätzen, wie alt man war, wo man herkam oder wo man hinwollte. Stattdessen interessierte sie nur das fauchende Ungetüm, das hier zu verenden drohte. Es war wie überall im Land: Die Menschen hatten verlernt, einander in die Augen zu sehen. Doch genau das war Leonores Glück gewesen. Ohne die ausweichenden Blicke ihrer Mitmenschen wäre sie auf ihrem Weg durch das Land niemals unentdeckt geblieben. Man hätte das Kind in ihr gesehen, das sie noch war, auch wenn sie anderes behauptete. Sie war groß gewachsen, aber bei Weitem noch nicht so alt, wie sie vorgab zu sein.

Als der Fahrer die seitliche Motorhaube anhob und Leonore das heiße Öl die Zylinder und Leitungen hinabrinnen sah, war ihr längst klar, dass ihre Reise wieder einmal ein vorläufiges Ende genommen hatte. Dass es schon wieder kein Weiter geben würde. Also tat sie, was sie in den letzten Monaten immer getan hatte, wenn sie an einem neuen Ort gestrandet war: Sie bewegte sich unauffällig aus dem Zentrum des Geschehens, um sich aus sicherer Entfernung einen Überblick zu verschaffen. Wer war ihr wohlgesinnt? Wo lauerte Gefahr? Wo konnte sie sich verstecken? Solange noch alle mit dem qualmenden Lastwagen beschäftigt waren, solange niemand sie bemerkt hatte, war sie in Sicherheit, aber sie brauchte einen Plan. Was sollte sie tun, sobald der Rauch verflogen war und sich die Aufregung im Dorf gelegt hatte? Zu oft hatte sie, seit sie Schirwindt im Spätsommer vor zwei Jahren verlassen hatte, gespürt, dass es für ein Mädchen wie sie keinen sicheren Ort gab. Zu viele Dörfer und Städte hatte sie schon kennengelernt, in denen man als Flüchtling aus Ostpreußen nicht willkommen war. Sie hatte sich antreiben, vertreiben lassen. Die Stimme ihrer Mutter im Rücken, als liefe sie noch immer hinter ihr: Nach Westen! Nur nach Westen!

Den letzten Winter hatte sie in den Trümmern einer halb zerstörten Volksschule vor Hannover verbracht. Sie hatte aufgeschnappt, dass die Schulen wieder öffnen sollten, um die Kinder von der Straße zu bekommen. Aber ihr Unterschlupf blieb zum Unterrichten unbrauchbar, und man hatte noch nicht mit der Instandsetzung begonnen. Gegen die Kälte hatte sie sich aus Filzdecken ein Nest gebaut. Wenn es nicht mehr auszuhalten war, hatte sie kleine Feuer aus den Schulbänken unter dem zerstörten Dach entfacht. Aber das war riskant gewesen. Wäre sie entdeckt worden, hätte sie ihren sicheren Unterschlupf und auch die Vorräte an eingeweckten Pflaumen im Keller der Lehrerwohnung verloren.

Auf der Karte des Deutschen Reiches, die trotzig im Kartenständer hing und im Windzug hin und her baumelte, hatte Leonore ihre Route immer und immer wieder mit dem Finger nachgezeichnet und die weiteren Stationen geplant. Nach Westen! Nur nach Westen!

Im Schutz einer Häuserecke besah sie sich nun ihre unfreiwillige Zwischenstation. Ihr Blick war geschult, und so erkannte sie schnell, in welchem der schmalen Häuschen noch Leben war und wo der Krieg seine Bewohner vertrieben hatte. Beschädigte Dächer, zersprungene Fensterscheiben – unreparierte Kriegsschäden – waren eindeutige Zeichen, aber auch Unkraut zwischen den Treppenstufen zur Haustür oder eine vertrocknete Pflanze auf der Fensterbank ließen vermuten, dass die entsprechenden Häuser schon seit längerer Zeit nicht mehr betreten worden waren. Im Laufe ihrer Flucht durch das Land war dieser Anblick seltener geworden. Zu viele Menschen drängten gemeinsam mit ihr von Osten her in das Land und wurden in den leer stehenden Gebäuden untergebracht. Doch hier entdeckte Leonore sofort ein verlassenes Haus. Als Versteck war es dennoch kaum geeignet, lag es doch Wand an Wand mit offensichtlich bewohnten Gebäuden direkt an der Hauptstraße des Dorfes. Hier einzudringen würde nicht leicht werden. Wenn überhaupt müsste sie den Weg über eine der Seitenstraßen nehmen und sich von hinten Zugang verschaffen.

Die letzten Atemzüge des verreckten Motors hatten sich mittlerweile als tief hängende Wolke über das Dorf gelegt. Alles war eingehüllt in Qualm und einen Gestank, der sofort in den Kopf stieg. Leonore spürte das Knurren ihres Magens. Sie hatte, seit sie sich gestern Abend in der Stadt einen Teller Suppe erbettelt hatte, nichts mehr gegessen. Und durstig war sie auch. Aus einer nach Norden abgehenden Straße sah sie eine Gestalt auf die Hauptstraße einbiegen. In seiner schneeweißen Kleidung stach der Mann selbst durch die alles vernebelnden Schwaden hervor. Leonore bemerkte die merkwürdige Stellung seines rechten Armes. Er schien wie ein Fremdkörper von seiner Schulter herabzuhängen. Sein Gang wirkte abgehackt. Leonore fragte sich, ob dies an dem Handkarren lag, den er hinter sich herzog, oder ob auch seine Beine versehrt waren. Er bewegte sich langsam auf sie zu, hatte dabei aber den Blick nach hinten gerichtet. Immer weiter ging er seinen offensichtlich gewohnten Weg entlang, schien sich aber nicht entgehen lassen zu wollen, was dort auf der Hauptstraße geschah. Ein paar seiner kantigen Schritte noch, dann würde er gegen sie stoßen. Sie war zu erschöpft, um es nicht darauf ankommen zu lassen. Vielleicht hatte sie sogar Glück, und er würde mit einem Stück Brot, einer Zigarette zum Tauschen oder zumindest einem freundlichen Lächeln um Entschuldigung bitten.

»Oh«, hörte sie die Stimme des weiß gekleideten Mannes, als er sie anrempelte. Hastig drehte er den Kopf, wobei seine ebenfalls weiße Schiffchenmütze und seine kreisrunde Brille verrutschten. Er schob beides umständlich mit dem linken Arm wieder zurecht, nachdem er den Griff des Handkarrens abgelegt hatte. Der rechte Arm blieb unbeweglich hängen.

»Verzeihung«, sagte der Mann und blickte sie an, wie man eine Katze ansieht, die abgemagert und mit stumpfem Fell vor einem steht und um Milch bettelt. Auch Leonore musterte ihn. Er war groß und dünn – niemand war dick dieser Tage. Seine Jacke und Hose schienen wie mit Mehl gepudert. Sein schwarzes Haar trug er, der Mode der Zeit entsprechend, kurz und mit Pomade nach hinten gelegt. Sie musste mit ihren strähnigen dunkelblonden Haaren, ihrem fleckigen schwarzen Mantel und der löchrigen und viel zu großen Soldatenhose wie das komplette Gegenteil wirken. Ein Duft stieg in Leonores Nase. Verlockend und so stark, dass er sogar durch die beißende Rauchwolke hindurchdrang. Während sie ihre Erinnerung nach einer Idee absuchte, um welche Art von Duft es sich handelte, fragte ihr Gegenüber:

»Wie alt bist du?«

»Einundzwanzig«, antwortete sie.

Der Mann schüttelte den Kopf.

»Ich bin einundzwanzig«, wiederholte sie, so wie sie es seit beinahe zwei Jahren jedem trotzig mitteilte, der eine Antwort verlangte. Es war ihr egal, dass es noch lange nicht stimmte.

»Du siehst aber jünger aus.«

»Ich bin noch nicht lange einundzwanzig.«

Der Mann sah sie fragend an.

»Heute ist mein Geburtstag.« Sie hatte keine Ahnung, warum sie das sagte. Vielleicht, so schoss es ihr durch den Kopf, war heute wirklich ihr Geburtstag. Nein, das konnte nicht sein, der war im März, und jetzt ging es schwer auf den Herbst zu. Der fremde Mann hob die Augenbrauen und ließ sie über dem Rand seiner Brille tänzeln. Leonore spürte, dass er ihr nicht glaubte, so wie schon viele Menschen zuvor ihr diese Lüge nicht abgekauft hatten. Aber bis zum tatsächlichen Eintreten ihrer Volljährigkeit war es die einzige Chance, sich durchschlagen zu können. Der Mann wandte sich seinem Wagen zu. Er lüftete das Leinentuch, mit dem seine Ladefläche bedeckt war. Leonore wich einen halben Schritt zurück.

»Dann habe ich ein Geburtstagsgeschenk für dich«, sagte er und hielt ihr etwas kleines Braunes hin. Leonore riss es ihm aus der Hand, bevor er seine großzügige Geste noch einmal überdenken konnte. Sie befühlte es vorsichtig. Es war hart und weich zugleich, die Oberfläche schimmerte zuckrig, und in der Mitte steckte eine halbe Haselnuss.

»Eigentlich gehört da eine Mandel hin«, sagte der Mann, »aber man muss improvisieren. Man kann nur mit dem backen, was man hat.«

Leonore führte das Gebäck zur Nase. Es roch köstlich, und jetzt fiel ihr auch ein, woran der Duft sie erinnerte.

»Weihnachten«, murmelte sie.

»Wie bitte?«, fragte der Mann, aber Leonore konnte nicht mehr antworten.

Sie verschlang das kleine Stückchen, als müsste sie es in ihrem Magen in Sicherheit bringen. Der Geschmack dieser Köstlichkeit hatte ihren Mut angestachelt.

»Kann ich noch mehr?«

»Wie bitte?«, fragte der Mann erneut.
»Kann ich noch mehr?«
»Von den Moppen?«
»Ist mir egal, wie sie heißen. Kann ich noch mehr?« Leonore schielte am lahmen rechten Arm ihres Gegenübers vorbei in das Innere des Handkarrens. Sie konnte drei oder vier Holzkisten auf der Ladefläche sehen. Allesamt bis obenhin gefüllt mit diesem leckeren Gebäck. Er folgte ihrem Blick.
»Das geht nicht«, schüttelte er den Kopf. »Ich liefere gerade aus. Die Ladung ist bestellt und bezahlt.«
Leonore sah ihm in die Augen. »Umso besser.«
»Was?«
»Na, wenn sie sowieso schon bezahlt sind, dann kannst du mir ja noch welche abgeben.«
»Du bist ganz schön hartnäckig«, stellte der Mann fest.
Leonore schwieg und sah ihn an.
»Bist du mit dem Lastwagen gekommen?«
Leonore nickte.
»Wo du herkommst, brauche ich dich nicht zu fragen. Ich war im Krieg, im Ersten, als junger Mann. Da hatte ich einen Kameraden aus Ostpreußen. Der sprach genau wie du.«
Leonore pulte mit ihrer Zunge die letzten Krümel zwischen den Zähnen hervor.
»Ihn hat eine Granate zerfetzt«, sagte er leise. »Ich hatte mehr Glück.« Er deutete auf seine versehrten Gliedmaßen.
Leonore schwieg.
»Hier«, er hielt ihr eine Handvoll Moppen hin und sah sich dabei verstohlen um. Leonore griff zu und steckte sich hastig eine nach der anderen in den Mund, während sie dem Mann dabei zusah, wie er seinen Handkarren wieder sorgfältig mit dem Tuch bedeckte und die Hauptstraße entlangzog.
Sie blickte in die Sonne. Nach Westen! Nur nach Westen!

Bald schon würde es Herbst und damit wieder kälter werden. Bis dahin musste sie angekommen sein. Ganz egal wo. Die Wärme der Sonne zog sie in ihren Bann. Der weihnachtliche Geschmack in ihrem Mund tat sein Übriges. Ihre Sinne fuhren Karussell. Für einen Moment vergaß sie, dass sie noch immer auf der Flucht war, dass sie noch immer nicht in Sicherheit war und dass sie noch nicht einmal eine Idee hatte, wo und wann und ob sie überhaupt jemals wieder in Sicherheit würde leben können.

Ein paar Schritte von ihr entfernt standen Straßenschilder an einer Kreuzung. In die Richtung, aus der sie gekommen war, wies das Schild fünfunddreißig Kilometer bis Köln aus. In die andere Richtung die gleiche Entfernung bis Aachen.

Nach einer Weile tauchte der Mann mit dem Handkarren wieder am Ende der Straße auf. Als er sie passierte, grüßte er stumm mit einem Nicken und einem Lächeln und zog seinen Wagen weiter bis zu der Abbiegung, aus der er gekommen war, bevor sie zusammengestoßen waren. Es war ihr, als schöbe sie jemand an, als sie sich langsam in Bewegung setzte und ihm folgte. Sie ging einen Weg entlang, der sie zwischen Feldern hindurch, an einer steilen Böschung vorbei in einen Teil des Dorfes führte, der abseits der Hauptstraße lag. Leonore hielt genügend Abstand, um nicht den Eindruck zu erwecken, ihn zu verfolgen, sondern lediglich den gleichen Weg zu haben. Er schien keine Notiz von ihr zu nehmen. Auf einem unbewirtschafteten Acker sprang ihr etwas ins Auge, das wie ein Fremdkörper in diesem ansonsten grauen, braunen, bestenfalls rotbraunen Ort wirkte: Inmitten des Feldes stand, umwuchert von hohem Gras, ein in allen Farben leuchtendes Karussell. Unter dem kreisrunden Himmel, der mit Motiven aus Märchen und Sagen bemalt war, hingen an langen Stangen verschiedenste Tiere: Pferde, Schweine, sogar ein Hahn. Leonore verspürte unmittelbar den Drang, auf einem der hölzernen Pferde mit ihren stolzen Mähnen und dem goldenen Zaumzeug Platz zu nehmen. Sie war eben doch noch ein Kind, und der Krieg und die lange Flucht hatten dafür gesorgt, dass sie sich kaum noch erinnern konnte, wann sie das letzte Mal wirklich ein Kind gewesen war und in solch einem Fahrgeschäft gesessen hatte. War es in Schirwindt gewesen? Oder in Schloßberg, wo ihre Großtante gelebt hatte?

Welche Rolle spielte das, wenn doch sowieso alles verloren war? So vieles war unwichtig geworden in den letzten zwei Jahren – sie hoffte, nur vorübergehend. Das Karussell mitten auf dem Acker und ihre Lust, damit zu fahren, ließen etwas in ihr keimen, das sich wie Zuversicht anfühlte.

Später sollte sie erfahren, dass amerikanische Soldaten das zusammengefaltete Karussell nach der Eroberung des Dorfes aus der Scheune der Caspers gezogen und aufgebaut hatten, um sich johlend und feixend die Zeit und die Erinnerungen an die Schlachten in den Wäldern des nahen Grenzgebietes zu vertreiben. Nachdem sie abgezogen worden waren, hatte Maria Caspers darauf bestanden, dass das Karussell dort auf dem Kleinfeldchen, dem Acker, an dem Leonore entlanggelaufen war, stehen blieb, bis ihr Mann oder wenigstens einer ihrer drei Söhne, von denen seit Kriegsende niemand etwas gehört hatte, aus Gefecht oder Gefangenschaft heimgekehrt waren, um ihren Besitz höchstselbst wieder in der Scheune zu verstauen. Das Karussell sollte noch zwei Winter dort stehen, bis der Pfarrer – das Kleinfeldchen war in kirchlichem Besitz – entschied, es von erfahrenen Männern einer anderen Schaustellerfamilie fachgerecht abbauen und einlagern zu lassen. Der Acker musste schließlich wieder bewirtschaftet werden. Maria Caspers starb kurz darauf an ihrem gebrochenen Herzen.

Leonore blickte dem Mann hinterher, dem sie gefolgt war, und setzte ihren Weg fort. Als er an einer Wegkreuzung ankam und Leonore etwas aufgeholt hatte, sagte er plötzlich, ohne seinen Gang zu unterbrechen oder sich umzusehen: »Wie heißt du?«

Leonore zuckte zusammen.

»Mädchen, sag! Wie ist dein Name?« Er musste sie gemeint haben. Niemand anders war zu sehen oder hatte ihren Weg gekreuzt, seit sie die Hauptstraße verlassen hatten.

»Ich?«, fragte sie zaghaft, während sie ihren Gang beinahe auf Zehenspitzen fortsetzte.

»Ja, du«, sang der Mann beinahe. »Ich bin Jean. Jean Immerath. Aber du kannst mich Hannes nennen. Nur meine Mutter nennt mich Jean.« Er blieb stehen. Leonore tat es ihm gleich und sah, wie sich sein Kopf zu ihr neigte und sich sein verschmitztes Lächeln zeigte.

»Also?«

Leonore schluckte. Sie wusste, wenn sie ihren Namen verriet, machte sie sich verletzlich. Ihr Name war beinahe das Einzige, was sie noch hatte. Zwischen Danzig und Köln hatte sie nicht einmal einer Handvoll Menschen verraten, wie sie wirklich hieß. Sie war Lotte Schneider gewesen oder Veronika Herrmann. Jean oder Hannes wirkte jedoch wie jemand, dem man verraten konnte, wie man hieß. Auf ihre Menschenkenntnis konnte sie sich verlassen, sonst wäre sie nie so weit gekommen. Sie holte tief Luft, streckte die Brust heraus, hob den Kopf und sagte mit fester Stimme: »Leonore Klimkeit.«

»So, so«, sagte Hannes. »Leonore.« Er zog seinen Karren weiter.

Herrenstraße las Leonore auf dem emaillierten Schild.

»Leonore, du hast einen starken Willen. Das gefällt mir. Wir haben Platz im Haus, meine Mutter und ich. Und wir könnten eine helfende Hand gut gebrauchen. Du könntest in der vorderen Wohnung wohnen.« Sein Blick deutete die Straße entlang. »Na ja, es ist ein Zimmer mit Waschraum, mehr nicht. Aber es steht sowieso leer.«

Es war nicht der erste Schlafplatz, der Leonore aus dem Nichts heraus angeboten wurde. Zu oft hatten zwielichtige Gestalten versucht, sie zu überreden, mit ihnen zu kommen. Aber keiner dieser Männer, die ihrer kleinen Seele Schmerzen zugefügt hatten, war so reinlich weiß gekleidet gewesen, keiner hatte sie aus tiefstem Herzen angelächelt und keiner hatte ihr Moppen geschenkt.

»Ich werde morgen mit Mutter reden«, sagte Hannes. »Sie hat sich bereits hingelegt, aber sie wird schon einverstanden sein.« Wieder war da dieses Lächeln, von dem Leonore gar nicht glauben konnte, dass es ihr galt. »Wenn du willst, kannst du erst einmal bleiben.«

2

Leonore blieb. Nicht nur über Nacht, nicht nur vorübergehend. Sie blieb. Die Herrenstraße Nummer sieben in diesem fremden Dorf namens Lich-Steinstraß wurde ihr neues Zuhause. Leonore bewohnte einen kleinen separaten Teil des Hauses. Es war die rechte weiß getünchte Hälfte. Auf der linken Seite befand sich der kleine Laden, in dem Hannes seine süßen Backwaren verkaufte und später, nach der Währungsreform, auch noch andere Lebensmittel, Zeitschriften und Haushaltswaren aller Art feilbot. Dahinter befanden sich die kleine Wohnung, die Hannes mit seiner Mutter teilte, und die Backstube mit dem alten Königswinterer Holzofen. Alles ging ineinander über: Laden, Wohnung, Backstube.

Leonore wanderte zwischen den Welten. Überall ging sie dem Moppenbäcker zur Hand. Sie bediente die Kundschaft im Geschäft, half der alten Frau Immerath aus dem Sessel, wenn Hannes gerade mehlige Hände hatte, knetete für ihn den Teig, wenn er gerade mit einer Stammkundin ein Schwätzchen hielt, oder erledigte manche der Auslieferungen an Schausteller im Ort, die seine Moppen und andere Leckereien auf den Volksfesten im ganzen Umland verkauften. Überall zwischen Düren und Neuss schätzte man die Backkunst von Jean Immerath.

Weniger geschätzt im Dorf war Leonore. Das Ausfahren der Waren erledigte sie zwar pflichtbewusst – schließlich wurde es für Hannes mit zunehmendem Alter und seinen Kriegsverletzungen immer schwerer, den Handkarren zu ziehen – aber sie empfand stets Abscheu. Oft ließ man sie spüren, dass sie als Ortsfremde, noch dazu ein Flüchtlingsmädchen, noch dazu eine Evangelische, nicht willkommen war. Wenn sie bei Kieven oder Eßling oder den anderen Schaustellern ihre bestellten Moppen und Lebkuchenherzen ablieferte, redete man mit ihr nur das Nötigste. Kein Lächeln wurde an sie verschwendet, kein Wort des Dankes oder der Anerkennung. Von einem Groschen Trinkgeld ganz zu schweigen. Sie lief mit gesenktem Kopf durch den Ort, der ihr zwar ein sicheres Dach über dem Kopf beschert hatte und in dem sie mit Hannes auch einen Menschen gefunden hatte, dem sie vertrauen konnte, aber in dem sie allein blieb. Nicht einmal Änne Immerath, die schon seit Jahrzehnten darauf gewartet hatte, dass ihr Jean endlich mit einem Mädchen nach Hause käme, ließ sich auf Leonore ein. Sie hatte eingewilligt, dass die junge Fremde – vorübergehend, wie sie streng betont hatte – im leer stehenden Gebäudeteil bleiben konnte, aber sie hatte ebenso schnell begriffen, dass ihr Sohn das Mädchen nicht mitgebracht hatte, um sie zu heiraten. Genauso gut hätte er ihr eine streunende Katze vorstellen können. Die hätte wenigstens nicht diesen fremd klingenden Dialekt gehabt. Aber von ihrem Sessel aus, in dem sie die meiste Zeit des Tages vor sich hin dämmerte, konnte Änne sehen, dass Leonore über Geschick und Fleiß verfügte. »Besser ein eifriges Mädchen als irgendeine Pimock-Bagage!«, raunte sie mehr als einmal in Leonores Anfangsjahren, und das war wohl die größte Anerkennung, die sie der jungen Frau entgegenzubringen vermochte. Immerhin war man so um die erzwungene Einquartierung irgendeiner Flüchtlingsfamilie herumgekommen.

Selbst im Bäckereigeschäft war sie vor den Anfeindungen mancher Dorfbewohner nicht sicher. An gut besuchten Tagen, in der Vorweihnachtszeit, wenn sie sich den Platz hinter der Theke mit Hannes teilte, fand sich kaum jemand, der sich freiwillig von ihr bedienen ließ. Vor allem die weibliche Kundschaft behandelte sie wie Luft. Sie sahen sie nicht nur mit Verachtung und Hochmut an, sie schienen in ihr auch eine Nebenbuhlerin zu sehen. Männer galten als Mangelware – hier wie anderswo –, und so versuchten nicht wenige der unverheirateten Töchter des Dorfes in ihrer Verzweiflung, selbst dem ewigen Junggesellen Jean Immerath schöne Augen zu machen. Sein fortgeschrittenes Alter schien egal zu sein, ebenso sein lahmer Arm, sein verletztes Bein. Er war stets freundlich und führte einen gut gehenden Betrieb. Doch Hannes zeigte sich unbeeindruckt. Weder konnte eine der Frauen sein Herz gewinnen, noch kam ihm in den Sinn, Leonore in der Backstube zu verstecken.

»Sollen sie doch warten, wenn sie sich zu fein sind, von dir bedient zu werden«, sagte er.

»Aber es bedrückt mich, wie sie mich schneiden«, antwortete Leonore.

Hannes jedoch blieb hart: »Du bleibst hier. Wie sollen sie sich denn sonst an dich gewöhnen? Du gehörst hierher: in dieses Dorf und in diesen Laden.«

Leonore empfand es als Qual. Viel lieber knetete sie Teig, oder sie führte die Gänse hinaus über die Wiesen am Escherpfädchen. Die Tiere glotzten sie wenigstens nicht blöd an. Das Escherpfädchen war nicht viel mehr als ein Feldweg, der nur ein paar Meter von Leonores neuem Zuhause von der Herrenstraße in östlicher Richtung aus dem Dorf hinausführte. Am Ende des letzten Gartens, dort, wo der Weg nach Oberembt führte, stand ein steinernes Wegkreuz neben einer Linde. Man musste einen kleinen Anstieg überwinden, den Leonore jedoch im langsamen Tempo der ihr hinterherwatschelnden Gänse kaum bemerkte. Von dort aus überblickte man den gesamten Doppelort: Im Westen lag Lich, mit seiner weithin sichtbaren, dem heiligen Andreas geweihten Kirche. Im Süden erstreckte sich Steinstraß entlang der römischen Verbindung zwischen Köln und Jülich, die dem Dorf zu seinem Namen verholfen hatte. Kurz dahinter begann der riesige Bürgewald. Wie eine schwarze

Wand standen die mächtigen Buchen und Eichen hinter der Ortschaft. Ihre Kronen überragten alle Dächer des Ortes.

Leonore betrachtete das Wegkreuz. Es stand aufrecht da, von einem dunklen, kniehohen Jägerzaun umschlossen. Auf einem steinernen Fundament befand sich ein Aufbau mit einer hell getünchten Aussparung, in deren Mitte die Figur einer weiß gewandeten Mutter Gottes stand. Sie fußte auf einem kleinen Sockel. Ihr andächtig zur Seite geneigtes Haupt zierte eine goldene Krone. Die kleinen Hände hatte sie zum Gebet gefaltet, und ihre Füße wurden von Maiglöckchen umrankt. Die kleine Statue war so hoch, wie Leonores Unterarm lang war. Ob sie aus Gips gegossen war oder aus Holz geschnitzt, vermochte Leonore nicht zu sagen. Sie wagte nicht, über den Zaun zu steigen und die Madonna zu berühren. Oberhalb der Figur thronte auf dem spitzen Dach des Aufbaus ein großes, steinernes Kruzifix mit einem Gekreuzigten aus Eisen. Rost lief den grauen Stein hinab, als blutete der Heiland aus seinem ganzen Leib. In Schirwindt hatte sie ihn das letzte Mal bewusst angesehen. Das riesige Kreuz in der Immanuelkirche hatte sie als Kind jeden Sonntag aufs Neue beeindruckt. Sie hatte das Gefühl gehabt, als spürte sie seine Wunden am eigenen Leib. Noch vor ihrer Konfirmation hatte sie Schirwindt verlassen müssen. Hals über Kopf. Zusammen mit ihrem Elternhaus und ihrer Kindheit war auch ihr Glaube dortgeblieben.

Jetzt betrachtete Leonore den getöteten Christus und spürte nichts. Der Ruf eines Falken am Himmel über ihr traf nicht mehr als ihr Trommelfell. Sie fühlte den Westwind und die Sonnenstrahlen auf ihrer Haut, aber tiefer schien nichts in sie dringen zu können. Nicht einmal Zeit war mehr eine Größe, die für Leonore fühlbar war. Stand sie schon seit mehreren Stunden vor dem Wegkreuz oder erst seit wenigen Augenblicken? War dies ihr erster Sommer im Dorf oder ihr zweiter, ihr vierter?

Leonore zuckte zusammen. Die Gänse schlugen aufs Fürchterlichste Alarm. Sie drehte sich um und sah, wie die Vögel auseinanderstoben. Der Falke, dachte Leonore, ohne zu wissen, warum, aber die Gefahr kam nicht aus der Luft. Sie kam das Escherpfädchen heraufgaloppiert und grunzte. Eine Sau hatte es offenbar zum Spaß auf die Gänse abgesehen. Sie bremste ihren Lauf abrupt ab, als sie den Platz erreicht hatte, den zuvor die Vögel besetzt hatten. Diese verteilten sich nun rings um das schwarz und rosa gefärbte Schwein und begafften es noch immer aufgeregt schnatternd. Auch Leonore glotzte das Tier verblüfft an.

»Die Sau ist ausgebüxt. Bis nach Rödingen ist sie gerannt«, hörte Leonore plötzlich eine quakende Stimme. »Bis nach Rödingen – zum Eber!« Der Klang erinnerte sie an ein verstimmtes Klavier.

»Die Sau ist ausgebüxt. Bis nach Rödingen ist sie gerannt. Bis nach Rödingen – zum Eber!« Die Stimme klang wie eine Tonaufnahme, keine Veränderung in Klangfärbung oder Betonung. Dann sah sie ihren Urheber: An seinen Gesichtszügen konnte Leonore abschätzen, dass er kein Kind mehr war, aber auch noch nicht erwachsen. Seine Körpergröße entsprach der eines Achtjährigen.

»Nanu, Gänse«, stutzte der Kleine. Er stand vor den Tieren und betrachtete sie staunend, wie auch Leonore noch immer verblüfft dastand und das Schauspiel verfolgte. Der Junge hatte Leonore höchstens aus dem Augenwinkel angesehen. Sein Blick schien sie beinahe absichtlich zu verfehlen.

»Ich bin der Harbinger Arnold«, sagte er und betonte dabei die erste Silbe seines in dörflicher Sitte vorangestellten Nachnamens derart, dass es klang, als wollte er den Satz auf seinem misstönenden Klavier in ein Lied verwandeln. »Ich bin der Harbinger Arnold.«

Leonore schwieg. Sie besah sich das seltsame, winzige Wesen. Er trug Kleidung, die offensichtlich für Erwachsene

gemacht war. Eine einfache Schnur als Gürtel sorgte dafür, dass ihm die Hose nicht herunterrutschte. Auf der Flucht war sie Kindern begegnet, die so aussahen. Sie war selbst eines gewesen.
»Ich bin der Harbinger Arnold. Und wer bist du?«
Leonore schwieg noch immer.
»Das sind die Gänse vom Immerath. Ich kenne doch ihr Schnattern«, sagte er, und Leonore wartete auf die Wiederholung des Satzes. Aber die blieb aus. Stattdessen sprang er wieder zurück: »Ich bin der Harbinger Arnold. Und wer bist du?«
»Ich bin die Klimkeit Leonore«, antwortete sie und bemerkte erst beim Sprechen des Satzes, dass sie die Betonung des Harbinger Arnold übernommen hatte, sodass die erste Silbe ihres Nachnamens klang wie eine ziemlich weit rechts liegende Taste auf einem ziemlich verstimmten Piano.
»Das Flüchtlingsmädchen vom Immerath«, ergänzte der kleine Harbinger und sah knapp an ihr vorbei, sodass Leonore kurz dachte, er meinte jemand anders – ein anderes Flüchtlingsmädchen, das bei Jean Immerath und seiner Mutter untergekommen war und das er schräg hinter ihr wähnte.
»Die Evangelische aus dem Osten.« Offensichtlich wusste dieser Arnold, wer sie war. Sie selbst hatte von diesem seltsamen kleinen Menschlein jedoch noch nie Notiz genommen.
»Was ist mit der Sau?«, fragte Leonore und deutete auf das Schwein, das noch immer inmitten der mittlerweile zur Ruhe gekommenen Gänse auf der Wiese stand.
»Die Sau ist ausgebüxt. Bis nach Rödingen ist sie gerannt. Bis nach Rödingen – zum Eber!« Wieder wiederholte Arnold seinen Satz, der für Leonore nun schon wie der Kehrreim eines altvertrauten Liedes klang. Dennoch verstand sie nicht, was dieses Tier zu ihren Füßen mit der Geschichte zu

tun hatte, die sich im Satz des Jungen verbarg. Arnold zeigte keine Mimik, die darauf hindeutete, dass er ihr Unverständnis begriff. Er sagte nur trocken: »Das war neunzehnachtunddreißig. Die Sau kannte den Weg. Sie wurde jedes Jahr dorthin gebracht. Das hier ist eines ihrer Ferkelchen.« Er deutete auf das längst ausgewachsene Tier, nahm das Seil, das er in den Händen hielt, und knotete es dem bereitwillig wartenden Schwein um den Hals.

»Wer einen Bauern betrügen will, muss einen Bauern mitbringen«, sagte er schnell und lief, ohne Leonore ein einziges Mal angesehen zu haben, auf dem Escherpfädchen hinab ins Dorf. »Wer einen Bauern betrügen will, muss einen Bauern mitbringen«, hörte sie ihn noch einige Male in der Ferne krächzen.

Am Abendbrottisch erzählte Leonore Hannes vom Zusammentreffen mit Arnold.

»Oh, da hast du eine echte Rarität kennengelernt«, sagte er. »Normalerweise weiß er sich zu verstecken. Ich selbst sehe ihn oft jahrelang nicht.«

»Wovor versteckt er sich?«

»Na, vor den Leuten«, antwortete Hannes, als sei es eine Selbstverständlichkeit.

»Aber warum?«

Hannes kaute auf seinem Brot herum, setzte die Teetasse an, blätterte in der Zeitung. Dann erst hob er zu einer Antwort an: »Weißt du, als er klein war, ich meine richtig klein, da war er ein normaler Junge. Er kam oft mit seiner Mutter in den Laden. Er grüßte höflich, wie man es ihm beigebracht hatte, und wartete gespannt darauf, dass ich ihm eine oder zwei Moppen gab, wie ich es bei allen Kindern tue. Aber eines Tages war er anders. Er sah mich nicht mehr an. Ich schenkte ihm natürlich trotzdem immer etwas Süßes, aber es half nichts. Ich spürte, wie seine Mutter zunehmend verzweifelte. Irgendwann hat er auch das Sprechen komplett eingestellt. Wenn überhaupt, dann redete er wirres Zeug. Ich bat seine Mutter, ihn nicht zu schelten für seine Unhöflichkeit, denn jedes Mal setzte es Ohrfeigen, wenn er mich nicht grüßen wollte. Er tat mir leid.«

»Warum ist er so geworden?«

»Das kann keiner sagen. Die Leute begannen natürlich zu tuscheln und Gerüchte zu verbreiten. Irgendwelche Sünden, für die der Herrgott die Familie bestrafte. Aber was soll das bitte für ein Gott sein, der auf diese Weise züchtigt?«

Leonore nickte und biss in ein Stück Graubrot.

»Wir bekamen achtunddreißig einen neuen Pfarrer hier im Ort. Der kam aus dem Ruhrgebiet und hatte mitbekommen, wie man anderenorts bereits mit solchen Kindern umging. Die Familie bat den Geistlichen eindringlich um Hilfe. Sie wollten nicht, dass ihr einziger Sohn, so sehr sie auch an ihm verzweifelten, einfach abgeholt und in eine Anstalt gebracht wurde. Gemeinsam mit dem Schulmeister entschied der Pfarrer, dass Arnold versteckt gehalten werden sollte. Er schwor die Gläubigen sogar von der Kanzel darauf ein, was sehr riskant war. Er erwähnte nicht Arnolds Namen und auch nicht die Familie Harbinger, aber allen war klar, wer gemeint war. Arnold sollte nicht eingeschult werden, den elterlichen Hof auf der Prämienstraße am besten gar nicht mehr verlassen, und niemand im Dorf sollte ihn jemals wieder erwähnen. Der Plan ging auf, und selbst die größten Hitler-Verehrer im Ort wagten es nicht, sich den Worten des Pfarrers zu widersetzen, und vergaßen den Harbinger Arnold.« Hannes tauchte seinen Löffel in die Suppe und aß, ganz so, als wäre die Geschichte an dieser Stelle zu Ende.

Leonore begriff auch ohne ein weiteres Wort, warum sich Arnold heute noch versteckte. Es hatten sich nur die Zeiten geändert. Die Menschen waren noch immer dieselben.

3

Schon oft in den letzten fünf Jahren, seit sie in Lich-Steinstraß war, hatte Leonore gedacht, Hannes' Mutter sei gestorben, friedlich eingeschlafen bei dem, was sie eigentlich immer tat: dasitzen und Kreuzworträtsel lösen. Sie fand Änne Immerath vornübergebeugt sitzend an ihrem Tisch in der Wohnstube zwischen Laden und Bäckerei vor. Der Oberkörper lag flach auf der Zeitung, die Augen waren geschlossen, aus dem Mund lief Speichel und tropfte auf das halb fertig gelöste Rätsel. Aber immer, wenn Leonore die Schulter der greisen Frau berührte, wenn sie ihren Namen sagte, erwachte die Alte und richtete sich blitzschnell auf, wischte ihre Mundwinkel mit dem Handrücken ab und versuchte, den Eindruck zu vermitteln, sie habe nicht geschlafen. Vom Schlaf übermannt zu werden, selbst wenn man keinerlei Verpflichtungen mehr hatte, nicht einmal mehr Kartoffeln schälen oder Bohnen puhlen, galt ihr offenbar als dermaßen anstößig, als Verlust der Kontrolle über das eigene Dasein, dass sie stets beteuerte, nur kurz die Augen geschlossen zu haben.

So auch dieses Mal. Leonore spielte ihr Spiel mit, nickte stumm und wandte sich wieder ihrer Arbeit in der Backstube zu. Hannes, der mit seinem Handkarren im Dorf unterwegs war, hatte sie mittlerweile mehr und mehr mit den verantwortungsvollen Aufgaben eines Bäckers betraut. Er hatte sie in die Geheimnisse des betagten Ofens eingeweiht und ihr sogar einige der alten Familienrezepte verraten.

»Leonore«, rief Änne von nebenan.

Leonore klopfte sich die mehligen Hände an der Schürze ab und ging in die Stube. »Ja, Frau Immerath?«

Die alte Frau deutete auf den Sessel ihr gegenüber. Leonore blickte kurz zurück in die Backstube, zögerte und nahm dann doch Platz.

»Habe ich dir eigentlich schon erzählt, wie das hier war im Krieg?«, fragte Änne mit heiserer Stimme.

Leonore zweifelte an Ännes Verstand. Noch nie, seit sie von dem gestrandeten Pritschenwagen auf der Hauptstraße ausgespuckt worden war, hatte Änne Immerath ihr überhaupt irgendetwas erzählt. All die Jahre hatte sie in den Augen der alten Frau doch nur als notwendiges Übel existiert, als jemand, die dem ebenfalls schon in die Jahre gekommenen und versehrten Sohn unter die Arme greifen konnte, die ihr das eine oder andere Mal das Kissen richten, ihr aus dem Sessel helfen konnte. Von Anfang an hatte Änne ihr zu verstehen gegeben, dass sie zwar geduldet war, aber nicht mehr. Nur die notwendigsten Worte wurden gewechselt. Da ihr Sohn bei Leonore, wie auch bei allen anderen Frauen, keine Anstalten machte, sie zur Frau nehmen zu wollen, handelte es sich bei ihr somit lediglich um Gesinde. Und nun plötzlich, aus dem Nichts heraus erwacht aus einem hastig fortgewischten Traum, stellte sie Leonore diese Frage, die klang, als hätten sich die beiden Frauen bereits über alles andere, das in ihrem Leben von Bedeutung war, ausgetauscht.

»Nein, Frau Immerath, bislang nicht«, erwiderte Leonore langsam, eher fragend, und sah der Alten dabei tief in die Augen.

Sie zeigte keine Anzeichen von Verwirrung oder Wahn. Stattdessen fuhr sie klar und deutlich fort: »Der Krieg kam schon im September neununddreißig in den Ort. Nur wenige Tage nach dem Ausbruch war die Hauptstraße in Steinstraß voller Soldaten. Es schien bald so, als liefe alles, was nach Westen, nach Frankreich fuhr, durch unser Dorf. Wir hatten Einquartierungen, erst nur in der Schule, dann auch in Privathäusern. Auch hier bei uns. Drüben in deiner Wohnung und sogar hinten in der alten Werkstatt. Ständig wechselte die Belegung, aber alle waren frohen Mutes und sehr freundlich. Alle lachten. Hinten am Oberembter Weg haben sie Bunker gebaut, Gräben zur Verteidigung ausgehoben. Und auch im großen Wald errichteten sie Befestigungsanlagen. Wir haben zuerst gar nicht begriffen, warum. Die Front war doch zig Kilometer entfernt. Aber dann kamen schon bald die ersten Angriffe aus der Luft. Sie hatten es auf die Straße abgesehen, jagten mit Tieffliegern über die Köpfe der Soldaten hinweg und schossen mit Maschinengewehren auf sie. Später, dreiundvierzig, kamen dann auch die Bombardements hinzu. Es wurde immer grässlicher. Die Zahl der Familien, die einen Vater oder einen Sohn zu beklagen hatten, die nicht aus dem Krieg zurückkehrten, wuchs von Woche zu Woche. Den Soldaten, die in halb zerschossenen Lastern von Westen kommend durch Steinstraß gefahren wurden, fehlten Arme, Beine oder manchmal auch das halbe Gesicht. Da lachte keiner mehr. Wenn nachts der Fliegeralarm aufheulte, rannte alles in die Bunker. Aber nur selten schlugen Bomben ein. Die großen Verbände nutzten lediglich die alte Römerstraße zur Orientierung. Immer mehr Frauen und Kinder flohen zu Verwandten oder begaben sich auf den Weg ins Ungewisse. Richtung Köln, Richtung Eifel. Als ob es anderswo besser gewesen wäre. Es kam der dreizehnte Juni. In der Nacht gab es Alarm. Ich wollte liegen bleiben, aber Jean, der mir erhalten geblieben war, weil er wegen seiner Verwundungen aus dem Ersten Weltkrieg nicht eingezogen worden war, versuchte mich aus dem Bett zu zerren. Ich sagte ihm, er solle vorlaufen, ich käme nach, aber das war nicht meine Absicht. Ich wollte im Haus bleiben. Es würde schon nichts passieren. Ich ging im Schlafrock in den Laden und sah aus dem Fenster hinaus in den Himmel. Irgendwann hörte ich die Flieger. Sie kamen von Nordwesten, würden vielleicht nach Koblenz fliegen, dachte ich, oder noch weiter. Aber dann explodierten die ersten Bomben. Es gab einen unvorstellbaren Lärm. Die Fensterscheiben klirrten, aber blieben zum Glück heil. Es folgte Einschlag um Einschlag. Von überallher aus dem Dorf schien es zu dröhnen und zu donnern. Bei jeder Explosion bebte das Haus. Ich dachte, jetzt ist es aus. Ich dachte, der Herrgott holt mich zu sich. Jeden Moment würde es so weit sein. Ich war ganz ruhig. Und dann war es vorbei. Das Brummen der Motoren wurde leiser, und über dem ausgebombten Ort lag eine schwere Stille. Ich war noch am Leben. Die Herrenstraße war verschont geblieben, aber ich ahnte, dass drüben in der Prämienstraße und oben in Steinstraß viele Häuser einen Treffer abbekommen hatten. Ich weiß nicht, warum – es gab noch keine Entwarnung, es war stockfinster, und der Gestank von Schwefel lag über dem Dorf –, aber ich ging hinaus auf die Straße. Ich ging, wie ich war, im Nachthemd und mit offenem Haar. Irgendwo auf einem entfernten Hof brüllten Kühe. Sie sind das einzige Geräusch, an das ich mich erinnere. Die Nacht war mild, und meine Füße froren nicht. Ich ging am Pastorat vorbei und blickte auf die Kirche, deren Turm im Rauch verschwand. Ich ging am Kleinfeldchen entlang bis hinauf nach Steinstraß und lief mitten auf der Hauptstraße durch den dunklen und leeren Ort. Mir kam ein Gedanke: War ich vielleicht doch nicht verschont geblieben? War ich vielleicht doch tot? Lief ich deshalb wie von Sinnen im Nachthemd und barfuß durch diesen gottverlassenen Ort? Sollte es nicht auch in der Hölle nach Schwefel riechen?«

Leonore hörte gebannt zu. Sie hatte Steinstraß am Tag ihres Eintreffens ebenfalls als Hölle wahrgenommen. Ein wenig schämte sie sich jetzt dafür. Dieses Dorf war ihr ein Zuhause geworden. Niemand hatte es ihr leicht gemacht, aber sie hatte hier ein sicheres Dach über dem Kopf gefunden, eine Arbeit und nicht zuletzt Hannes, der ihr ein väterlicher Freund geworden war. Seine Mutter hingegen hatte wirklich die Hölle gesehen.

Änne Immerath fuhr fort: »Ich lief weiter. An der Einmündung zur Prämienstraße verharrte ich. Die Schreie der Kühe wurden lauter und eindringlicher. Sie kamen aus der Richtung des Feuers, das ich am nördlichen Ende der Straße sehen konnte. Ich lief in Richtung der armen Tiere, wenn ich ihnen auch kaum würde helfen können, so zog es mich dennoch zu ihnen hin. Ihre Rufe übertönten alles. Ich hörte nicht einmal die Motoren der zurückkehrenden Maschinen. Erst als sie beinahe über mir waren, nahm ich sie wahr. Über den Wald hinweg flogen sie auf das Dorf zu, das ihnen mit dem brennenden Hof ein leichtes Ziel bot. Als erneut Bomben einschlugen, schienen mir Wurzeln zu wachsen. Ich hörte dem ohrenbetäubenden Lärm der Motoren zu, als wäre er mein Totenlied, die Bomben pfiffen im Sturz mein Requiem. Die Einschläge machten mir mit ihren Druckwellen bewusst, dass ich noch lebte. Sie weckten mich auf aus meinem vermuteten Tod. Es mag seltsam klingen, aber ich habe mich in siebzig Jahren nicht so lebendig gefühlt wie in diesem Augenblick, in dem ich dem Tode so nahe war. Von überall im Dorf hörte man die Explosionen. Am Ende waren fast alle Häuser beschädigt. Auch die Schule und die Kirche hatten vor meinen Augen einen Treffer abbekommen. Die Straße lag voller Trümmer. Ich stand mitten im Geröll und war doch von keinem einzigen Stein getroffen worden. Es glich einem Wunder. Aber was war dieses Wunder wert, wenn ich inmitten des Todes überlebt hatte? Mein Dorf, meine Heimat war zerstört. Nicht einmal die Kirche war ihnen heilig gewesen. Ich hörte nur noch dieses Pfeifen. Es klang wie das Geräusch der Bomben, die aus dem Himmel herabfielen, aber in Wirklichkeit hatten die Detonationen mein Gehör betäubt. Ich bewegte mich vorsichtig durch die spitzen Trümmerbrocken, die überall auf der Kirchstraße lagen, und ging zurück zu unserem Haus. Unterwegs kamen mir die ersten Bewohner entgegen, die in den Bunkern am Oberembter Weg Unterschlupf gefunden hatten und nun in ihre Häuser zurückkehrten. Ich blickte in entsetzte Gesichter. Manche versuchten, mit mir zu sprechen. Ich las meinen Namen von ihren Lippen ab. Niemand weinte. Sie waren zu erschüttert, um den Verlust zu beweinen. Das kam erst später.«

»Wurde euer Haus auch beschädigt?«, fragte Leonore leise.

»Wir hatten Glück. Ein Teil des Schonsteins vom Nachbarhaus ist auf unser Dach gestürzt und hat ein Loch in die Ziegel gerissen, genau über meinem Bett. Ich hätte nachts die Sterne sehen können. Jean hatte noch einen Stapel alter Dachpfannen hinter der alten Werkstatt und behob den Schaden noch am selben Tag. Andere Familien hatten gar keine Bleibe mehr. Wir nahmen Frau Beckmann bei uns auf mit ihren vier Kindern. Später wurden sie evakuiert und sind nicht mehr wiedergekommen. Ich habe keine Ahnung, wo sie abgeblieben sind. Ihr Hof auf der Schulstraße steht heute ohne Dach da und verfällt.«

Leonore schwieg.

»Als die Amerikaner kamen, blieb ich ebenfalls im Haus. Nachdem ich die Bombennacht unbeschadet überstanden hatte, nachdem mich der Herrgott am Leben gelassen hatte, wusste ich, dass ich diesen Ort nicht verlassen durfte. Niemand hat das Recht dazu, seine Heimat aufzugeben. Man kann alles wieder aufbauen.«

Leonore dachte an Schirwindt. Und was, wenn die Heimat gar nicht mehr existierte? Sie hatte im Laufe der Jahre immer wieder durch Ännes Zeitungen geblättert, dabei jedoch nur die Überschriften gelesen. Zu groß war ihre Angst davor, zu erfahren, wie es Schirwindt ergangen war.

»Jean ist am Kriegsende zum Volkssturm eingezogen worden«, setzte Änne ihre Erzählung fort. »Seine Verwundungen waren mittlerweile egal. Sie haben jedem eine Waffe in die Hand gedrückt, der in der Lage war, sie zu halten. Siebzehnjährige, Kranke, Greise. Es gab keine Uniformen mehr. Als Erkennungszeichen diente lediglich eine Armbinde. Jean wurde direkt aus der Backstube herausgeholt und nach Gut Paffenlich geschickt. Vor dem Dorf sollten er und ein Haufen anderer dem anrückenden Feind Paroli bieten. Sie hatten sich im Keller verbarrikadiert und wurden beschossen. Es war aussichtslos. Zum Glück trug er seine Bäckertracht. Als die Amerikaner näher rückten und seine Kameraden blind ihrem Schwur auf den Führer folgend aus der Deckung liefen, um mit ihren Jagdflinten Kratzer in die Panzer der Eroberer zu schießen, versteckte er sein Gewehr unter den Kohlen und hing seine weiße Schürze aus dem Fenster. Sieben ließen ihr Leben. Es war so sinnlos. Aber Jean überlebte und kehrte noch in der Nacht zurück nach Hause. Die Amerikaner hatten das Dorf, in dem mit mir vielleicht noch zwei Dutzend Leute ausgeharrt hatten, zunächst aus Richtung Gut Neulich und von Hambach her beschossen. Erst nachdem sie sicher waren, keine Gegenwehr mehr befürchten zu müssen, waren sie in den Ort gekommen. Da war der Krieg vorbei.«

Bis kurz vor ihrem Tod blieb dies die einzige Gelegenheit, in der sich Änne Leonore gegenüber öffnete. Was gesagt werden wollte, war gesagt. Leonores Hoffnung, dass sich mit dem Erzählten eine größere Nähe zu Hannes' Mutter einstellen würde, dass sie ihr vielleicht eine Art Großmutter werden könnte, blieb unerfüllt. Auch weiterhin bat Änne Leonore lediglich um einen kleinen Gefallen hier und da, ein Glas Wasser etwa oder Hilfe beim Anziehen der Schuhe. Erst Jahre später begriff Leonore, dass diese kleinen BittenÄnnes Weg gewesen waren, eine Vertrautheit herzustellen.

4

Ich bin der Harbinger Arnold. Und wer bist du?« Leonore hörte die krächzende Stimme ihres Freundes schon von Weitem. Noch ehe sie ihn in seinen abgerissenen Hosen sehen konnte, hatte er offenbar gespürt, dass sie die Gänse den Weg hinauftrieb, und seine altbekannte Begrüßungsmelodie erklingen lassen. Er wartete oben am Wegkreuz auf sie. Mittlerweile traute er sich wieder öfter aus dem Haus. Es schien, als würde Leonore ihm guttun, ihm Mut machen.

»Ich bin die Klimkeit Leonore«, sang sie zurück, wenn sie guter Laune war. Wenn sie unglücklich war oder erschöpft, sagte sie nur »Guten Tag, Arnold«. Wenn sie – was auch nach all den Jahren noch immer vorkam – wieder einmal im Geschäft von einer ihrer ungewollten Rivalinnen drangsaliert worden war, musste sie nur eines sagen, und Arnold wusste Bescheid: »Die Martha Rütt und ihre Moppen.« Dabei spielte es keine Rolle, ob es tatsächlich Martha Rütt war, die Leonore wieder einmal schikaniert hatte, oder eine der anderen Damen des Dorfes, die sich den gestandenen Hannes Immerath sehr gut an ihrer Seite hätten vorstellen können und ihr Gebäck deshalb ausschließlich beim Chef selbst bestellten. Es ging um Leonores Gefühl.

Wenn ihr nach mehr zumute war, konnte sie Arnold aber auch in aller Ausführlichkeit ihr Herz ausschütten. Sie musste jedoch stets damit rechnen, dass er bei einem ihrer Sätze anbiss und sie in sein Repertoire aufnahm. »Diese entsetzlichen Kriegsjungfern«, rief er dann später durch das ganze Dorf, und auch nach Jahren kam es noch vor, dass er die Worte bei einer Gelegenheit, die eine Erinnerung wachriefen, plötzlich hervorholte.

Es war der Sommer zweiundfünfzig. Es war heiß, und die

Linde am Wegkreuz spendete Leonore, Arnold und den Tieren Schatten.

»So ein Baum müsste man sein«, sagte Arnold und deutete, ohne hinzusehen, auf die Linde.

Leonore fragte sich, wofür der Satz wohl stehen könnte. Sie hatte ihn aus seinem Mund noch nie gehört. Aber es war einer dieser wenigen wachen Momente, in denen ihr Freund klare Gedanken formulierte und etwas tatsächlich so sagte, wie er es meinte. Leonore konnte diese Augenblicke an einer Hand abzählen. So selten, so kostbar und gleichzeitig beängstigend waren sie. Plötzlich wirkte Arnold, als hätte er sich all die Jahre bloß verstellt.

»Man könnte einfach so dastehen«, fuhr er fort. »Man hätte keine Füße, mit denen man irgendwo hingehen muss, keine Hände, die einen zwingen, irgendetwas zu tun, und vor allem keine Augen, mit denen man ständig alle anglotzen muss.«

»Ohne Augen, Hände und Füße wäre ich tot«, erwiderte Leonore.

»Ich möchte ein Baum sein.«

»Wäre ich ein Baum«, sagte Leonore, »dann stünde ich anderthalbtausend Kilometer weit weg. Und du hier. Wäre das nicht traurig?«

»Ich bin der Harbinger Arnold. Und wer bist du?«

»Ich bin die Klimkeit Leonore.«

Arnold krähte vor Begeisterung. Er war wieder der alte, der verrückte kleine Harbinger.

Plötzlich geschah etwas Merkwürdiges: Es begann mit einem leichten Ziehen in Leonores Bauch. Zuerst nahm sie es kaum wahr, schob es auf das spärliche Frühstück, das sie heute zu sich genommen hatte, aber dann wurde es stärker. Etwas schien sie in Richtung Süden ziehen zu wollen. Vorbei am rostigen Christus an der Spitze des Wegkreuzes, vorbei an Lich, durch Steinstraß hindurch, über die Felder bis tief in den Bürgewald. Sie musste diesem Drang nachgeben. Sie fühlte, dass sie keine andere Wahl hatte. Es kam ihr vor, als riefe der Wald sie bei ihrem Namen. Selbst die Gänse schienen das zu verstehen. Sie blieben, entgegen jedem Instinkt, einfach beim kleinen Harbinger und der Sau unter der Linde und nagten beiläufig am Gras.

»Wer einen Bauern betrügen will, muss einen Bauern mitbringen«, sagte Arnold wie gewohnt zum Abschied, als Leonore sich ohne ein Wort umdrehte und durch die Sonne dem Wald entgegenlief.

Sie war seit dem Frühjahr nicht mehr hier gewesen. Im April und Mai hatte sie fast täglich säckeweise Maiglöckchenblätter aus dem Wald geschleppt. Der Wald war in dieser Zeit ihr Arbeitsplatz und Zufluchtsort gewesen. Schon in ihrem ersten Jahr in Lich-Steinstraß hatte Leonore damit begonnen, Maiglöckchen zu sammeln. Im Geschäft hatte man sich erzählt, dass man damit einen guten Nebenverdienst bestreiten konnte. Außerdem war ihr jede Tätigkeit willkommen, bei der man möglichst wenig auf andere Menschen traf. Im gewaltigen Bürgewald südlich des Ortes wucherte unter den noch lichten Bäumen schon ab März das frische Grün. Die Alteingesessenen kannten die besten Stellen und achteten darauf, dass Leonore ihnen nicht folgte, um nicht zur Konkurrenz zu werden. Sie ahnten nicht, dass ihr das Alleinsein im Wald mehr bedeutete als drei oder vier Pfund mehr im Sack. Leonore suchte sich ihre eigenen Wege, und sie fand ihre eigenen Lichtungen, auf denen die Maiglöckchen nur darauf warteten, gepflückt zu werden. Vor allem die Blätter waren es, auf die es die Sammler abgesehen hatten. In Säcken wurden sie zurück ins Dorf transportiert, gewogen und schließlich zur Sammelstelle nach Etzweiler gefahren. Leonore hatte gehört, die Maiglöckchenblätter gingen an eine Medizinfabrik in Köln, aber welche Medikamente daraus hergestellt wurden, war ihr gleichgültig. Genauso wie die Tatsache, dass die anderen Sammlerinnen sie betrogen, wo sie nur konnten. Mal wurde ihr zu wenig Gewicht auf die Sammelkarte geschrieben, mal wurden Säcke vertauscht. Leonore kümmerte sich nicht darum. Sie ließ ihnen ihre Freude an der Übervorteilung und freute sich selbst am Ende eines langen Tages darüber, die Zeit allein im Wald verbracht zu haben.

Wenn sie Hannes davon berichtete, dass man ihr wieder einmal zu wenig Lohn ausgezahlt hatte, reagierte dieser aufgebracht und wollte die Namen derer wissen, die Leonore hintergangen hatten. Aber am nächsten Tag bediente er auch die betrügerischsten unter den Maiglöckchensammlerinnen wieder mit äußerster Freundlichkeit und Achtung. Schließlich ließen sie das ergaunerte Geld in schöner Regelmäßigkeit in seinem Laden.

Aber als sie nun zwischen den Feldern südlich des Ortes entlanglief, spürte sie etwas Neues. Es war ein Drang, den sie nicht erklären, kaum beschreiben konnte, aber unbedingt stillen musste.

Als sie den Wald betreten hatte, war es, als ob die Baumriesen hinter ihr ihre Reihen schließen würden. Sie stand inmitten eines tiefen, uralten Waldes. Unter ihren Füßen knackten Eicheln und die Nüsschen der Hainbuchen. Auf dem Totholz am Boden wuchsen Pilze, Moose und junge Bäume. Leonore betrachtete die Stämme der Buchen. Glatt und kerzengerade ragten sie empor, trugen das Gewölbe aus Ästen und Blättern, das den Wald beinahe wie ein Kirchenschiff wirken ließ. Leonore begann zu schreiten. Der Gang durch den Wald bekam etwas Weihevolles. Sie hatte jedes Gefühl für Raum und Zeit verloren. Sie war längst nicht mehr sicher, wann sie die Gänse beim kleinen Harbinger zurückgelassen hatte. Waren es Stunden oder gar Tage? Konnten ihre Sinne sie derart täuschen?

Es zog sie weiter durch den Wald. Sie kannte diesen Weg

nicht, da hier in der Gegend im Frühjahr wenige Maiglöckchen wuchsen. Aber sie wusste, dass er zum Ottersmaar führte. Sie kannte das große Feuchtgebiet inmitten der Bürge nur aus den Erzählfetzen, die sie aufgeschnappt hatte, wenn sich zwei Kundinnen darüber unterhielten, dass ihre Männer dort auf der Jagd gewesen seien und Wildschweine mit nach Hause gebracht hätten. Während sie sich der Gegend um den Sumpf näherte, war es ihr, als wäre sie nicht mehr allein unterwegs. Sie fühlte plötzlich ein Schaudern und einen wohligen Grusel. So wie damals, als ihre Mutter ihr aus dem dicken grauen Märchenbuch vorgelesen hatte. Ihre Augen schienen ihr Streiche spielen zu wollen. Es schien ihr, als lägen vor ihr auf dem Boden Brotkrumen und als wäre ein Mädchen im roten Mantel hinter einen Baum gehuscht. Sie suchte Halt in den Dingen, derer sie sich sicher war, und fand plötzlich vor sich das Ottersmaar.

Dunst lag über dem feuchten Boden. Wildschweine hatten ihn aufgewühlt, um sich im Schlamm zu suhlen. Hier standen nur wenige Bäume. Leonore befand sich am Rande einer großen Lichtung und sah sich um. Sie blieb still und regungslos stehen. Und wie sie so verharrte, geschah schließlich die größte Merkwürdigkeit: Es war, als würde sie mit einem Mal federleicht, und ein schwacher Wind hob sie empor und hielte sie in der Luft. Sie schien sich lediglich Kraft ihrer Gedanken fortzubewegen, und ihre Füße wurden weder dreckig noch feucht. Leonore levitierte. Es war nicht weniger als ein Wunder. Sie selbst war das Wunder. Leonore war ihre eigene Erscheinung. Und wie sie so schwebte und über dem Wasser kreiste, hörte sie unvermittelt einen lauten Knall, wie von einem Gewehr, und dann sah sie einen Mann mit einer Büchse in den Händen aus dem Dickicht kommen. Als wäre ihr die Levitation seit jeher vertraut, schwebte sie zum Ufer, ließ sich fallen und versteckte sich hinter einer umgestürzten Eiche.

Der Hund des Mannes zog an der Leine. Er riss den Jäger förmlich durch den nächtlichen Wald. Beinahe konnte Leonore die Kälte seiner Schnauze spüren, als das Tier an ihr vorbei der einzigen Witterung folgte, die es interessierte. Kurz verharrte der Hund, sah ihr in die Augen, dann rannte er weiter. Wie konnte der Mann sie nicht bemerkt haben? Sie hatte doch über dem Morast geschwebt, wie eine Libelle. Wie konnte er das nicht gesehen haben? Er trug einen dunkelgrünen Lodenmantel mitsamt Hut und hatte einen Rucksack umgeschnallt. Sein Schritt war fest und bestimmt. Leonore sah ihm direkt ins Gesicht, als er sie passierte. Sie sah seine dunklen Augen und den wachen Blick. Er folgte seiner Beute und war dabei genauso konzentriert wie das Tier, das ihn leitete. Dieser Jäger war kein einfacher Bauer. Er war ein gebildeter Mann. Da war Leonore sich sicher.

Erst viel später, als sie wieder bei Arnold am Wegkreuz angelangt war, der brav mit den Gänsen ausgeharrt hatte, schoss ihr mit einem Mal ins Bewusstsein, was sie die ganze Zeit über gespürt hatte. Es hatte sie ein Wunsch befallen. Wie ein Aufhocker, den sie aus dem Wald mitgebracht hatte, saß er auf ihren Schultern.

Ein Jahr war vergangen, seit sie dem Harbinger Arnold anvertraute, welches Verlangen sie im Wald ergriffen hatte. Er behielt es für sich, und auch sie konnte niemand anderen in ihre Sehnsucht einweihen. Sie trug sie still mit sich herum.

Unterdessen griff Martha Rütt zu harten Bandagen. Sie ließ keine Gelegenheit aus, um Leonore zu schneiden oder offensiv zu ignorieren. Wenn sie in den Laden kam und Leonore hinter der Theke sah, wartete sie so lange, bis Hannes von hinten aus der Backstube hervorkam und sie ihre Moppen bei ihm bestellen konnte. Wenn der Bäcker gerade außer Haus war, verschwand sie grußlos und kam meist erst nach einigen Tagen wieder. Sie schien persönlich beleidigt, dass Hannes nicht ununterbrochen im Laden auf ihren Einkauf wartete. Anfangs hatte Leonore auf dieses Verhalten noch mit Wut reagiert, aber mit der Zeit amüsierte es sie geradezu. Sie hatte jetzt schon seit mehr als sechs Jahren bei Hannes Immerath und seiner Mutter in dem kleinen Haus in der Herrenstraße sieben Unterschlupf gefunden und war nun beinahe tatsächlich so alt, wie sie bei ihrer Ankunft zu sein vorgegeben hatte. Noch immer hatten weder sie noch Hannes auch nur ansatzweise Anstalten gemacht, miteinander eine Liebesbeziehung eingehen zu wollen, und auch nach außen mieden sie jedes gemeinsame Auftreten. Sie verband etwas, das beiden mehr wert war als eine Heirat.

Dennoch schien Martha Rütt entschieden zu sein, mit Leonore um die Gunst ihres auserwählten Moppenbäckers zu buhlen. Es war lachhaft und absurd, und gleichzeitig bewunderte Leonore die Ausdauer, die sie dabei an den Tag legte.

Martha war eine hübsche Frau, Leonore sah sie gerne an. Ihr gefielen ihre gewellten, blonden Haare und ihre zarte Haut. Sie verstand selbst kaum, warum Hannes ihrem beharrlichen Werben niemals nachgab. Für eine Frau, die allmählich auf die vierzig zuging, sah sie hervorragend aus, vor allem, wenn man bedachte, dass auch sie den Krieg hinter sich hatte. Dass sie in Hannes Immerath, der mittlerweile schon fast die sechzig erreicht hatte, den zukünftigen Vater ihrer zukünftigen Kinder sah, beeindruckte Leonore. Sie hätte auch nichts dagegen gehabt, wenn Marthas Trommeln endlich Erfolg haben würde, denn sie war sich sicher, dass Hannes sie nicht einfach vor die Tür setzen würde, dass sie, solange sie selbst es wollte, in der Herrenstraße ein sicheres Dach über dem Kopf haben würde. Nur: Es war aussichtslos. Hannes hatte sich all die Jahre mit allen Mitteln seiner kaufmännisch-professionellen Zurückhaltung gegen die Aufdringlichkeiten verschiedenster Frauen gewehrt. Martha Rütt war lediglich die Hartnäckigste. Aber die Unerreichbarkeit ihres Ziels trieb sie nicht etwa in die Resignation, sondern stachelte sie zu einer finalen Verzweiflungstat an.

Alles begann wie immer. Es war ein sommerlicher Samstagmittag. Martha betrat den Laden in Begleitung ihrer schwarzen Einkaufstasche und ihrer üblichen Überheblichkeit gegenüber Leonore, die gerade mit dem Einräumen der Regale beschäftigt war. Sie machte Hannes die üblichen schönen Augen, rückte sich in das übliche buchstäblich rechte Licht, das die Nachmittagssonne durch das Schaufenster hineinwarf. Sie schmierte ihm den üblichen Honig ums Maul, lächelte ihn an, umgarnte, umschmeichelte ihn und lobte ihn für seine Moppen, mit denen er sich wieder einmal selbst übertroffen hätte. Sie waren von Leonore gebacken worden, aber das verschwieg der Umworbene höflich. Er warf Leonore nur einen verschmitzten, heimlichen Blick zu, den diese lächelnd quittierte.

»Es freut mich, Martha, dass es dir immer so gut schmeckt.«

»Ach ja«, seufzte Martha gespielt und strich sich mit der flachen Hand über den noch flacheren Bauch, dessen Silhouette sie gekonnt – weil sicher hundertfach geübt – präsentierte. »Es schmeckt mir halt viel zu gut bei dir, Hannes.«

»Aber nicht doch, Martha, du bist doch rank und schlank.« Hannes wusste sich nicht anders zu helfen, als den ausgeworfenen Köder zu schlucken.

»Findest du?«

»Aber ja doch, Martha!« Hannes blickte verstohlen zu Leonore, aber die hatte ihm den Rücken zugekehrt. Er musste ihr belustigtes Grinsen dennoch gespürt haben.

»Du aber auch«, hörte Leonore die aufdringliche Stammkundin sagen.

»Wie bitte?«, fragte Hannes.

»Na, bei dir würde man auch nicht denken, dass du tagein, tagaus mit den süßesten Verführungen zu tun hast.«

Leonore klimperte mit den Einweckgläsern. Auch ohne hinzusehen, spürte sie Marthas Blick, der ihren Hinterkopf wie ein Blitz getroffen hatte.

Nein, meine Kleine, schien Martha zu zischen, ich rede nicht von dir.

»Ach, jetzt hör aber auf«, sang Hannes übertrieben. »Darf's denn sonst noch etwas sein?«

Sie schien nur darauf gewartet zu haben. »Was passt denn am besten zu frisch gebranntem Zwetschgenschnaps?«, fragte sie und zog eine klare Flasche aus ihrer Tasche.

Damit hatte Hannes nicht gerechnet. Vielleicht hatte ihn auch noch nie zuvor jemand etwas Ähnliches gefragt.

»Korinthenbrot«, sprang Leonore ihm bei. Noch immer hatte sie den beiden anderen das Gesicht nicht zugewandt. Martha tat so, als hätte sie Leonores Stimme gar nicht gehört.

»Korinthenbrot«, wiederholte Hannes. Es würde schon stimmen.

»Wunderbar, dann nehme ich eines davon.«

Hannes wollte es einwickeln, aber Martha bestand darauf, es direkt zu versuchen, und es gelang ihr in Windeseile, ihn nicht nur davon zu überzeugen, ebenfalls davon zu kosten, sondern auch ihren Schnaps (»Vom Onkel selbst gebrannt«) zu probieren, zwei passende Gläser (»Du hast doch bestimmt immer welche parat«) aus dem Küchenschrank nebenan zu holen und schließlich sogar – was eigentlich völlig undenkbar war – mit ihr hinaus auf den Hof zu kommen, um den Schnaps und das Brot gemeinsam in den Sonnenstrahlen auf dem Hof zu verköstigen (»Man darf doch das Leben auch mal genießen! Lass doch das Gesinde die Arbeit machen!«).

Leonore war vollkommen verblüfft. Noch nie in ihrer Zeit in Lich-Steinstraß hatte Leonore den Bäcker auch nur einen einzigen Schluck Alkohol trinken sehen. Seine Mutter trank abends vor dem Schlafengehen gerne einen Likör, aber er selbst rührte ihn niemals an. Leonore schüttelte halb belustigt, halb anerkennend den Kopf. Sie fegte den Laden, räumte die nicht verkaufte Frischware in die Küche. Sie, Hannes und Änne würden die Reste am Wochenende essen. Sie schloss die Ladentür ab und ging durch das Wohnzimmer, wo sie die zu Boden gefallene Zeitung aufhob, in die Backstube und machte auch dort Ordnung. Draußen hörte sie Martha kichern und gackern. Wie die Gänse, dachte sie und sah durch das kleine Fenster in der Tür zum Hof hinaus. Martha und Hannes hatten sich auf der aufgebockten Deichsel des alten Hängers niedergelassen, der seit Jahren, vielleicht auch schon seit Jahrzehnten unbewegt im Hof stand. Früher mochte es im Betrieb noch eine Zugmaschine dazu gegeben haben, aber zumindest seit Leonore in den Ort gekommen war, hatte niemand mehr den Wagen bewegt. Hannes schien ihn schon gar nicht mehr wahrzunehmen. Er war mit der rechten Wand des Hofes, die zugleich die Außenmauer der Scheune des Nachbarn war, verwachsen. Dass der fleißige Hannes ihn jetzt ausgerechnet zum Müßiggang nutzte, war mehr als erstaunlich.

Martha rückte näher und näher an Hannes heran. Immer wieder schenkte sie ihm nach und nötigte ihn dazu, sein Glas zu leeren. Ihre Hand berührte die seine auffällig unauffällig. Er zog sie mit zunehmender Verzögerung zurück. Leonore betrachtete das Spiel eine Zeit lang, dann machte sie sich wieder ans Werk. Sie säuberte den Ofen, fegte die Backstube und brachte die Asche und die Mehlreste in einem Eimer hinaus auf den Hof.

Hannes und seine Buhlerin waren verschwunden. Über

der Deichsel hing, halb im Dreck, nur noch Marthas Strickjacke. Die Schnapsflasche stand gewissenhaft verschlossen, aber augenscheinlich bis auf den letzten Tropfen geleert, neben dem Vorderrad des Hängers. Leonore sah sich um. Die beiden waren entweder durch das große, aber wie üblich fest verschlossene Hoftor verschwunden, waren hinten durch die Tür im alten Stall hinaus auf die Wiese hinter dem Hof gegangen, oder sie waren noch irgendwo hier und spielten mit ihr Verstecken. Im Haus waren sie nicht. Nicht im Laden, nicht in der Wohnung und nicht in der Backstube. Das hätte Leonore gehört, und auch die Wiese hinter dem Stall schied aus. Die Gänse hätten sie dort nicht ohne Alarm zu schlagen durchgelassen. Leonore stellte den Eimer ab und setzte vorsichtig einen Fuß auf eine der Speichen des Wagens. Aber auch im Wagen, hinter der Seitenwand der Ladefläche waren sie nicht.

Von der alten Werkstatt her hörte sie Stimmen. Früher war dort eine kleine Besenstielmanufaktur gewesen. Der rechte Teil des Hauses, in dem jetzt Leonore lebte, war mitsamt der Werkstatt hinter dem Hof an eine Familie verpachtet gewesen, die dort eine Dampfmaschine stehen hatte und tagein, tagaus Besenstiele drechselte. Leonore hatte schon oft versucht, sich das Leben auf dem Hof vor ihrer Zeit vorzustellen: Änne als junge Frau, den kleinen Jean auf dem Arm. Hannes' Vater, nach dem zu fragen sie sich nie getraut hatte und der, abgesehen von einem winzigen Foto, das ihn in seiner Bäckeruniform zeigte, und das mit dem Gekreuzigten, der Mutter Gottes und einem Bild des heiligen Arnoldus an der Wand der Wohnstube eine seltsam anmutende Ahnengalerie bildete, aus dem Haus vollständig verschwunden war. Dazu im vermieteten Teil des Hauses eine ganze Familie. Von ihnen gab es nicht einmal ein Foto. Sie waren lange vor dem Krieg fortgezogen. Nach Norden, wie es hieß. Ins Ruhrgebiet, vielleicht. Vielleicht auch viel, viel weiter, über Bremerhaven nach Amerika. Geblieben waren nur noch vage Erinnerungen an ihre Existenz und der lange Schornstein, der einst den Qualm der Dampfmaschine in den Himmel über der Werkstatt geblasen hatte. Und genau von dort hörte Leonore jetzt das Gackern, das sie schon vernommen hatte, als Martha ihrem Hannes auf der Deichsel sitzend auf die Pelle gerückt war. Leonore stieg vom Rad des Hängers hinab, nahm den Abfalleimer in die Hand und schlich in Richtung der verschlossenen Werkstatttür. Als sie sich näherte, änderten sich Marthas Laute auf eine Art, die Leonore schnell die Flucht ergreifen ließ. Aus Gackern wurden Seufzer, aus Kichern kleine Schreie. Sie lief durch den Stall zur alten Mistgrube hinter dem Hof und ließ die Gänse Marthas Stimme übertönen.

Den ganzen Sonntag lang bekam Leonore Hannes nicht zu Gesicht. Von Martha Rütt war sogar zwei Wochen lang nichts zu sehen und zu hören. Dann tauchte sie plötzlich wieder im Laden auf und machte Hannes eine riesige Szene. Leonore lief, von dem Geschrei alarmiert, durch die Stube nach vorne in den Laden. Wie üblich behandelte Martha sie wie Luft. Sie offenbarte Hannes, schwanger zu sein, was dieser sofort und vehement bestritt. Leonore bemerkte, dass sein Gesicht die Farbe der Glut im alten Holzkohleofen annahm, aber er wahrte die Fassung. Martha schien das nur noch wütender zu machen. Sie schrie ihn an, er habe gefälligst für sein Kind zu sorgen.

»Welches Kind?«, brüllte Hannes zurück. »Von dem, was du mit mir angestellt hast, wird man nicht schwanger!«

»Und was, wenn doch?«

Leonore warf die Verbindungstür zur Wohnung zu und stellte sich mit dem Rücken davor, damit – was hoffnungslos war – die alte Änne Immerath nichts von dem unsäglichen Scharmützel zwischen Martha und ihrem Sohn mitbekommen musste.

»Du hast mir versprochen, mich zu heiraten!«, rief Martha. Hannes widersprach ihr aufs Schärfste.

Martha schlug mit der Faust gegen Konservendosen im Regal, Martha schluchzte, Martha winselte. Aber Hannes blieb standhaft. Als Martha schließlich stumm den Laden verließ und Hannes hinter dem Tresen zusammensank, hatte er noch immer die Zange in der Hand, mit der er üblicherweise die Moppen aus der Auslage griff. Leonore setzte sich zu ihm und nahm seine Hand. Über seine Wangen liefen Tränen. Hannes war sprachlos, aber Leonore verstand ihn auch ohne Worte. Sie verstand, dass Martha ihn übers Ohr gehauen hatte, dass sie ihn mit Selbstgebranntem abgefüllt hatte, um sich von ihm ein Kind machen zu lassen, und sie verstand, dass er nichts weniger wollte, als ein Kind mit dieser Frau großzuziehen, dass er wahrscheinlich mit keiner Frau ein Kind würde großziehen wollen und dass er auch mit keiner Frau dieser Welt ein Verhältnis haben wollte. Sie wusste, dass es Menschen gab, die anders fühlten, die nicht für die Ehe geschaffen waren. Sie spürte, dass Hannes einer dieser Menschen sein musste.

Doch die Szene mit Martha Rütt hing Leonore nach. Seit ihrem seltsamen Erlebnis im Wald war kein Tag vergangen, an dem sie nicht selbst voller Sehnsucht daran dachte, wie es wäre, ein Kind auszutragen. Immer wieder war sie zwischenzeitlich im Wald gewesen: Im Herbst, als sich das Laub in allen Farben zeigte, im verschneiten Winter, im Frühjahr, als sich plötzlich an Stellen Bäche bildeten, die die restliche Zeit des Jahres trocken waren. Im Mai hatte sie Maiglöckchen gesammelt, aber nie war es wieder so gewesen, wie an jenem Tag. Nichts davon war geblieben, nur ihr Wunsch, Mutter zu werden. Und dennoch – was Leonore nicht ahnen konnte – sollte es noch beinahe zwölf Jahre dauern, bis sich ihr Wunsch erfüllte.

Eine Glocke erklang. Die Tür öffnete sich, und Hannes

sprang auf, sich die salzigen Spuren der längst getrockneten Tränen noch am Ärmel abwischend, und begrüßte seinen Kunden mit der gebührenden Ernsthaftigkeit. Bevor Leonore auch nur realisiert hatte, dass jemand den Laden betreten hatte, war Hannes schon längst wieder von einem in sich zusammengesunkenen Häufchen zu dem stolzen Bäcker geworden, den er für seine Kunden darzustellen hatte.

»Hochwürden«, sagte er in einem Tonfall, der tatsächlich erfreut klang.

Für Leonore war es zu spät aufzustehen. Sie bewunderte Hannes' Professionalität aus ihrem dunklen Versteck hinter der Theke heraus. Zwischen den Glasscheiben der Vitrine hindurch besah sie sich den Kunden. Er trug eine ballonartige schwarze Mütze, einen schwarzen Anzug und darüber einen dunkelgrünen Lodenmantel. Seine Augen waren dunkel, und als sie die Klarheit in seinem Blick sah, traf es sie wie ein Schlag: Sie kannte diesen Mann. Das war der Jäger. Sie hatte ihn am Ottersmaar gesehen. Wie auch damals versteckte sie sich vor ihm. Er kaufte eine größere Menge Moppen, »wie immer«, wie er sagte. Obwohl er offenbar ein Stammkunde war, hatte Leonore ihn noch nie zuvor im Laden gesehen.

»Bis zum nächsten Mal«, sagte Hannes zum Abschied und verbeugte sich beinahe vor dem Herrn, der sich milde lächelnd bedankte und das Geschäft verließ.

Leonore erhob sich aus ihrem Versteck und blickte ihm durch das Schaufenster nach. »Wer war das?«, fragte sie mit lang gestrecktem Hals, und ohne Hannes anzusehen.

»Das war der Pfarrer von Manheim.«

Leonore sah ihn in seinen dunklen Mercedes steigen.

»Kennst du ihn nicht?«, fragte Hannes, »Er kommt jeden Monat vorbei und holt sich seine Ration.« Hannes richtete sich halb im Stolz, halb im Scherz auf. »Die besten Moppen der Jülicher Börde!«

»Doch«, sagte Leonore und dann doch »Nein.« Sie wollte ihm nicht erklären, wo sie den Pfarrer schon einmal gesehen hatte.

Es wurde Herbst. Es wurde Winter. Und Martha Rütts Bauch blieb flach. Ob sie die Schwangerschaft vorgetäuscht hatte, oder ob sie tatsächlich schwanger war und das Kind verloren hatte, wusste nur sie selbst. In Hannes' Laden ließ sie sich zunächst nicht wieder blicken.

Im März vierundfünfzig kehrte ein gewisser Theo Plum aus sowjetischer Gefangenschaft heim und übernahm nicht nur die elterliche Tankstelle am Matthiasplatz in Steinstraß, sondern auch die Rolle, die Hannes Immerath zuvor in den Gedanken von Martha gespielt hatte. Aber anders als der Bäcker war der wesentlich jüngere Kriegsheimkehrer voller Hunger auf eine Frau, die sich nichts sehnlicher wünschte als einen starken Mann, der ihr auf der Stelle ein Kind machte. Schon im Winter trug das frisch vermählte Paar seine Tochter zur Taufe in die Kirche. Ihre Moppen kaufte Martha jetzt in einer anderen Bäckerei. Sie hatte bekommen, was sie wollte.

5

Änne Immerath wurde mit den Jahren immer unbeweglicher. Nicht nur ihr Körper ließ nach, auch ihre geistigen Kräfte schwanden. Hin und wieder fand sie einen Grund, nach Leonore zu rufen. Beim Aufsammeln der heruntergerutschten Zeitungen überflog Leonore weiterhin die Überschriften. Sie hatte noch immer das Gefühl, den Dingen besser nicht zu genau auf den Grund zu gehen. Das galt auch für die Lösungen in Ännes Kreuzworträtseln. Waren ihr zunächst nur die Wörter aufgefallen, die offensichtlich nicht in den Kästchen vorgesehen waren, weil sie entweder zu lang waren – Nebenfluss der Donau, vier Buchstaben: ILLER – oder zu kurz – Erdzeitalter, sechs Buchstaben: JURA –, so fielen ihr jetzt mehr und mehr Begriffe ins Auge, die gar keinen Sinn ergaben – Hauptstadt Spaniens: SHDRFD. Irgendwann war Änne dann anscheinend dazu übergegangen, die Buchstaben gar nicht mehr in die dafür vorgesehenen Kästchen der Rätselseite zu schreiben, sondern die ganze Zeitung mit offenbar zufällig ausgewählten Begriffen zu beschriften: DONNER. STUMPF. ERHABEN. Sie schien keine Fragen mehr zu brauchen, um Antworten zu finden. Ihre zunehmende Starrsinnigkeit führte jedoch dazu, dass Leonore mehr und mehr Schwierigkeiten damit bekam, ihr die richtige Seite vorzulegen, wenn wieder einmal die halbe Zeitung vom Tisch gefallen war. Früher war es selbstverständlich die Rätselseite gewesen, nach der sie verlangt hatte, inzwischen konnte es genauso gut jede andere sein. Überall hatte sie Wörter zwischen die Zeilen geschrieben. SILBER. TROCKEN. BACHSTELZE.

Einmal stieß Leonore bei der Suche nach Ännes Notizen auf eine Seite mit Leserbriefen. RECHENSCHAFT hatte sie dort hingeschrieben und war nun hektisch und ungeduldig, bis Leonore endlich die richtige wiederfand. Sie hatte das sinnlose Wort quer über einen Leserbrief geschrieben, von dem Leonore nicht mehr als die Überschrift und den Namen unter dem Text lesen konnte. *Der deutsche Wald ist Buchenwald* stand dort in fetten Lettern. Unterschrieben war der Brief mit *Willi Kerff*. Sie wusste weder, warum sie sich diesen Namen merkte, noch begriff sie, was sie an der Überschrift fesselte, aber sie behielt beides bis zum nächsten Nachmittag im Kopf – bis sie an der Kirche auf dem Rückweg von einem Kunden am Matthiasplatz auf den kleinen Harbinger traf.

»Der deutsche Wald ist Buchenwald«, sagte Leonore aus einer Laune heraus. Wenn Arnold sie mit irgendwelchen mehr oder weniger sinnhaften Floskeln begrüßen konnte, dann konnte sie das auch.

»Ich bin der Harbinger Arnold. Und wer bist du?«, schallte es zurück.

Leonore erzählte Arnold von dem Leserbrief, dessen Titel und Verfasser ihr nicht aus dem Kopf ging. »Willi Kerff. Willi Kerff. Willi Kerff.«

Der Harbinger kniff die Augen zusammen. Er schien tief in sein Gedächtnis hinabzusteigen. Er zog die Mundwinkel in die Breite, legte den Kopf zur Seite und drehte sich in Richtung der Schule. Es war Leonore ein wenig unheimlich zumute, als er einen Reim hervorpresste. Er schien nicht mit seiner eigenen Stimme zu sprechen. Es klang bösartig und hohl: »Der Lehrer Kerff ist ein Kommunist. Lasst eure Kinder zu Haus, bis er verjagt worden ist!«

Leonore sah den Harbinger Arnold schweigend an.

»Diese entsetzlichen Kriegsjungfern.« Seine Stimme war wieder die altbekannte.

»Was hast du gesagt?«, fragte Leonore.

»Diese entsetzlichen Kriegsjungfern.«

»Nein, davor.«

Arnold schwieg und sah sie verständnislos an.

»Wer einen Bauern betrügen will, muss einen Bauern mitbringen«, sagte er stattdessen.

»Warte, Arnold!« Leonore packte ihn am Arm.

Er zuckte, beinahe hätte er ihr für einen kurzen Moment in die Augen gesehen. Sie ließ ihn los. »Arnold?«, fragte sie. »Warum Buchenwald?«

»Der deutsche Wald ist Buchenwald.«

»Warum ein Buchenwald?«

»Der deutsche Wald ist Buchenwald.«

»Das Einzige, was ich von meinem Vater weiß ...«, sagte Leonore, aber Arnold unterbrach sie: »Wer einen Bauern betrügen will, muss einen Bauern mitbringen.«

Leonore nahm den Griff des Handkarrens und zog ihn in Richtung Herrenstraße.

»Der deutsche Wald ist Buchenwald«, hörte sie den Harbinger noch rufen, als sie den Karren schon durch das Tor zog und im Innenhof vor der Backstube abstellte.

Am nächsten Morgen, einem Sonntag, wurde sie wieder von seiner Stimme geweckt: »Der deutsche Wald ist Buchenwald.« Immer wieder schrie er es durch die Morgendämmerung. Seine Stimme kam näher. Leonore trat ans Fenster und sah hinaus. Er schritt die Straße entlang wie ein Dorfschreier, der eine wichtige Nachricht zu verkünden hatte: »Der deutsche Wald ist Buchenwald.«

Fenster wurden geöffnet, um Köpfe herauslugen zu lassen, und sofort wieder hektisch geschlossen. Fensterläden klappten zu. Türen wurden abgeschlossen. Fast hätte man meinen können, das Dorf wollte sich vor Arnolds merkwürdiger Botschaft verstecken. Was hatte es damit nur auf sich? Leonore wollte der Sache auf den Grund gehen. Sie lief über den Hof in die Backstube. Hannes sah sie aus der Wohnstube, wo er mit seiner Mutter am Tisch saß und in der Zeitung las.

»Dieser Harbinger«, blaffte er nur. Er klang aufgebracht und warf Leonore einen vorwurfsvollen Blick zu. Was hast du ihm da beigebracht, schien sein Blick zu fragen, so als wüsste er, dass er diesen Satz von Leonore aufgeschnappt hatte.

Leonore zuckte mit den Schultern und versuchte sich aus Hannes' Blickfeld zu bewegen. Hinter dem Ofen lag der Stapel mit den alten Zeitungen, die zum Anheizen verwendet wurden. Die Freitagsausgabe lag obenauf. Leonore blätterte sie durch. Überall fand sie Ännes seltsame Notizen. TIBER. KAPERN. FAWSCHBB. Sie sah sich jede Seite genau an. Sie blätterte vor und wieder zurück. Aber es war wie verhext: Die Leserbriefe waren verschwunden.

»Was suchst du denn?«, rief Hannes von nebenan.

»Ach, nichts.« Sie schob den Stapel zurecht. »Ich wollte nur nachsehen, ob alles aufgeräumt ist.«

»Leonore, heute ist Sonntag. Geh spazieren!«

Draußen war vom kleinen Harbinger nichts mehr zu hören. Sollte er noch immer herumlaufen, würde sein Rufen jetzt vom Glockenklang des Kirchturmes übertönt. Das Dorf stülpte sich nur vorsichtig wieder aus seinem Schneckenhaus. Von überallher traten einzelne Menschen oder Paare oder Familien auf die Straßen vor ihren Häusern. Sie blickten sich vorsichtig nach allen Seiten um und eilten dann geschützt von Hüten und Mänteln zur Kirche. Als die Glocken verstummt waren, trat auch Leonore auf die Straße. Plötzlich war es wieder still im Dorf. Längst nicht alle waren in der Kirche, aber die anderen blieben in ihren Häusern, um von jenen, die ebenfalls nicht in der Kirche waren, nicht schräg angesehen zu werden. Es war die einzige Stunde der Woche, in der sich Leonore auf Augenhöhe mit den alteingesessenen Dorfbewohnern befand. Zumindest mit denen, die nicht in der Messe waren. Einmal in der Woche war Leonore eine von ihnen, und das befreite sie so sehr, dass sie unbeschwert und ausgelassen durch das Dorf lief. Ihre Spaziergänge am Sonntagmorgen waren ihr im Laufe der Jahre eine lieb gewonnene Tradition geworden. Üblicherweise lief sie die Herrenstraße entlang, bog am Pastorat in die Schulstraße ein, passierte das Kleinfeldchen und lief dann die Hauptstraße entlang, bog am Matthiasplatz wieder nach Norden in die Prämienstraße, um dann am Ortsausgang Richtung Bettenhoven und Rödingen einen Schlenker über die Felder und über das trockene Bett des Winterbachs zu machen.

Aber als sie jetzt an der Kirche angekommen war und sich vorzustellen versuchte, wie die Gläubigen dort in diesem sakralen Raum versammelt waren, als sie in einem Moment tief empfundenen Friedens alleine und sich selbst genügend dastand, flog auf einmal das schwere hölzerne Tor auf, als hätte der Teufel persönlich es aufgestoßen. Aber es war nicht der Leibhaftige, es war der Pfarrer höchstselbst, der aus der Kirche preschte und etwas Schweres hinter sich herzog. Verglichen mit dem Manheimer Pfarrer mit seinen sanften, klaren Gesichtszügen, war der Priester von Sankt Andreas in Lich eine schwammige Erscheinung. Es dauerte einen Moment, bis Leonore erkannte, was oder besser, wen der Mann im Messgewand dort im Schlepptau hatte.

»Der deutsche Wald ist Buchenwald«, hörte sie ihn schreien, als die Orgel einsetzte, wie um sein Rufen zu übertönen. Der Pfarrer zerrte Arnold an ihr vorbei. Der hochrote, fleckige Kopf des Geistlichen verriet seine Anstrengung und Empörung über den Störenfried in seiner Messe. Er beachtete Leonore nicht. Er schien sie für einen Grabstein auf dem die Kirche umzingelnden Friedhof zu halten, so demonstrativ ignorierte er sie.

Der kleine Harbinger sah sie zwar nicht an, aber er hatte sie bemerkt: »Ich bin der Harbinger Arnold. Und wer bist du?«, ächzte er, hörbar um Sanftheit in seiner Stimme bemüht, als er an ihr vorbeigezogen wurde. Und dann schrie er wieder: »Der deutsche Wald ist Buchenwald.« Immer wieder. Seine Rufe verstummten erst, als der Pfarrer es dank seiner erstaunlichen Kräfte tatsächlich geschafft hatte, ihn zu Hause auf dem elterlichen Hof am Ende der Prämienstraße abzuliefern.

Alles ging blitzschnell. Es wirkte beinahe routiniert. Der Pfarrer kam im Laufschritt angerannt und betrat gerade rechtzeitig, als die Orgel wieder verstummte, seine Kirche. Ein Mann in festlichem Anzug, der die ganze Zeit über die Tür offen gehalten hatte, ließ sie hinter ihm wieder ins Schloss fallen, und der absonderliche Spuk war vorbei.

Tagelang sah und hörte Leonore nichts vom Harbinger. Aber die bange Frage, ob es ihm gut ginge, ließ sie abends kaum einschlafen. Am Donnerstagmittag fasste sie sich ein Herz und bat Hannes darum, ihn am Nachmittag in Backstube und Laden alleine lassen zu dürfen, um nach Arnold zu sehen. Schnellen Schrittes ging sie über den Winterbach und die abgeernteten Felder zum Harbinger-Hof. Sie war noch nie dort gewesen, hatte noch nie mit Arnolds Mutter geredet, und als sie sie jetzt aus der Nähe sah, erschrak sie ob der tiefen Falten und schweren Tränensäcke, die ihrem Gesicht etwas Maskenhaftes verliehen. So als könne man jeden Schrei, jede Beschwerde der Nachbarn, jede Schelte des Pfarrers in ihrem Gesicht ablesen. Als sie Leonore vor sich stehen sah, schien sie nichts Gutes zu erwarten.

»Das Flüchtlingsmädchen vom Immerath«, flüsterte sie, und Leonore musste fast lachen, erkannte sie doch jetzt, wie gut der kleine Harbinger den Tonfall seiner alten Mutter imitierte. Vorstellen musste sie sich also nicht, aber sie wusste nicht, ob Arnold in einem seiner klaren Momente von ihr erzählt hatte und ob sie wusste, dass ihr Sohn sie regelmäßig traf.

»Ich habe Arnold lange nicht gesehen«, sagte Leonore.

»Er ist nicht hier«, antwortete seine Mutter, und es klang beinahe erleichtert.

Leonore sah sie fragend an.

»Ich glaube, er ist meistens im Wald. Auf jeden Fall sind seine Stiefel voll mit Waldboden, wenn er abends heimkommt.«

»Im Wald?«

»Ja, aber ich weiß nicht, wo. Die Bürge ist groß.«

»Ich weiß, Frau Harbinger. Im Frühjahr sammle ich Maiglöckchen.«

Die Alte nickte. Vielleicht war da ein Funken Anerkennung. »Redet er mit dir?«

»Manchmal«, sagte Leonore. »Er hört zu.«

»Das ist gut.«

Leonore lief los. Sie wusste, dass sie keine Chance hatte, im riesigen Wald zufällig auf Arnold zu treffen, aber sie ließ sich treiben. Sie hatte seine Stimme im Ohr. Der deutsche Wald ist Buchenwald. Immer und immer wieder. Was hatte ihn nur so besessen diesen Satz wiederholen lassen? Und was hatte es damit überhaupt auf sich? Warum hatte der unbekannte Leserbriefschreiber diese Überschrift gewählt? Wäre sie doch nur eine fleißigere Leserin, dann wüsste sie jetzt vielleicht, warum alle im Dorf dermaßen erschrocken auf diese Botschaft reagiert hatten.

Ihr kam wieder in den Sinn, was sie dem kleinen Harbinger eigentlich hatte erzählen wollen, als sie das letzte Mal mit ihm gesprochen hatte. Sie hatte ihm erzählen wollen, dass ihr Vater in einem Buchenwald gearbeitet hatte. Während Leonore jetzt den Hainbuchen des Bürgewaldes dabei zusah, wie sie ihr rostbraun verfärbtes Laub abwarfen, kam es ihr wieder in den Sinn. Sie hatte Arnold von ihrem Vater erzählen wollen, von dem sie kaum mehr wusste als den Namen. Paul hatte er geheißen, wie ihr kleiner Bruder. Der

Wald, in dem er als Aufseher beschäftigt war, lag weit von Schirwindt entfernt. Er war nur selten nach Hause auf Heimaturlaub gekommen. Er war wohl, so hatte Leonore es sich immer zurechtgereimt, zu bedeutend, um öfter Urlaub machen zu können. Einen beachtenswerten Vater hatte sie gehabt, ganz sicher. Sie erinnerte sich kaum an sein Gesicht, die Farbe seiner Augen, seine Stimme. Aber sie wusste noch genau, wie sich seine dunkelgraue Uniform angefühlt hatte mit dem schwarzen Kragen. Und sie wusste, was er geantwortet hatte, als sie ihn damals – sie musste vielleicht sechs oder sieben Jahre alt gewesen sein – gefragt hatte, warum er diesen angsteinflößenden Totenkopf auf der Schirmmütze trug. Er hatte sich zu ihr hinuntergebeugt und leise zu ihr gesagt, dass das ein Geheimnis sei. Aber er würde es ihr, nur ihr, verraten, wenn sie verspräche, es niemandem weiterzusagen. Sie versprach es feierlich mit erhobenen Fingern, und er flüsterte ihr ins Ohr, dass seine Mannschaft und er in Wirklichkeit Seeräuber seien. Leonore hatte große Augen gemacht, und er legte ihr seinen Zeigefinger auf die Lippen. Leonore hatte genickt und seitdem ihr Versprechen gehalten. Niemandem hatte sie es verraten, wenn auch im Laufe der Jahre die Zweifel größer geworden waren, ob er ihr damals wirklich die Wahrheit erzählt hatte. Was sollten schließlich Piraten in einem Buchenwald?

Während sie jetzt zwischen den gewaltigen Stämmen der uralten Buchen im Bürgewald hindurchschritt, stellte sie sich ihren Vater vor, wie er mit seinen Kollegen von der Wachmannschaft, die Pistolen im Anschlag, hinter den Bäumen auf fremde Schiffe lauerte, um sie zu kapern.

Je tiefer sie in den Wald lief, desto deutlicher nahm sie ein Geräusch wahr, das nicht hierhergehörte. Zunächst war es nur ein leichtes Brummen, aber je näher sie der Geräuschquelle kam, desto tiefer schien es nicht nur in ihr Gehör, sondern in ihren ganzen Körper einzudringen. Es musste ein großer, schwerer Motor sein, eine Höllenmaschine.

Plötzlich verharrte sie. Eine Erinnerung spielte sich in ihr Bewusstsein: Sie lief mit ihrer Mutter und ihrem Bruder, dem kleinen Paul, durch den Wald bei Schirwindt. Auch dort war dieses Brummen gewesen. Dieses den ganzen Leib erfassende Beben. Höllenmaschinen, hatte jemand gerufen, und Leonore hatte nichts begriffen, aber sie hatte ihre Mutter angeschaut und die nackte Angst in ihren Augen gesehen. Danach war das Furchtbarste geschehen. Leonore wollte sich nicht daran erinnern.

Noch bevor sie sich entschieden hatte, ob es besser war, der Sache auf den Grund zu gehen oder zu fliehen, sah sie plötzlich durch das Dickicht ein helles Licht. Es war ein oranges Blinken, wie von einer dieser sich drehenden Lampen, die Reinigungsfahrzeuge oder Baumaschinen auf dem Dach montiert haben. Sie schlich gebückt durch das Unterholz, bis sie ungehindert sehen konnte, was sich dort abspielte. Vor ihr auf einer Rodung von gut zwei Morgen standen mehrere schwere Maschinen, Lastwagen, Bagger. Geräte, die Leonore kaum zu benennen imstande war. Sie glichen riesenhaften Bohrern. Alles blinkte und brummte und vibrierte. Männer in blauen Arbeitsuniformen liefen von einem Gerät zum anderen, gaben einander Zeichen mit schwenkenden Armen und zogen an Hebeln, drehten an Rädern, die die Maschinen in Bewegung setzten und sie noch lauter, noch aufwühlender arbeiten ließen. Was ging hier vor sich? Leonore schien vom Beben der schweren Geräte in Bewegung versetzt. Fast wie von allein bewegte sie sich um die denkwürdige Szenerie herum. Leonore überquerte eine Schotterpiste, die den Wald durchschnitt. Sie wusste nicht genau, wo sie sich gerade befand, aber sie hatte eine ungefähre Ahnung, dass sie irgendwo zwischen der Elsdorfer Bürge und dem Ottersmaar sein musste, und sie war sich absolut sicher, dass es diese Straße noch nicht gegeben hatte, als sie im Frühjahr zum Maiglöckchensammeln hier gewesen war. Man hatte die Schneise einfach durch den Wald gezogen, um an dieser Stelle mit dem schweren Gerät zu arbeiten.

Während Leonore noch versuchte zu verstehen, was hier vor sich ging, sah sie auf einmal eine Gestalt auf sie zulaufen, mit der sie inmitten dieses unwirtlichen Szenarios nicht gerechnet hatte.

»Die Evangelische aus dem Osten«, rief das Männlein, das aufgeregt in ihre Richtung hüpfte. Leonore konnte ihn kaum verstehen.

»Was machen die hier?«

»Probebohrungen«, schrie der Harbinger Arnold.

»Probebohrungen?«, schrie Leonore zurück.

»Schon seit Wochen.« Arnold schien in alle Richtungen gleichzeitig sehen zu müssen. Der Lärm der Bohrer stellte wohl eine riesige Anstrengung für ihn dar. Zur selben Zeit wirkte er fasziniert. »Sie waren schon überall, in der ganzen Bürge, ich beobachte sie.« Der kleine Harbinger schwitzte von Kopf bis Fuß. »Die Martha Rütt und ihre Moppen«, schoss es aus ihm hervor.

»Ja, die Martha Rütt und ihre Moppen«, antwortete Leonore, denn genau so fühlte sie sich, als sie sah, wie ihr Wald von den stählernen Ungetümen durchbohrt wurde. Und dann sagte sie leise: »Die Sau ist ausgebüxt.«

6

Änne Immerath starb in einem langen, kalten Winter. Es war der Januar zweiundsechzig und Änne in ihrem neunzigsten Lebensjahr. Seit Jahren war es mehr und mehr zu Leonores Aufgabe geworden, Hannes' Mutter zu pflegen, ihr beim Aufstehen zu helfen, sie zu waschen, anzuziehen, sie nach unten in die Stube zu bringen, ihr Essen zu machen, die Zeitung und einen Kugelschreiber zurechtzulegen. Am Abend brachte sie sie nach oben und half ihr, sich für die Nacht fertig zu machen. Und zwischendurch stand sie immer bereit, wenn Änne etwas brauchte, wenn sie zur Toilette musste oder wenn ihr wieder etwas heruntergefallen war. Daneben arbeitete sie auch in der Bäckerei weiter voll mit. Wenn er auch weiterhin im Laden und in der Backstube stand, musste Leonore doch zunehmend Aufgaben übernehmen, die der kriegsversehrte und alternde Hannes nicht mehr schaffte. Die Auslieferung zu den Schaustellern im Dorf hatte sie nun vollständig übernommen, aber die Bestellungen waren weniger geworden. Zwei Familien hatten in den letzten Jahren das Kirmesgeschäft an den Nagel gehängt, weil die Kinder das anstrengende Leben im Wohnwagen, das sie während der Saison Wochenende für Wochenende an einen anderen Ort im Rheinland führte, nicht mehr weiterführen wollten. Andere Kunden, die ihre Moppen schon seit Generationen von der Bäckerei Immerath bezogen hatten, waren plötzlich zur industriellen Konkurrenz gewechselt und verkauften an ihren Ständen nun in Zellophan verpackte Massenware, die jeder kannte und deshalb jeder wollte. Aber noch lief das Geschäft in der Herrenstraße gut genug, um den dreien ein Auskommen zu sichern.

Auch die geistigen Kräfte der alten Frau Immerath hatten weiter nachgelassen. Im September schon hatte sie mit einem Mal Schwierigkeiten mit dem Sprechen bekommen. Sätze endeten unvermittelt. Sie baute Wörter ein, die keinen Sinn ergaben. Ihre Art zu sprechen erinnerte Leonore immer mehr daran, wie sie ihre Kreuzworträtsel löste, wie sie ihre Zeitung mit wahllosen Worten vollschrieb.

Eines Mittags, als Leonore ihr gerade einen Teller Milchsuppe hingestellt hatte und damit beginnen wollte, sie zu füttern, sagte die Alte: »Ich weiß gar nicht, wo ich bin. Wo haben die mich denn hingebracht?« Sie sah sich verwirrt im Zimmer um, in der Wohnstube, in der sie, seit Leonore vor sechzehn Jahren das Haus in der Herrenstraße sieben zum ersten Mal betreten hatte, mehr Zeit verbracht hatte als an jedem anderen Ort. Ihr linker Mundwinkel hing schlaff herunter, und ein Augenlid schien nicht mehr kontrollierbar.

»Alles ist gut«, sagte Leonore und versuchte, sich ihren Schreck nicht anmerken zu lassen.

»Der Schlag hat sie getroffen«, diagnostizierte der herbeigerufene Arzt und verordnete Bettruhe.

Änne stand nie wieder auf.

Leonore verbrachte Tag für Tag viele Stunden an ihrem Bett. Änne sprach täglich weniger. Hannes hatte den Pfarrer rufen lassen, der ihr die Letzte Ölung spendete. Leonore war erschrocken gewesen über den routinierten und unpersönlichen Akt, den der rotgesichtige Pfarrer abriss. Wie auch schon bei der Begegnung vor der Kirche, als der Priester den armen kleinen Harbinger hinter sich hergezogen hatte, schenkte er Leonore keine Beachtung.

Alles Religiöse war Leonore seit der Flucht aus Ostpreußen fremd geblieben. Dennoch las sie Änne aus ihrem kleinen schwarzen Gebetbuch vor. Sie rezitierte die Psalmen und Gedichte, als glaubte sie daran, als gäbe es tatsächlich einen Gott, der die Seele der Alten aufnehmen würde, wenn Leonore nur die richtigen Worte der Fürsprache fand. Und auch nachts, wenn Hannes, von der vielen Arbeit in der Vorweihnachtszeit völlig erschöpft, längst in seinem Bett lag, hielt sie Wache. Hannes fehlte es an Kraft, seine Mutter so zu sehen. Leonore vermutete, dass er insgeheim froh war, so viel zu tun zu haben. Abends saß er eine halbe Stunde am Bett seiner Mutter und weinte, halb vor vorauseilender Trauer, halb vor Erschöpfung. Leonore löste ihn dann stumm ab, legte ihre Hand auf seine Schulter und deutete ihm, nach nebenan in sein Zimmer zu gehen. Oft streifte sie dann ihre Schuhe ab und schlüpfte zu der alten Frau unter die Decke. Nur ein einziges Mal hatte Änne sich ihr gegenüber geöffnet, als sie von ihren Erlebnissen im Krieg erzählte. Aber jetzt, da ihr Tod nicht mehr lange auf sich warten lassen würde, strahlte sie auf einmal eine Wärme aus, die Leonore das Gefühl gab, doch noch die Großmutter gefunden zu haben, die sie sich all die Jahre so sehnlich gewünscht hatte. Die ganzen Zwänge und Grenzen, alles Moralische, all die Dinge, die Änne Immerath erlebt und erduldet haben musste und die sie zu dem Menschen gemacht hatten, der nur sinnlos in der Wohnstube gesessen hatte, schienen verschwunden. Sie waren vor ihr gestorben.

Leonore machte der Tod keine Angst mehr. Sie hatte ihren Bruder sterben sehen und den Tod ihrer Mutter miterlebt. Auf ihrem Weg in den Westen hatte sie unzählige Tote gesehen. Sie alle waren aus dem Leben gerissen worden. Leonore freute sich an Ännes Glück: Sie wurde nicht gerissen, sondern getragen.

Kurz nach Weihnachten bekam Änne Fieber. Sie aß nichts mehr, trank kaum noch. Hannes und Leonore verbrachten die Feiertage stumm an ihrem Bett. In der Silvesternacht begann sie plötzlich zu sprechen. Seit Wochen hatte sie keine

Silbe mehr gesagt, jetzt redete sie sich plötzlich – im Flüsterton – in Rage.

Hannes richtete sich auf, als seine Mutter die ersten Worte formte. »Mutter, bist du wach?«, fragte er voller vergeblicher Hoffnung. Aber Änne redete stur weiter. Zusammenhanglose Wörter und Satzfetzen füllten den Raum. Hannes und Leonore hielten den Atem an, um kein Wort zu verpassen, aber sie fanden keinen Sinn darin. Als es auf Mitternacht zuging, begann sie zu zittern. Sie fabulierte von riesigen Rädern, die alles unter sich begruben, Pflügen, die alles vernichteten und nichts als Ödnis und Wüste zurückließen. Leonore dachte an die Offenbarung. War nicht auch dort von solcherlei Dingen die Rede? Änne musste sich ihrem Herrn nahe wähnen.

Als am Dreikönigstag der erste Schnee fiel und sich wie Watte auf das Dorf legte, verdunkelte sich Ännes Zimmer. Wann immer sie jetzt noch zu reden versuchte, verwuschen alle Wörter zu einem einzigen Rascheln. Als sie gegen Morgen ihren letzten Laut von sich gab, war es nicht mehr als ein zwischen Zunge und Zähnen hervorgepresster Hauch, den sie abrupt mit offenem Mund beendete. Leonore schien es, als hätte Änne noch ein letztes Mal ihren Sohn bei seinem echten Namen gerufen, und sie spürte, dass auch Hannes begriff, dass er nun nie wieder Jean sein würde.

Leonore stand auf, ging zum Fenster und drückte die schneebedeckte Scheibe nach oben. Das Dorf lag stumm und weiß vor ihr. Sie spürt, wie die restliche Wärme aus dem Zimmer an ihren Wangen vorbei nach draußen entwich. Ein Eichelhäher flatterte auf und flog in Richtung Wald.

Vier Tage später stand Leonore frierend auf dem Friedhof vor der Kirche und sah, wie der Sarg der alten Frau durch das schwere Eichenholzportal hinausgetragen wurde. Der rotgesichtige Pfarrer schritt voran. Hannes folgte dem Sarg, und Leonore reihte sich neben ihm ein. In die Kirche hatte sie sich nicht getraut, aber hier draußen sollte es doch egal sein, dass sie für die Leute im Dorf noch immer nur die Evangelische war, die nicht zur Familie gehörte. Sie konnte fühlen, wie die Menschen, die hinter ihnen zum Grab liefen, die Nase rümpften. Sie spürte ihre Gedanken wie Messer in ihrem Rücken. Aber sie blieb standhaft. Sollten sie doch denken, was sie wollten. Sie gehörte an Hannes' Seite.

Später im Jahr tauschte ein Steinmetz das einfache Holzkreuz gegen einen massiven Stein aus Granit. *Hier ruht bis zur Auferstehung Anna Theodora Immerath.*

7

Im darauffolgenden Jahr arbeitete Leonore härter als je zuvor. Hannes' Gesundheit hatte nach dem Tod seiner Mutter gelitten. Immer öfter war er erschöpft, klagte über Schmerzen in den gelähmten Gliedmaßen und hatte Mühe, sich den ganzen Tag lang auf den Beinen zu halten. Im Frühjahr fing er sich eine Lungenentzündung ein, die ihn wochenlang ans Bett fesselte. Leonore fürchtete schon, auch ihn zu verlieren, aber er erholte sich und stand schon bald wieder, zumindest für ein paar Stunden am Tag, im Laden. Die Backstube hatte Leonore mittlerweile fast gänzlich übernommen. Schon Jahre zuvor hatte Hannes sie in die Geheimnisse der Immerath'schen Backkünste eingeweiht. Das alte ledereingebundene Buch mit den Familienrezepten hatte er eines Tages, nachdem am Abend Laden und Backstube ausgefegt waren und Leonore sich gerade in ihren Teil des Hauses zurückziehen wollte, aus der Schublade der Anrichte im Wohnzimmer gezogen.

»Hier«, hatte er gesagt, »es ist Zeit, dass du selbst Moppen backen lernst.«

Änne Immerath hatte dabeigesessen und zustimmend geschwiegen. Es war Leonores Initiation gewesen. Vom Flüchtlingsmädchen zur Bäckerin. Alles war derart unspektakulär vonstattengegangen, dass Leonore selbst es erst jetzt, als sie den Laden fast alleine führte, bemerkte.

Um das Geschäft aufrechterhalten zu können, hatte sie in diesem Jahr zum ersten Mal darauf verzichtet, Maiglöckchen zu sammeln, aber im Sommer, als Hannes wieder mehr im Laden stand und ohnehin weniger zu tun war, bemerkte sie, dass ihr der Wald fehlte. An den langen Abenden nach Ladenschluss zog es sie nach Süden. Noch in ihrer Arbeitskleidung durchstreifte sie auf langen Wanderungen den Bürgewald. Oftmals kehrte sie erst in der Dunkelheit zurück, nicht nur einmal blieb sie die ganze Nacht weg und erschien erst in der Morgendämmerung wieder in der Backstube – pünktlich, um den alten Ofen anzuheizen. Sie war an solchen Tagen niemals müde. Der Wald schien ihr genauso erholsam wie ein tiefer Schlaf. Sie konnte sich in der Dunkelheit ebenso gut orientieren wie tagsüber bei Licht, und sie war fasziniert von der Vielfalt der Geräusche, die der Wald nachts von sich gab. In der Dunkelheit schien sich ihr Gehör zu weiten. Sie nahm nicht nur das Rascheln der Blätter, das Knacken der Zweige und Eicheln unter ihren Schuhen wahr, sondern auch das Trampeln und Grunzen weit entfernter Wildschweine, das Bellen der Rehe und die Flügelschläge selbst der leisesten Käuze.

Einmal, als sie sich dem Ottersmaar näherte, spürte sie, wie ihr Körper sich wieder eine Handbreit über den Boden erhob und sie über den sumpfigen Boden schweben ließ. Die Wildschweine schnellten auseinander und rannten röchelnd in alle Richtungen. Sie erreichte die Schotterpiste, an der sie vor einigen Jahren zusammen mit dem kleinen Harbinger die schweren Bohrer beobachtet hatte, die den Wald zu durchlöchern schienen. Der Spuk war vorbei, und der Bürgewald hatte längst wieder aufgeatmet und damit begonnen, die Spuren dieses seltsamen Schauspiels zu überwuchern. Leonore levitierte dicht über dem Boden. Das sachte Licht der Mondsichel fiel auf ihre Bäckerschürze und ließ sie in der Dunkelheit leuchten.

Da sah sie von Ferne eine Gestalt auf dem Schotterweg auf sie zukommen. Sie erschrak, konnte aber ihren Weg nicht stoppen. Sollte sie in diesem merkwürdigen Zustand zwischen Traum und Realität jemals Herrin über ihre eigene Lage gewesen sein, jetzt war sie es jedenfalls nicht mehr. Sie riss die Augen auf, ihr war angst und bange. Entweder würde sie den nächtlichen Wanderer zu Tode erschrecken, oder er würde sie packen und ihr drohte Schreckliches. Wer außer ihr lief nachts alleine durch den Wald?

Im Nachhinein konnte sie nicht mehr sagen, ob sie zuerst sein Gesicht – blass wie der Mond und von glitzernden Schweißperlen übersät – oder seine krächzende Stimme erkannte.

Arnold murmelte nur, den Blick zu Boden gesenkt: »Gegrüßet seist du, Maria, voll der Gnade.«

»Ich bin die Klimkeit Leonore«, versuchte sie ihn zu unterbrechen, aber er fuhr unbeirrt fort: »Der Herr ist mit dir. Du bist gebenedeit unter den Weibern. Und gebenedeit ist die Frucht deines Leibes.«

»Ich bin die Klimkeit Leonore«, widersprach die Angebetete. Sie wusste nicht, wie ihr geschah.

»Du bist gebenedeit unter den Weibern«, wiederholte Arnold. »Und gebenedeit ist die Frucht deines Leibes.« Er wurde lauter, krächzender: »Gebenedeit ist die Frucht deines Leibes.« Dann entfernte er sich blitzschnell, indem er rückwärts den Weg entlanglief.

Leonore blieb alleine im Mondlicht zurück. Die Frucht deines Leibes, hallte es in ihren Ohren nach. Die Frucht deines Leibes. Arnolds Stimme hatte sich tief in ihren Kopf gegraben. Sie hatte Erinnerungen an den denkwürdigen Tag im Wald wachgerufen, an dem die seltsame Begegnung mit dem Pfarrer von Manheim stattgefunden hatte, den sie erst viel später im Laden erkannt und seitdem nie wiedergesehen hatte, obwohl er doch ein Stammkunde sein sollte. Und am Ende war sie dem Wald entstiegen und hatte zum ersten Mal diesen unbändigen Wunsch verspürt, ein kleines Wesen in sich heranwachsen zu spüren, für es Sorge zu tragen, eine gute Mutter zu sein, die für ihr Kind da ist, es beschützt, es aufwachsen sieht.

Mehr als zehn Jahre war das jetzt schon her. Und mehr als

einmal hatte sie sich überlegt, ob vielleicht Hannes als Vater für ihr Kind infrage käme, und es doch jedes Mal selbst als völlig unsinnig abgeschmettert. Hannes war für sie eine Vaterfigur. Sie hatte sich bei der Ankunft in Lich-Steinstraß als einundzwanzig ausgegeben. Demnach wäre sie jetzt – längst auch offiziell – achtunddreißig. Da sie keinerlei Dokumente bei sich gehabt hatte und man zu den Geburtsregistern in Schirwindt keinen Kontakt herstellen konnte, hatte man sich auf ihre Angaben verlassen müssen. Die Nachkriegswirren machten es möglich: Aus einer Dreizehnjährigen war über Nacht eine erwachsene Frau geworden. In Wirklichkeit war sie jetzt erst dreißig Jahre alt, aber dennoch musste sie sich etwas einfallen lassen, wollte sie ihren Traum von einem eigenen Kind wahr machen.

Auch über den kleinen Harbinger als möglichen Vater hatte sie nachgedacht. Wenn sie ehrlich war, sogar jedes Mal, wenn sie ihn traf. Jedes Mal, wenn sie ihn ansah, versuchte sie sich vorzustellen, wie wohl ein kleiner kleiner Harbinger aussehen würde, welche Stimme er haben, was er vor sich hin brabbeln würde. Und jedes Mal bekam sie Angst. Nein, Arnold war ihr mit seiner treuen und trotzdem unzugänglichen Art als Freund gerade recht, aber als Vater ihres Kindes schien er ihr völlig ungeeignet. Einzig reizvoll wäre die Vorstellung gewesen, wie sich das halbe Dorf über sie das Maul zerreißen würde: das Flüchtlingsmädchen und der Dorftrottel. Aber wahrscheinlich taten sie das eh schon.

Es war aussichtslos. Wie sollte eine achtunddreißigjährige Evangelische aus Ostpreußen ohne Ausbildung und ohne Besitz in diesem Dorf jemals einen Mann kennenlernen, den sie heiraten und zum Vater ihrer Kinder machen könnte?

Und so ging sie zurück an ihren Platz in der Bäckerei. Dorthin, wohin der Herrgott oder das Schicksal oder der Zufall sie gestellt hatte, und sie tat, was sie von klein auf gelernt hatte: anpacken. Dinge zu tun, half ihr dabei, nicht an Dinge zu denken, die sie nie würde tun können: einem Säugling die Brust geben, ihn wickeln, in den Schlaf wiegen.

Eines Nachmittags, kurz vor Feierabend, kam der kleine Harbinger in den Laden, als Leonore gerade hinten in der Backstube mit Aufräumen beschäftigt war. Die Begegnung im Wald lag nur wenige Tage zurück, und seitdem hatte sie ihn nicht wiedergesehen.

Hannes begrüßte ihn mit Überschwang: »Ja, Arnold! Dich habe ich hier bei mir ja schon eine Ewigkeit nicht mehr gesehen!«

Leonore eilte in den Laden.

»Das letzte Mal, als du hier warst«, fuhr Hannes fort, »warst du erst so groß.« Er hielt die flache Hand irgendwo auf eine Höhe zwischen Bauchnabel und Brust. In Wirklichkeit war Arnold inzwischen kaum größer, aber es war klar, was gemeint war. Mehr als zwei Jahrzehnte waren seit seinem letzten Einkauf zusammen mit seiner überforderten Mutter vergangen.

»Ich bin der Harbinger Arnold«, sagte der Harbinger Arnold, als er Leonore aus dem Augenwinkel in der Zwischentür sah. »Und wer bist du?«

»Ich bin die Klimkeit Leonore«, antwortete sie gewohnt überbetont und lächelte. Auch Arnold freute sich, und Hannes schien sich zu wundern, was die beiden da redeten.

»Was kann ich für dich tun?«, fragte Hannes zögerlich.

»Moppen, zwei Stück«, antwortete Arnold und zeigte auf die Auslage, während er eine bestimmte Fliese an der Seitenwand zu fixieren schien. Das Geld kramte er passend aus seiner viel zu weiten Hosentasche und legte es auf den Tresen. Hannes reichte ihm das Gebäck hinüber, und der kleine Harbinger wickelte es derart vorsichtig in sein Taschentuch, als wäre es die denkbar erlesenste Kostbarkeit. Und vielleicht war es ja auch genau das, und Arnold war einer der wenigen, die dies fürwahr zu schätzen wussten.

»Wer einen Bauern betrügen will, muss einen Bauern mitbringen«, murmelte er und war schon wieder durch die Tür geschlüpft und die zwei Stufen zur Straße hinabgehüpft.

»Was soll das denn jetzt heißen?« Hannes kratzte sich den Kopf und sah aus wie ein alter Mann, der die Welt nicht mehr verstand. Er schaute Arnold nach, der am Schaufenster vorbeischritt und dabei seine eingewickelten Moppen wie eine Monstranz vor sich hertrug.

Nach Feierabend ging Leonore ihn suchen. Sie ahnte, wo sie ihn finden würde. Sie folgte dem Escherpfädchen und traf ihn an der Linde. In gebückter Haltung stand er vor dem Wegkreuz. Die frisch gekauften Moppen hatte er wie eine Opfergabe der heiligen Mutter Gottes zu Füßen gelegt. Leonore wusste nicht, ob sie lachen oder ihren Freund bedauern sollte.

»Gegrüßet seist du, Maria, voll der Gnade«, hörte sie ihn reden. »Die Evangelische aus dem Osten«, fügte er als Zeichen, dass er Leonore bemerkt hatte, hinzu. »Der Herr ist mit dir. Du bist gebenedeit unter den Weibern. Und gebenedeit ist die Frucht deines Leibes.«

Leonore blieb schräg hinter Arnold stehen. Sie betrachtete die Marienstatue, wie sie dort in der Nische im Wegkreuz stand und dem kleinen Harbinger huldvoll die Hände entgegenstreckte.

»Arnold?«, versuchte Leonore die Aufmerksamkeit des Freundes auf sich zu lenken.

»Gegrüßet seist du, Maria«, setzte Arnold jedoch sein Gebet fort, »voll der Gnade.«

»Arnold?«

»Der Herr ist mit dir.«

»Arnold? Neulich, nachts im Wald …«

»Du bist gebenedeit unter den Weibern.«

»Da, auf dem Schotterweg ...«
»Und gebenedeit ist die Frucht deines Leibes.«
»Das war ich.«
»Gegrüßet seist du, Maria, voll der Gnade.«
»Hast du mich nicht erkannt?«
»Du bist ...« Arnold schien das seltsame katholische Wort plötzlich nicht mehr einfallen zu wollen. »... gebenedeit unter den Weibern.«
»Ich wollte dich nicht erschrecken!«
»Und ...«
»Gebenedeit«, ergänzte Leonore.
»... gebenedeit ist die Frucht deines Leibes.«
»Arnold, das war nicht die Mutter Gottes, da im Wald.«
»Gegrüßet ...« Arnold drehte den Kopf in Richtung des Baumes, als spürte er dem Rascheln der Lindenblätter nach.
»Ich bin die Klimkeit Leonore.«
»Das Flüchtlingsmädchen vom Immerath.« Der Harbinger Arnold stand lange reglos da. Er hatte sich aufgerichtet, und sein Atem, vom vielen Beten ganz aus dem Takt geraten, beruhigte sich langsam wieder.

»Es tut mir leid, Arnold«, sagte Leonore, und der kleine Harbinger trat ein paar Schritte an die Mutter Gottes heran. Langsam kletterte er über den Jägerzaun, und dann hob er die Hand. Wie wenn man sich an einen Frosch heranpirscht, den man fangen will, näherte er sich den Moppen zu ihren Füßen lautlos und fasste dann blitzschnell zu. Leonore zuckte zusammen. Arnold drehte sich zu ihr um, steckte sich eine in den Mund und gab Leonore die andere. Sie schmeckte so gut wie an ihrem ersten Tag im Dorf, als sie Hannes auf der Hauptstraße in Steinstraß getroffen hatte und das fremdartige Gebäck mit beißendem Hunger verschlungen hatte. Aber heute schmeckte es nicht nach Fremde, sondern nach Heimat.

Sie sah hinab über die Dächer ihres Dorfes, schaute über

die Felder und bis zum Wald. Nicht einmal dreizehn Jahre lang war sie in Ostpreußen gewesen, und achtzehn Jahre waren es nun schon hier im Rheinland. Für einen kurzen Moment war sie vollkommen glücklich. Für einen Augenblick hatte sie alles Elend vergessen, das hinter ihr lag, alle Verluste der Vergangenheit und alle Verluste der Zukunft: die Unmöglichkeit, einem kleinen Menschen eine gute Mutter werden zu können.

»Du bist geflogen«, sagte Arnold plötzlich.

»Hast du es genau gesehen?«

Arnold nickte.

»Manchmal denke ich, ich bilde mir das nur ein. Manchmal fürchte ich, ich werde verrückt.«

Arnold nickte weiter.

»Aber wenn ich dann so schwebe wie ein Blatt im Wind, dann fühlt es sich so echt an.«

»Gegrüßet seist du, Maria«, sagte der kleine Harbinger und lachte, dass es von den Backsteinwänden der Häuser im Dorf zurückhallte. Leonore lachte mit. Nur der Harbinger verstand sie wirklich.

Als die Sonne unterging, liefen beide langsam zurück ins Dorf. Es war noch immer warm. Ein leichter Wind war aufgekommen, aber wann immer er abflaute, stieg die Erinnerung an die Hitze des Sommertages aus den Äckern.

»Wer einen Bauern betrügen will, muss einen Bauern mitbringen.«

»Gute Nacht, Arnold.«

8

Es wurde August, und es gewitterte und regnete wochenlang. Leonore stand mit Hannes hinter der Auslage im Geschäft und starrte hinaus in den strömenden Regen. Manchmal vergingen Tage, ohne dass eine einzige Kundin den Laden betrat. Viele im Dorf waren mit der Zeit zu bescheidenem Wohlstand gekommen und konnten sich einen kleinen Urlaub in den Sommerferien leisten. Nordsee, Bodensee, vielleicht sogar Gardasee. Und wer daheim geblieben war, verließ bei diesem Wetter das Haus nur für das Allernötigste.

Als der Regen zur Monatsmitte ausblieb und das Dorf in der noch immer starken Sonne schnell wieder trockenfiel, packte Leonore erneut die Sehnsucht nach einem Kind und damit auch die Sehnsucht nach dem Wald.

Sie überließ Hannes die letzten Putzarbeiten, sprang, ohne sich umzuziehen, hinaus und rannte in Richtung Bürge. Der Wald war wie eine alte Liebe für sie geworden. Sie streifte im Vorübergehen einzelnen Bäumen zur Begrüßung über die Rinde. Sie nahm zwei Hände voll Waldboden und warf ihn im Laufen voller Übermut in die Luft, sodass die Blattkrümel ihr in die Augen flogen und schmerzten, aber es war ihr egal.

Es wurde dunkel, doch ihr Körper schien nur darauf gewartet zu haben. In der Dunkelheit des Waldes fand sie einen Widerhall, den sie zu keiner anderen Zeit an keinem anderen Ort erleben konnte. Sie war vollkommen eins mit dem Wald. Wenn sie jetzt starb, wäre es genau recht.

Aber sie starb nicht. Das Gegenteil passierte. Sie wanderte durch die Kathedralen von Buchen und Eichen, sprang über moosbewachsenes Totholz, hüpfte über feuchte Wiesen, die sich auf Lichtungen gebildet hatten, und irgendwann glaubte sie erneut, den Kontakt zum Boden zu verlieren. Es war kurz vorm Ottersmaar. Es war die Stelle, an der es auch schon zuvor passiert war, und wie auch schon beim letzten Mal, machten sich die Wildschweine auf und davon, als sie die Weißgewandete sahen. Es war ein Grunzen und ein Trommeln – und es war ein Fluchen, ein menschliches Fluchen, ein sehr unflätiges, menschliches Fluchen. Es kamen Worte darin vor, von denen Leonore selbst unter besoffenen Soldaten noch nie gehört hatte. Und als sie sich noch fragte, wer diese Flüche ausstieß, verstummten sie auch schon jäh, und Leonore sah ihren Urheber direkt vor sich. Sie traute ihren Augen kaum. Und auf ihr Gegenüber schien dasselbe zuzutreffen. Mit offenem Mund war er verstummt, aber sein Gesicht hatte dennoch etwas Feines. Sie sah seinen Blick, seine tiefschwarzen Augen, sie sah seinen Jägermantel, seinen Jägerhut und das Gewehr, das er noch immer im Anschlag hatte und nun langsam absenkte. Er saß auf einem Hochsitz keine zwanzig Schritte von ihr entfernt. Sie hatte ihn schon einmal ganz hier in der Nähe gesehen. Es war über ein Jahrzehnt her, aber sie erinnerte sich daran, als wäre es letzte Nacht gewesen: Vor ihr saß der Pfarrer von Manheim. Sein Blick war noch immer scharf, und er schien kaum gealtert. Er war offensichtlich zutiefst beeindruckt von dem Bild, das sich ihm bot. Für einen kurzen Moment sah sie sich selbst mit seinen Augen: das lange, offene Haar, die weiße Bluse, die weiße Schürze, die den schwarz und weiß karierten Rock völlig bedeckte. Sie war die Marienstatue im Wegkreuz.

Leonore blickte nach oben. Über dem Pfarrer leuchtete der Vollmond, und sie konnte nur erahnen, wie hell dieser sie in der Dunkelheit des Waldes erstrahlen ließ.

Und dann hörte sie ihn beten, wie zuvor auch Arnold sie angebetet hatte: »Gegrüßet seist du, Maria.«

Sie setzte ihre Füße auf die Sprossen der Leiter. Bald stand sie direkt vor ihm. Sie legte ihre Hände auf seine Knie.

»Voll der Gnade.«

Sie schob seinen Lodenmantel beiseite. Sie schob seinen schwarzen Gehrock beiseite.

»Der Herr ist mit dir.«

Sie schob ihre Schürze beiseite. Sie schob ihren karierten Rock beiseite.

»Du bist gebenedeit unter den Weibern.«

Sie schob beiseite, was auch immer noch im Weg war. Sie hatte es eilig. Sie setzte sich auf seinen Schoß.

»Und gebenedeit …«

Es ging ganz schnell.

»… ist die Frucht deines Leibes.«

Der Pfarrer hatte die Augen geschlossen. »Jesus«, sagte er nur noch. Und: »Heilige Maria, Mutter Gottes, bitte für uns Sünder. Jetzt und in der Stunde unseres Todes.«

»Amen«, hörte sie seinen Ruf durch die Nacht hallen, aber da war Leonore bereits verschwunden.

9

Im Frühjahr vierundsechzig gebar Leonore einen Jungen. Sie hatte aus ihrer Freude über die Schwangerschaft nie einen Hehl gemacht und ihren Bauch auch dann nicht versteckt, als die ersten Kundinnen sie fragend anglotzten. Sie hätte es Hannes nicht vorgeworfen, wenn er sich Sorgen um das Geschäft gemacht hätte. Eine unehelich schwangere Bäckerin – wer würde dort noch einkaufen gehen? Aber er äußerte niemals ein Wort in diese Richtung. Im Gegenteil: Er freute sich mit ihr, er unterstützte sie, er war sogar gewillt, ihr anstrengende Tätigkeiten wie das Abladen der Mehlsäcke oder die Auslieferungen im Dorf abzunehmen, aber Leonore lehnte dankend ab. Sie fühlte sich alles andere als krank, und nach den Wochen der Übelkeit im Herbst beflügelte die Schwangerschaft sie vielmehr. Außerdem wäre jede Sorge um das Geschäft unbegründet gewesen. Man hätte sogar den Eindruck bekommen können, die Geschäfte liefen mit der schwangeren Leonore besser als jemals zuvor. Jeder und jede wollte sich selbst ein Bild machen: das Flüchtlingsmädchen vom Immerath in guter Hoffnung! Sogar Martha Plum kam noch einmal in Hannes' Laden und kaufte Moppen, als wäre sie noch immer Martha Rütt und Hannes der einzige Mann im Dorf. Und sie ließ sich sogar von Leonore bedienen und stellte Nachfrage um Nachfrage. Ein heimlicher Wettbewerb schien das Dorf erfasst zu haben: Wer würde als Erste herausfinden, wer der Vater des ungeborenen Kindes war? Hannes wurde zwar stets kritisch beäugt, und mehr als eine Kundin wagte sich mit direkter Nachfrage aus der Deckung, aber er wehrte jede Vermutung ab. Den kleinen Harbinger hatte natürlich auch so manche im Verdacht. Leonores und seine Verbundenheit konnte niemandem im Dorf verborgen geblieben sein, aber eine Vaterschaft schien doch den meisten zu absurd. Zwei, allerhöchstens drei Kundinnen sprachen Leonore auf ihn an, als erwarteten sie ein Geständnis von ihr. Auch des Harbingers hochbetagte Mutter kam noch ein letztes Mal in den Laden, um sich mit eigenen Augen davon zu überzeugen, was sie von allen Seiten hörte, und vielleicht auch in der Hoffnung, Leonore würde sich ihr gegenüber zu erkennen geben, sollte ihr kleiner Arnold wirklich etwas mit der Sache zu tun haben.

So manche Frau im Dorf hatte ihren Mann argwöhnisch beäugt, denn irgendjemand musste ja der Vater sein. Und bei dem einen oder anderen waren die Bedenken sicherlich auch begründet. Aber was Leonore betraf, musste sich keine der Frauen Sorgen machen. Im Gegenteil, seit sie wusste, dass sie ein Kind bekam, war sie noch weniger an Männern interessiert als zuvor.

Als sie im Mai spürte, dass es bald so weit sein würde, ging sie nach Steinstraß in die kleine Krankenstation, die von drei Nonnen geleitet wurde. Zweimal schickte man sie wieder heim. Sie sei noch nicht so weit. Leonore glaubte schon, man würde sie als Evangelische, noch dazu mit einem Bastard im Bauch, abweisen. Als sie beim dritten Anlauf sich unter Schmerzen windend wieder an die Pforte klopfte, war sie wild entschlossen, den unbarmherzigen Schwestern unter die Nase zu reiben, wer der Vater des Kindes sei. Das Kind eines Priesters abzulehnen würden sie sich wohl kaum trauen. Aber die Nonnen nahmen sie auf, denn sie erkannten, dass es nun wirklich an der Zeit war.

Nach Stunden anstrengendster Wehen kam ihr Sohn zur Welt.

Er wurde abgenabelt, gewogen, vermessen, gewaschen und gewickelt. Als Leonore ihn endlich selbst im Arm halten durfte, spürte sie das reine Glück durch ihre Adern fließen.

Wie er denn heißen solle, fragte eine der Schwestern und nahm ihr den schlafenden Jungen wieder ab.

»Paul«, antwortete Leonore und wollte ihn festhalten.

»Wie der Heilige Vater«, hörte sie die Nonne murmeln, als sie mit dem Kind verschwand.

»Wo wollen Sie denn hin mit ihm?«, rief Leonore so laut sie konnte. Sie hätte hinterherlaufen wollen, aber dazu war sie zu schwach. »Er ist doch schon gebadet!«

»Einen Moment nur«, sagte die Schwester im Weggehen.

Die Krankenstation lag auf der Hauptstraße in einem normalen Wohnhaus. Es war vor langer Zeit aus einer Stiftung an die Cellitinnen entstanden. Eine reiche, aber kinderlose Witwe hatte den Familienbesitz den Nonnen gespendet, damit diese im Ort eine Bewahranstalt für Kinder und eine Krankenstation betreiben könnten. Die Kinder waren im Erdgeschoss untergebracht. Bei gutem Wetter saß eine der Schwestern mit ihnen hinten im Hof. Oben war die Krankenstation. Und darüber, im Dachgeschoss, befand sich eine improvisierte Kapelle, die die Nonnen, die ebenfalls hier im Haus lebten, zum Gebet nutzten. Und genau dorthin, das hatte Leonore an den Schritten auf der Treppe bemerkt, war die Schwester nun mit ihrem Säugling verschwunden. Leonore starrte in Richtung der Tür. Bald schon hörte sie wieder Schritte, und die Nonne erschien mit Paul im Arm und einem breiten Lächeln auf den Lippen in ihrem Zimmer.

Am Sonntagmorgen holte Hannes sie ab und trug mit seinem gesunden Arm den kleinen Paul – unter den heimlichen Blicken derer, die der Kirche ferngeblieben waren und nun allzu gierig ein Auge auf das Kind der Evangelischen werfen wollten – nach Hause in die Herrenstraße. Der Stolz in Hannes' Blick befeuerte erneut die Gerüchte. Seine Mutter,

Gott habe sie selig, im Grabe würde sie sich umdrehen, und das so kurz nach ihrem Tod, na, immerhin hatte man mit diesem lasterhaften Treiben noch gewartet, bis die alte Immerath unter der Erde war.

Leonore hakte sich noch fester bei Hannes unter. Sein Arm war schlaff, aber Hannes war stark. Sie erinnerte sich, wie sie vor achtzehn Jahren zum ersten Mal mit ihm diesen Weg gegangen war. Sie war ihm gefolgt, weil sie gespürt hatte, dass er der Gute in diesem Dorf war. Und sie hatte recht behalten.

Vor ihrem inneren Auge sah sie das Dorf, wie es bei ihrer Ankunft ausgesehen hatte. Auf dem Kleinfeldchen, auf dem das Karussell gestanden hatte, waren mittlerweile zwei Sägewerke entstanden, und man hatte mit den Bauarbeiten für die neue Grundschule begonnen. Hier würde ihr Sohn einmal hingehen. Für ihn würde Lich-Steinstraß zu einer echten Heimat werden – nicht nur ein Ersatz wie für sie selbst.

Wo man früher auf das freie Feld oberhalb der Böschung sehen konnte, lag jetzt die Siedlung an der Bergstraße. Zwei Dutzend Einfamilienhäuser, frei stehend, wie man sie jetzt baute. Alles war in Veränderung.

Als sie an der Stelle ankamen, an der sich die Schulstraße links in die Kirchstraße und rechts in die Herrenstraße gabelte, blieb Hannes stehen. Es war dieselbe Stelle, an der er sie damals nach ihrem Namen gefragt hatte, sie eingeladen hatte zu bleiben.

»Leonore«, sagte er und schaute dabei in das Gesicht des schlafenden Kindes. »Ich habe keine Ahnung, wie dieses kleine Wesen hier zustande gekommen ist, und ich werde dich auch nicht danach fragen. Aber ich sehe, dass du glücklich bist, und ich bin es auch.«

Leonore drückte seinen Arm.

»Ich möchte, dass du mit dem Kleinen in das Haupthaus ziehst. Wir tauschen.«

Leonore nickte zaghaft.
»Und ich möchte, dass du das Geschäft auch offiziell übernimmst. Ich habe schon alles in die Wege geleitet.«
Leonore stockte der Atem. »Das kann ich nicht annehmen.«
»Du kannst es nicht ablehnen«, sagte Hannes und zog die sprachlose Leonore mit sich nach Hause.

Und so taten sie, was Hannes sich wünschte. Leonore schlief nun in seinem alten Zimmer, und Ännes Zimmer war durch den kleinen Paul endlich wieder mit Leben gefüllt. Hannes zog in den kleinen Teil und tat weiterhin alles, um die junge Mutter, die nun auch amtlich den Betrieb führte, zu unterstützen.

Der Juni vierundsechzig war wohl der umsatzstärkste Juni, den je eine Lebkuchenbäckerei im Jülicher Land verzeichnet hatte. Altbekannte und wildfremde Kundinnen kamen herbei, um die Attraktion einer alleinstehenden arbeitenden Mutter zu bestaunen und um zu überprüfen, ob der Kleine auch ja keine Ähnlichkeiten mit dem eigenen Ehemann aufwies. Dass Leonore den Kleinen weder Jean noch Arnold genannt hatte, verwirrte die meisten im Dorf. Sie hatten wohl insgeheim darauf gesetzt, dass Leonore den Kindsvater auf diese Art preisgeben würde. In der Prämienstraße soll es sogar zu einem handfesten Streit gekommen sein, nachdem der Cremanns Paul seiner Frau im Scherz gesagt hatte, die Evangelische hätte den Kleinen wohl nach ihm benannt. Cremanns Elisabeth verstand keinen Spaß und jagte ihren Mann für drei Tage vom Hof. Er durfte erst wieder herein, nachdem sie sich persönlich von der nicht vorhandenen Ähnlichkeit des kleinen Paul mit ihrem Paul überzeugt hatte.

»So, so, ganz dunkle Augen hat er«, hatte sie gemurmelt. Und dann mit fester Stimme nachgeschoben: »Ein halbes Pfund Moppen, bitte.«

»Du bist ein echtes Wirtschaftswunder«, hatte Hannes dem kleinen Kerl zugejauchzt, nachdem die Kundin verschwunden war. »Mit dir steuert dieser alte Schuppen hier in eine rosige Zukunft.«

Paul guckte nur verträumt in die Luft, als Hannes ihn anstupste, und versuchte ihn zu einem Lachen zu animieren. Danach musste sich der alte Mann wieder setzen. Er war in letzter Zeit häufig erschöpft. Die Übergabe des Geschäfts an Leonore kam zwar für sie zum denkbar schwierigsten Zeitpunkt, aber sie kämpfte sich durch. Beiden war klar: Ohne Leonore wäre der Laden nicht mehr zu retten gewesen. Hannes hätte den Betrieb, den schon sein Urgroßvater gegründet hatte, aufgeben müssen.

Mehr als einmal sagte Hannes am Ende eines harten Arbeitstages, wenn er Leonore beim Fegen der Backstube nur zusehen konnte und selbst schon zu schwach war, um den Besen zu halten: »Da musste erst eine Heimatvertriebene kommen, damit meine Heimat gerettet werden konnte.«

»Du warst es, der mich gerettet hat, Hannes«, erwiderte Leonore dann stets.

Als im Verlauf des Spätsommers die Neugier abflaute und das Geschäft wie üblich zu dieser Zeit nur schleppend lief, verirrte sich ein besonderer Kunde in die Bäckerei. Leonore stand mit Paul auf dem Arm am Schaufenster und zeigte ihm die Wolken. Hannes hatte sich in die Wohnstube zurückgezogen und saß nun da, wo auch seine Mutter immer gesessen hatte. Nur löste er keine Kreuzworträtsel. Meistens las er in einem alten staubigen Buch. Hin und wieder erzählte er Leonore eine der Geschichten, die plötzlich aus ihm herausströmten wie das Wasser des Winterbachs aus dem Wald, wenn es im Frühjahr schlagartig warm wurde.

Er erzählte von alten Sagen aus dem Dorf, vom Truglicht, vom Hexenfeuer und von verzauberten Hasen.

Als er eines Tages gerade die Geschichte erzählte, warum man das westlich des Ortes gelegene Feld Katzenloch nannte, hielt plötzlich ein dunkler Mercedes vor dem Haus. Ein sehr feines Fahrzeug, gewiss schon etwas älter, aber noch tadellos. Ihm entstieg ein Herr mit schwarzem Hut. Sie sah ihn zunächst nur von hinten. Erst als er die zwei Stufen zum Geschäft hochgestiegen war, die Tür geöffnet und das Glöckchen zum Bimmeln gebracht hatte, blickte Leonore direkt in seine dunklen, wachen Augen. Der Pfarrer von Manheim erstarrte, als er sie sah, und als er das Kind in ihren Armen erblickte, weiteten sich seine Augen, als hätte er in den Schlund der Hölle geblickt. Er tastete nach der Tür hinter sich, fand sie nicht, konnte aber seinen Blick nicht abwenden. Leonore konnte sich nicht erklären, warum, aber sie hielt ihm das Kind ein ganz klein wenig näher hin. Die dunklen Augen der beiden trafen einander für eine Sekunde, dann hatte der Pfarrer endlich den Türgriff gefunden, schmiss die Pforte gegen die Glocke und rannte zu seinem Wagen. Hannes war von dem ungewohnten Lärm im Laden aufgeschreckt worden und stand jetzt im Laden. Gemeinsam sahen sie den Mercedes davonfahren.

»Was war das denn?«, fragte er.

Leonore zuckte mit den Schultern.

»War das etwa der Pfarrer von Manheim?«

Leonore zeigte keine Regung.

»Wollte er denn gar nichts?«

»Nein«, sagte Leonore leise.

Hannes sah sie an, sah den Kleinen an, und irgendetwas ließ Leonore vermuten, dass sich in diesem Moment eine Ahnung in ihm auszubreiten begann. Er streichelte Paul über die Stirn, sah ihm in die Augen und hinkte langsam wieder zurück in die Stube. Für den Rest des Tages war er wie in einer anderen Welt verloren. Er sagte keinen Ton mehr, als er sich abends zurückzog.

Anfang Oktober bekam Paul starken Husten. Drei Nächte lang hielt er Leonore wach. Am dritten Tag konnte sie sich im Laden kaum noch auf den Beinen halten. Die Erschöpfung und die Sorge, dass er sich nicht erholen würde, ließen sie den Entschluss fassen, den Bus nach Jülich zu nehmen und den dortigen Kinderarzt aufzusuchen.

»Ich lasse den Laden heute geschlossen«, sagte sie zu Hannes, der versuchte, ihr in der Backstube zur Hand zu gehen, und sich bemühte, Teig auszurollen.

»Aber nicht doch, Leonore! Ich bin doch da. Ich nehme mir meinen Stuhl und setze mich in den Laden.«

Leonore betrachtete ihn skeptisch.

»Ich weiß, wie das geht!«

»Na, meinetwegen, aber nicht, dass du wieder auf den Geschmack kommst und das Geschäft zurückhaben willst. Das gehört jetzt mir!«

Hannes lachte, dann setzte er sich hin und sah Leonore dabei zu, wie sie sich und den hustenden Paul in wetterfeste Kleidung einpackte und mit dem Kinderwagen entschwand.

»Ich bin gegen Nachmittag wieder da.«

»In Ordnung. Mach's gut, Leonore.«

Der Kinderarzt sah nur kurz in Pauls Rachen, horchte ihn ab und verschrieb einen Hustensaft, den sie in der benachbarten Apotheke besorgte und dem Kind sofort verabreichte. Den Bus zurück nach Lich-Steinstraß hatte sie gerade verpasst, also beschloss sie, noch ein wenig durch die Stadt zu laufen. Sie war nicht oft aus dem Dorf herausgekommen, seit sie es vor beinahe zwei Jahrzehnten zum ersten Mal betreten hatte, die Besuche in Jülich konnte sie an einer Hand abzählen, aber sie erinnerte sich an eine Moppenbäckerei am Marktplatz.

Als sie jetzt ihren Kinderwagen hineinschob, wunderte sie sich über die Auslage: Brot und Brötchen aller Art, dazu Teilchen, Trockenkuchen, Torten. Aber keine Moppen. Sie fragte nach und wurde auf ein Regal hinter ihr verwiesen, in dem in Zellophan verpackte Fabrikware präsentiert wurde. Aus Verlegenheit griff sie zu und kaufte eine Tüte davon. Sie schmeckten, wie sie befürchtet hatte: viel zu trocken, und die Gewürze waren kaum auszumachen. Sie schüttelte den Kopf und fütterte die Spatzen auf dem Marktplatz mit den Resten. Wenn das die Zukunft der Moppen war, wo war dann ihr Platz? Auf dem Dorf würde es sicher noch etwas länger dauern, bis die Leute sich endgültig nicht mehr für Qualität interessierten und nur noch darauf achteten, den günstigsten Preis zu zahlen, aber würde sie sich langfristig mit ihrer Zwergenbäckerei gegen die Fabriken aus Aachen durchsetzen können?

Sie schreckte hoch aus ihren Gedanken. Sie hatte einen weiteren Bus verpasst. Hoffentlich bekam Paul jetzt keinen Hunger. Wo sollte sie hier einen Ort finden, wo sie ihm die Brust geben konnte? Zum Glück zeigte der Hustensaft seine Wirkung, und er schlief tief und fest.

Den nächsten Bus nach Hause erreichte sie zum Glück, und doch kam sie zu spät. Schon beim Aussteigen bemerkte sie, dass eine seltsame Stimmung über dem Dorf lag. Alles war still, das Dorf hielt den Atem an. Leonore schob den Kinderwagen dafür umso gehetzter durch die Schulstraße. Als sie am Pastorat in die Herrenstraße abbog, sah sie den Krankenwagen. Er stand genau vor der Bäckerei.

»Hannes!«, rief Leonore und rannte so schnell sie konnte. Vor dem Laden hatte sich bereits eine kleine Menschentraube gebildet, die den Eingang blockierte. Es war kein Durchkommen. Sie ignorierten Leonore gemeinschaftlich, als hätten sie sich abgesprochen. Paul war vom abrupten Stoppen des Kinderwagens aufgewacht und begann sofort zu brüllen. Leonore nahm ihn auf und versuchte ihn zu beruhigen. Zwischen seinen Schreien konnte sie nur einzelne Satzfetzen aufschnappen:

»Die Lessenich Margarethe hat ihn gefunden ...«
»... schon ganz bleich ...«
»... nichts mehr zu machen ...«
Leonore presste Paul an ihre Brust und versuchte von ihren Ellbogen Gebrauch zu machen.
»Lasst mich durch!«, schrie sie, und ihre Stimme überschlug sich. Es war unmöglich, sie länger zu ignorieren.
»Hannes!«, brüllte sie, und ein Mann in Sanitäteruniform baute sich vor ihr auf.
»Sie können hier nicht rein.«
»Aber ...«
»Gehören Sie zur Familie?«
»Ja!«
Hinter sich hörte sie Gemurmel: »Familie ... also so was!«
»Sind Sie die Tochter?«, fragte der Sanitäter, und durch die Öffnung seiner in die Hüften gestemmten Arme konnte sie den armen Hannes auf dem Boden liegen sehen. Er schien sie anzusehen, aber er zeigte keine Regung. Neben ihm stand ein Mann, vermutlich der Arzt. Er kümmerte sich nicht um Hannes, sondern machte sich nur Notizen oder kritzelte irgendein Formular voll.
»Warum helfen Sie ihm denn nicht?«, rief Leonore, aber niemand reagierte. Stattdessen wiederholte der Mann vor ihr seine Frage: »Sind Sie die Tochter?«
»Nein.«
»Sondern?«
»Ich bin ... das ist ...« Sie wusste nicht mehr, wer oder was sie eigentlich war. »Das ist mein Geschäft!«, schrie sie dem Sanitäter entgegen.
»Also wirklich!«, hörte sie Stimmen hinter sich. »Ihr Geschäft! Hat man das gehört?«
Leonore sah sich um und blickte in empörte Gesichter.
»Da ist der alte Immerath noch nicht kalt, und sie will sich sein Geschäft schon unter den Nagel reißen.«

»Ist das wirklich Ihr Laden?«, fragte der Arzt, der sich jetzt neben den Sanitäter geschoben hatte.

Leonore nickte.

»Haben Sie ein Telefon?«

Leonore deutete auf den Apparat an der Wand neben dem Verkaufstresen. Paul hatte sich mittlerweile wieder beruhigt, und so konnte sie hören, wie der Mann am Telefon einen Leichenwagen bestellte.

Von da an zog das Geschehen an Leonore vorbei. Männer in schwarzen Anzügen und Schirmmützen kamen und legten Hannes in einen mitgebrachten Sarg. Die Zuschauer am Fenster verschwanden. Genauso der Arzt und der Sanitäter. Die Männer in den Anzügen redeten mit ihr. Sie verstand nichts. Sie antwortete irgendetwas. Sie schien ihr Gehör verloren zu haben und jedes Gefühl für Zeit. Und sich selbst.

Irgendwann fand sie sich in der Dunkelheit wieder. Sie saß auf Hannes' Stuhl mitten im Geschäft und stillte Paul.

Hannes fand seine letzte Ruhe wenige Schritte von seiner Mutter entfernt. *Jean Immerath, Moppenbäcker* stand auf seinem Grabstein.

TEIL 2

1976–1986

1

John war von Anfang an da. Kein Kennenlernen war Paul im Gedächtnis. Schon immer waren sie miteinander verbunden gewesen. Paul erinnerte sich an tausend kleine Dinge, die sie miteinander teilten. Keines davon war das Erste gewesen. Es schien, als habe es damals noch keine Zeit gegeben, die den Ereignissen eine Reihenfolge gegeben, sie eingeteilt hätte in früher oder später, die sie in einen Zusammenhang gebracht und eine Geschichte erzählt hätte.

Alles ist einfach passiert, gewesen und vonstattengegangen. Der rote Backsteinwürfel, in dem John, der eigentlich Wilfried hieß, mit seinen Eltern lebte, war die Bühne, auf der sich der Großteil ihres Lebens abspielte. Tage, Jahre, Monate, Stunden spielten keine Rolle. Sie waren nur Zahlen, wie die weiße Vier, die an Johns Haus hing. Das Haus verhieß Freiheit. Schon allein, weil es moderner, offener war als der kleine Hof mit Bäckerei und Geschäft, in dem Paul mit seiner Mutter lebte. In der Neubausiedlung an der Bergstraße wohnten die Familien, die von außerhalb gekommen waren und meistens auch außerhalb arbeiteten. Sie wollten die Vorzüge des Landlebens, günstiges Bauland, Ruhe und Erholung, mit dem Arbeiten in der Stadt kombinieren und pendelten nach Jülich oder Aachen oder auch nach Köln. Mit dem alten Lich-Steinstraß fühlten sich die wenigsten von ihnen wirklich verbunden. Die Kinder gingen dort zur Schule, spielten vielleicht Fußball im Verein, aber in die alten Kneipen verirrte sich kaum einer der Zugezogenen, im Karnevalsverein fand man keinen Anschluss, und man suchte ihn auch nicht.

In der Bergstraße vier wohnte Wilfried Bongartz mit seinen Eltern. Sie waren eine Ausnahme. Nicht dass sie erfolgreich versucht hätten, sich in das alte Dorfleben einzugliedern, aber sie waren die einzige Familie in der Neubausiedlung, die nicht zum Arbeiten in die Stadt fuhr. Ihnen gehörte eines der Sägewerke im Dorf. Der Vater hatte eine alte Schreinerei im Ort gekauft und auf dem Kleinfeldchen das neue Werk errichten lassen. Die Firma trug zwar noch den Namen des alten Besitzers, aber sie hatte mit der alten Zeit nichts mehr gemein. Klaus Bongartz beschäftigte dort zwölf Arbeiter, die tagaus, tagein Parkett herstellten, und seine Frau als Sekretärin.

Die Holzverarbeitung hatte eine lange Tradition in Lich-Steinstraß. Früher gab es viele kleine Betriebe, die den Rohstoff aus dem nahen Bürgewald zu allerlei Nützlichem verarbeiteten. Auch auf dem Hof, den Paul bewohnte, hatte es ganz früher eine Schreinerei gegeben. Es gab hinten im Schuppen noch einen Sägespänekeller, in dem sogar noch ein paar Späne lagen. Paul hatte sich als kleines Kind oft dort verkrochen und mit den Gänsen Verstecken gespielt. Wenn es ihm gelang, sich an die Tiere, die im Stall direkt neben der alten Holzwerkstatt lebten, anzuschleichen, ohne sie schnatternd aufzuscheuchen, hatte er gewonnen. Meistens gewannen die Gänse. Aber die gab es jetzt nicht mehr. Pauls Mutter hatte sie irgendwann abgeschafft, wahrscheinlich, weil sie ständig Alarm geschlagen hatten. Sie hatte es ihm nicht erklärt, aber Paul spielte sowieso kaum noch auf dem Hof.

Wilfrieds Eltern waren ganz anders als Pauls Mutter. Sie kamen aus Düsseldorf, sie waren katholisch, aber nicht religiös, weltoffen, kulturell interessiert. Die Wände schmückten limitierte Drucke von Künstlern, deren Namen Paul noch nie zuvor gehört hatte. In ihren Bücherregalen befanden sich Hunderte bunter Bücher. Das alles war aufregend und exotisch. Allein Düsseldorf! Welchen Klang das hatte! Die Stadt war eine Insel weit draußen in einem undurchdringlichen Ozean. Abenteuerlicher ging es kaum. Dabei brauchte man mit dem Auto nicht mal eine Stunde dorthin. Für Paul aber waren es Lichtjahre. Manchmal kam es ihm vor, als wohnten er und Leonore in einem Museum. Das Haus war uralt, windschief, und die Holzböden knarzten bei jedem Tritt. Im Wohnzimmer hingen Porträts von Menschen, die längst gestorben und nicht einmal mit ihnen verwandt waren. Selbst in seinem Zimmer standen die schweren alten Möbel. Paul schlief in einem Bett, in dem schon seit Generationen geschlafen wurde.

Seine Mutter verbrachte den ganzen Tag in der Backstube oder im Laden. Je älter er wurde, desto mehr fühlte er sich dort fehl am Platz. »Steh mir doch nicht auf den Füßen rum, Paul«, sagte seine Mutter stets. »Geh draußen spielen!«

Leonore war damit beschäftigt, das Alte zu erhalten. Klaus Bongartz hingegen war ein Macher. Er hatte studiert, und jetzt leitete er seine eigene Firma. Für Paul verströmte er den verlockenden Geruch von Weltgewandtheit. Jutta Bongartz arbeitete ihrem Mann zu, hielt ihm den Rücken frei. Für ihre eigene Selbstverwirklichung war auch in dieser modernen Familie kein Platz. Sie arbeitete halbtags in der Firma, und wenn ihr Sohn aus der Schule kam, war sie für ihn da – und damit meistens auch für Paul. Die beiden konnten tun und lassen, was sie wollten. Das Haus und das umliegende Grundstück gehörten ganz allein ihnen. Manchmal winkte Wilfrieds Mutter den Jungs von der Terrasse aus zu, wenn sie draußen eine Ecke als ihren Garten abgesteckt hatten und Unkraut jäteten. Oder sie kam in Wilfrieds Zimmer, in dem sie Fantasie-Landkarten zeichneten, zu den Geschichten, die sie sich ausdachten von Drachen und Monstern und Unterweltwesen aller Art. Sie lockte die beiden mit geschälten Mandarinen ins Wohnzimmer, um mit ihnen gemeinsam Zeichentrickserien auf einem Fernseher von der Größe eines aufgeschlagenen Schulheftes zu schauen. Erst später wurde oben das Fernsehzimmer eingerichtet, ausgestattet mit den alten Möbeln und dem riesigen Fernseher von Wilfrieds verstorbener Großmutter. Den Raum hatte der Architekt sicherlich als zweites Kinderzimmer geplant, aber im Hause Bongartz gab es nie ein zweites Kind. Und so diente das Zimmer, bevor es zum Fernsehzimmer wurde, als Unterstand für die riesige Modelleisenbahn. Sie muss schon sehr alt gewesen sein, als Paul sie zum ersten Mal sah. Als Wilfried noch ein kleines Kind war, hatte sein Vater sie gebraucht von einem Kollegen erstanden und fertig aufgebaut irgendwie in den ersten Stock gewuchtet. Man musste unter der aufgebockten Spanplatte hindurchkriechen, um auf die Längsseite der Anlage zu gelangen und die Trafos bedienen zu können. Von hier aus hatte man den vollständigen Überblick über die Schienenstränge, die Gebäude, die Landschaft. Paul konnte sich noch Jahre später daran erinnern, wie sie roch, diese perfekte Welt im Maßstab eins zu siebenundachtzig: irgendwie elektrisch.

Unter dem Himmel aus blauer Folie, die wie ein Zelt den gesamten Tisch überspannte, spielten sich Szenen ab, die Paul und Wilfried durch den unbekannten Bastler, der die Anlage in ferner Vorzeit erdacht hatte, vorgegeben waren. Miniaturwartende warteten in verschiedenerlei Wartepose am Bahnsteig – Zeitung lesend, winzigste Zigaretten rauchend, Koffer tragend –, während auf dem Schulhof nebenan klitzekleine Kinderfigürchen Räder schlugen, Fußball spielten oder miteinander rauften. Aus dem Portal der Kirche trat soeben ein Brautpaar, das von einer jubelnden Menschentraube in Empfang genommen wurde und sich nicht im Geringsten für den Stau interessierte, der sich vor einem der beiden Bahnübergänge gebildet hatte. Die Autos auf den Straßen stellten die Farbpalette der frühen Sechzigerjahre dar: Pastellblau, Pastellrosa, Pastellgrün, Pastellgelb. Auch die Figürchen trugen die Mode ihrer Zeit: Männer Anzug und Hut, Frauen Röcke und Pelz.

Die Schienen bahnten sich ihren Weg durch das kleine Städtchen, dann eine Rampe hinauf, an einem Wald aus Islandmoos vorbei durch einen Tunnel, der eine Alpenlandschaft am Horizont durchquerte, und führten dann schließlich durch das andere Ende des Ortes zurück zum Bahnhof.
Besonderes Augenmerk hatte der Erschaffer auf die kleineren und größeren Katastrophen gelegt. Die augenfälligste unter ihnen war das brennende Haus. Es nahm einen zentralen Platz auf der Platte ein, überragte alle übrigen Wohnhäuser um ein Stockwerk und bildete mit dem Turm der Kirche eine kompositorische Doppelspitze. Aus den Fenstern des Hauses quoll dunkelgrau getönte Watte, die – von einer rot flackernden Glühbirne im Inneren des Hauses illuminiert – ein erstaunlich echt wirkendes Bild von Rauch und Feuer abgab. Die Feuerwehr hatte Schläuche ausgerollt, Leitern hochgefahren und sich im Augenblick des Festgeklebtwerdens auf dem Höhepunkt ihrer Rettungs- und Löschtätigkeiten befunden. Kinder wurden über den Rettungskorb in Sicherheit gebracht, Verletzte in Krankenwagen versorgt, sogar ein Sprungtuch wurde in Position geschoben. Neben dem Kunstharz-Freibad mit seinen Schwimmern, Springern und Tauchern, bei dem sich Paul und Wilfried jedes Mal fragten, ob das am Boden des Beckens liegende Kind lediglich tauchte oder bereits ertrunken war und ob die Bikinischönheit am Rand, die irgendwie verloren in die Ferne sah, die Mutter des Kindes war und vielleicht gleichermaßen verzweifelt wie vergeblich nach ihm Ausschau hielt, war das brennende Haus sicherlich das spektakulärste Objekt der Anlage. Aber Brände und Ertrinken waren nicht die einzigen Tragödien. Auch die kleineren Dramen wurden dargestellt: ein umgestürzter Krug in einem Biergarten, ein in den Springbrunnen pinkelnder Hund und so weiter.
Alles stand still in dieser typisch deutschen Kleinstadt, al-

les bis auf die Züge. Eine Tatsache, die Paul immer irritierte. Wilfried und er gerieten darüber sogar in Streit. Wilfried wollte die Züge fahren lassen, Paul wollte sie stillstehen sehen, wie alles andere auch. Wie konnte es sein, dass die Autos vor den offenen Bahnübergängen warteten, obwohl der Zug nur hin und wieder vorbeifuhr und sich die Schranken zwischendurch wieder öffneten? Warum verblieben die Reisenden auf den Bahnsteigen in ihren eingefrorenen Positionen, selbst dann, wenn Wilfried den Zug am Gleis stoppen ließ, um sie ein- und aussteigen zu lassen? Manchmal erschien ihm das erzwungene Verharren der Menschen als die eigentliche Katastrophe, die eigentliche Attraktion. Es erinnerte ihn an eine Geschichte, die der Religionslehrer erzählt hatte: Wie Lots Frau, die im Moment des Zurückblickens auf ihre brennende Stadt vom strafenden Gott in eine Salzsäule verwandelt worden war, waren die Bewohner der Eisenbahnlandschaft allesamt zu winzigen Plastiksäulen erstarrt. Was hatten sie getan? Hatten auch sie sich der Willkür ihres Schöpfers widersetzt? Hatten sie im Moment der Katastrophe gewagt zurückzublicken?

Für Wilfried musste immer alles in Bewegung sein, für Paul alles stillstehen. Vielleicht, so dachte Paul später oft, sagte das mehr über die beiden Jungs aus, als es ihnen damals bewusst war.

Später, als es ihnen plötzlich kindisch erschien, mit der Modelleisenbahn zu spielen, fingen sie an, Musik zu hören. Aber ganz waren sie dem Spielen noch nicht entwachsen, und so sprangen und hüpften sie zu den Beatles-Platten von Wilfrieds Vater durch das Haus.

Und damit begann die Transformation des gewöhnlichen Jungen Wilfried Bongartz zum Teenager namens John.

Wilfried war John, und Paul war Paul. Wenn sie auf der Bühne des Kinderzimmers standen, wurde der alte Gehstock von Wilfrieds verstorbenem Großvater zur Gitarre, ein alter Besenstiel zum Bass. John zeigte Paul, wie er den Bass zu halten hatte, nämlich verkehrt herum, wie der Linkshänder McCartney, und er versuchte ihm beizubringen, wie und an welcher Stelle er den Kopf zu schütteln hatte. Aber Paul tat sich schwer, ganz im Gegensatz zu John, der mit seinem Vater von klein auf alle Platten rauf und runter gehört hatte und der das nächste Lied immer schon anstimmen konnte, wenn gerade die letzten Takte eines Songs verklungen waren. Paul kannte Paul nur von den Plattencovern. Er blieb steif und ungelenk neben dem Freund stehen. Halb verschämt, halb mit neidgeschwängerter Anerkennung erfüllt, beobachtete er Wilfried aus dem Augenwinkel und sah, wie er mit John verschmolz. Vielleicht war das der Moment, in dem Paul begriff, dass Wilfried nicht bleiben würde. Er war John Lennon, aber Paul war Paul Klimkeit.

Die Nachmittage in der Bergstraße vier waren geprägt von endlosen Wiederholungen. Jahrelang spielten sie Nachmittag für Nachmittag die gleichen Spiele, hörten die gleichen Platten, erzählten die gleichen Witze.

Aus dem Zeitalter der Wiederholung stachen die Begebenheiten heraus, die sich nur ein einziges Mal ereigneten. Sie waren die Felsbrocken im Flachland, die solitären Eichen auf den Feldern. Wegpunkte, an denen sich Paul und John orientierten, die im Nachhinein ihre Erinnerung bestimmten. Nicht alle behielten im Laufe der Geschichte ihre Bedeutung. So manche mächtige Eiche schrumpfte zu einem Strauch am Wegesrand zusammen, der ein oder andere Felsen zerbröckelte zu einem unbeachteten Kieselstein.

Manche dieser Findlinge jedoch blieben Paul besonders im Gedächtnis. Einer hätte die beiden um ein Haar erschlagen. Er stürzte auf sie ein und rauschte lärmend durch das Fernsehzimmer in der Bergstraße vier. Es war der Nachmittag, an dem John rücklings über den alten Couchtisch fiel und leblos zu Boden krachte.

Aber die Geschichte begann schon früher, an einem anderen Wegpunkt, den John und Paul einige Jahre zuvor passiert hatten, einer knorrigen alten Eiche. Dieser Baum wäre in Pauls Erinnerung zu einem Schlehengestrüpp verdorrt, hätte das, was nach ihm kam, einen anderen Verlauf genommen.

In der gemeinsamen Schulzeit auf der Realschule in Elsdorf galt Paul als derart unsportlich, dass er im Sportunterricht meist zu denen gehörte, die bei der Einteilung der Mannschaften noch nicht einmal mehr gewählt, sondern als Teil einer übrig gebliebenen Verhandlungsmasse unter den Teams aufgeteilt wurden. Das Gleiche galt für John. John war groß und schlaksig. Er konnte zwar in passabler Geschwindigkeit laufen, und sein Wurf war steinhart, aber jede seiner Bewegungen wirkte absurd, beinahe defekt. Wer ihn sah, nahm den Vorteil, den er einer Mannschaft hätte bringen können, nicht wahr. Die Tölpelhaftigkeit jeder seiner Schritte überlagerte alles andere. Bei Paul bestand das Problem vor allem darin, dass er keinerlei sportlichen Ehrgeiz aufwies. Er gehörte nicht zu den Jungs, die sich aufdrängten, die ihren Klassenkameraden flehentliche Blicke oder Drohungen zuwarfen, nur um schnell in das beste Team gewählt zu werden. Er verharrte duldsam auf seiner Bank, von der um ihn herum langsam alle Sportskanonen, Ehrgeizlinge, Lieblinge, dann die supersportlichen Mädchen, die weniger sportlichen Jungs und schließlich die normalsportlichen Mädchen aufgerufen wurden. John und Paul verblieben mit den dürren, zwergenhaften, pummeligen und unbeliebten Mädchen sitzen. Und so kam es, dass sie an jenem Vormittag im fünften Schuljahr zwei unterschiedlichen Teams aufgebürdet wurden. Sie mussten gegeneinander spielen. Völkerball. Vieles wusste Paul hinterher nicht mehr, aber die alles entscheidende Szene musste sich zu Beginn des

Spiels zugetragen haben, denn üblicherweise war Paul einer der Ersten, die ausschieden, um sich für die komplette Restdauer des Spieles mit verschränkten Armen im Außenfeld herumzudrücken und vereinzelten Querschlägern auszuweichen. Aber noch war er im Spiel, und plötzlich hatte er den Ball. Er hielt ihn fest in beiden Händen. Ein ungewohntes, unangenehmes Gefühl. Sein Unbehagen wuchs mit jedem Schrei, der in sein Ohr drang. Mitspieler riefen ihm zu, er solle ihnen gefälligst den Ball zuwerfen, Gegenspieler begannen damit, ihn mit Grunzlauten zu verhöhnen, und sprangen direkt vor seiner Nase umher, weil sie wussten, dass er sie niemals treffen würde. Er wollte den Ball einfach nur noch loswerden. Und so holte er aus und legte das ganze Gewicht seines etwas zu fülligen Körpers in einen Wurf, der nicht nur den Ball, sondern vor allem auch die auf ihn gerichtete Aufmerksamkeit möglichst weit von ihm wegschleudern sollte. Als die Kugel Pauls Fingerspitzen verließ, hielt er die Augen fest zugepresst.

Als er sie wieder öffnete, liefen einzelne Mitschüler auf Paul zu, um ihm aufgedreht gestikulierend zu gratulieren oder ihn zu fragen, ob er sie noch alle hätte. Paul war verwirrt. Was hatte er getan? Mitten auf dem Spielfeld hatte sich eine Traube schwitzender Kinder gebildet. Paul blieb wie angewurzelt stehen und sah Johns hagebuttenfarbenes Gesicht zwischen den Waden der anderen hindurchschimmern. Paul sah, wie John nach Luft rang, wie Tränen aus seinen zusammengekniffenen Augen auf den staubigen Hallenboden gepresst wurden. Der Sportlehrer hatte sich seinen Weg durch die Masse aus sensationsgierigen Fünftklässlern gebahnt und redete auf John ein, versuchte ihn aufzurichten oder wenigstens seine Arme in die Höhe zu ziehen, um ihm das Atmen zu erleichtern. Aber nichts half. An den Rest konnte sich Paul nicht mehr erinnern.

Am nächsten Tag kam John nicht zur Schule. Am übernächsten Tag auch nicht. Und auch in der ganzen nächsten Woche gab es kein Lebenszeichen von ihm. Niemand schien etwas zu wissen oder sagen zu wollen, und diejenigen, die etwas hätten wissen müssen, nämlich Johns Eltern, traute Paul sich nicht zu fragen. Schließlich war er es gewesen, der ihren Sohn derart schwer verletzt hatte, dass er nicht mehr zur Schule kommen konnte. Paul vermisste John, und gleichzeitig versuchte er sich mit der Idee anzufreunden, ihn nie wiederzusehen. Die Idee wurde zu einem Wunsch, schließlich zu einem Verlangen. Paul wollte unschuldig sein. Er wollte diesen Wurf nie getätigt haben. Er wollte nie mit John in eine Klasse gegangen sein. Er wollte ihn nie kennengelernt haben. Er wollte ihn vergessen. Um nicht an Johns Haus vorbeigehen zu müssen, nahm er sogar extra den Umweg durch die Prämienstraße zum Schulbus.

Die Nachmittage verbrachte Paul jetzt zu Hause und lungerte in der Bäckerei herum, bis seine Mutter ihn eines Tages an der Hand nahm und mit ihm in den Wald ging. Sie schloss, lange bevor eigentlich Feierabend gewesen wäre, den Laden zu und lief mit ihm los. Durch das Dorf, über die Felder, in den Wald. Am Wegesrand lag ein mächtiger Baumstamm. Er musste im Sturm umgestürzt sein. Forstarbeiter hatten den Stamm durchgesägt und neben den Weg gerollt, damit man nicht hinüberklettern musste.

»Sieh mal hier«, sagte Leonore und zeigte Paul die Jahresringe. Paul fuhr mit den Fingern über das feine Muster. Er begann zu zählen.

»Das müssen mehr als dreihundert sein«, sagte er nach einer Weile. »So alt ist der Baum gewesen? Was der wohl schon alles gesehen hat.« Paul fuhr mit der Hand über den rauen Stamm.

»Wie viele Menschen hier schon entlanggelaufen sind«, ergänzte Leonore. »Als der Baum klein war, waren sie noch mit Kutschen oder Ochsenkarren unterwegs. Sie trieben ihre Schweine zur Mast an ihm vorbei. Heute fahren die Waldarbeiter mit Autos in den Wald.«

»Unvorstellbar, wie alt der Wald schon ist«, sagte Paul.

»Er ist sogar noch viel älter. Schon zur Zeit Karls des Großen gab es den Bürgewald.«

»Wann war das?«

»Vor über tausend Jahren«, erklärte Leonore. »Damals gab es hier überall noch riesige Wälder. Alle Dörfer, alle Felder standen auf größeren Lichtungen. Aber die meisten Wälder wurden schon vor Hunderten von Jahren gerodet, um an Holz zum Bauen und zum Feuermachen zu kommen, und um Platz zu schaffen für mehr Wiesen und Äcker.«

»Wieso haben sie diesen Wald nicht auch gerodet?«

»Komm, ich erzähle dir die Geschichte des Bürgewaldes.«

Die beiden setzten sich auf den Baumstamm, und Paul hing an den Lippen seiner Mutter, als sie zu erzählen begann.

»Es gab damals einen Mann namens Arnoldus. Bei den Katholiken ist er heilig. Du weißt doch, was das heißt?«

Paul nickte unsicher.

»Nicht so wichtig«, sagte seine Mutter und fuhr fort: »Der heilige Arnoldus, lange bevor er ein Heiliger wurde, versteht sich, hatte von der großen Armut gehört, die in der Gegend zwischen Jülich und Köln herrschte. Er war als Musiker im Gefolge Karls des Großen unterwegs und hatte das ganze Land bereist, aber nirgends war ihm größeres Leid begegnet als in den Dörfern rund um den Bürgewald. Als er dort eines Tages den König – Karl war damals noch nicht Kaiser – zur Jagd begleiten sollte, griff er zu einer List. Am Vortag ritt er durch alle notleidenden Dörfer, deren Bewohner sich trotz ihres Elends nicht in den Wald trauten, um Feuerholz zu sammeln oder die Schweine zu mästen, da der Wald seit jeher im Besitz des Königs war. In jedem Dorf ließ er ein junges, gesundes Pferd bereitstellen und bat darum, es am nächsten Tag um die Mittagszeit zu satteln. Als dann während der Jagd der König zum Mittagsmahl Platz nahm, trat Arnoldus hervor und bat den Herrscher, ihm so viel von seinem Wald zu schenken, wie er, während der König speiste, auf dem Pferd umrunden konnte. Karl willigte ein, und Arnoldus ritt los. Indem er die Pferde jeweils im nächsten Dorf wechselte, schaffte er es tatsächlich, den gesamten Bürgewald zu umreiten. König Karl hielt sein Versprechen und beurkundete noch an Ort und Stelle die Schenkung. Arnoldus aber gab den Besitz an alle umliegenden Dörfer weiter, die fortan das Holz sammeln konnten und einen Platz hatten, um ihr Vieh zu weiden.«

Leonore machte eine Pause. Sie zog die Augenbrauen hoch. Paul tat es ihr gleich.

»Nur eine Bedingung hatte Arnoldus den Bewohnern der umliegenden Dörfer gestellt«, fuhr sie fort. »Es war ihnen verboten, mehr aus dem Wald zu entnehmen, als wieder nachwachsen konnte. Deshalb durfte der Wald niemals gerodet werden.«

Es fühlte sich an, als würde sie etwas tiefer in den Wald ziehen. Paul betrachtete die Bäume. Obwohl es schon zu dämmern begann, hatten sie nichts Düsteres oder Bedrohliches an sich. Sie wirkten freundlich. Alles schien so leicht an der Seite der Mutter.

Mitten im Wald kamen sie an eine sumpfige Stelle.

»Das ist das Ottersmaar«, sagte Leonore und schob Paul auf schmalen Pfaden vor sich her. Er kletterte auf einen Hochsitz und zielte mit einem Stock auf imaginäre Rehe.

Leonore sah ihm lange zu und lächelte. »Lass uns wieder nach Hause gehen«, sagte sie irgendwann.

Am nächsten Tag sickerten endlich erste Informationsfetzen zu Paul durch. Jürgens Vater arbeitete in der Firma von Johns Vater, und irgendwann in der großen Pause erzählte Jürgen den anderen Jungs aus der Klasse, er habe Wilfried gestern im Krankenhaus besucht. Ihm ginge es schon wieder besser, und bald könne er nach Hause. Bei der Operation habe es Schwierigkeiten gegeben. Wilfried sei dem Tod noch einmal von der Schippe gesprungen. Paul hatte Jürgens Worte noch jahrelang in den Ohren. Von der Schippe gesprungen. Es klang fürchterlich und tröstlich zugleich.

Paul konnte sich in späteren Jahren nicht mehr daran erinnern, wann er die genauen Umstände von Johns Krankheit erfuhr, und das entscheidende Detail blieb für ihn bis ins Erwachsenenalter unklar. Johns Schmerzen waren so stark gewesen, dass man einen Krankenwagen hatte rufen müssen. Im Krankenhaus wurde dann eine akute Blinddarmentzündung festgestellt. Die Operation hätte er um ein Haar nicht überlebt, was wohl damit zusammenhing, dass mehr oder weniger zeitgleich seine Bauspeicheldrüse versagte. Wochenlang lag er im Krankenhaus und wurde in einer Rehaklinik wieder aufgepäppelt. Und dann war er eines Tages einfach wieder da.

Niemand machte Paul jemals Vorwürfe, weder John noch dessen Eltern. Paul hätte es bemerkt, auch wenn es nur subtile Anschuldigungen, unausgesprochene Vorhaltungen gewesen wären. Er hatte seine Antennen jahrelang für entsprechende Signale ausgefahren, aber nie eines empfangen. Er wusste, dass er der Frage, ob eine Entzündung des Blinddarms oder eine Fehlfunktion der Bauchspeicheldrüse durch einen plötzlichen Schlag in den Bauch hervorgerufen werden konnten, niemals auf den Grund gehen würde. Die Aussicht auf Entlastung schmeckte nicht süß genug, die sichere Schuld wäre gallenbitter gewesen.

Johns Krankheit verlangte eine Ernährung streng nach der Uhr und den Blutzuckerwerten. Der Sechzehn-Uhr-Snack, dem eine Messung mithilfe von Pinkelstreifen oder Blutstropfen, die aus den angepiksten Fingerkuppen gepresst wurden, sowie eine entsprechend dosierte Insulinspritze vorausgingen, bestand für John meist aus etwas Obst und Diabetikerschokolade. Damit Paul nicht neidisch wurde, durfte er sich aus dem Süßigkeitenschrank im Esszimmer immer einen oder zwei Riegel Milka Noisette nehmen. Johns Mutter hatte Paul ganz zu Beginn einmal gefragt, welche Schokolade ihm am besten schmeckte, und hielt diese nun für alle Zeiten vorrätig. Für John war echte Schokolade die verbotene Frucht. In Wirklichkeit war er es, der neidisch auf Paul war. Paul durfte vor seinen Augen die gute Milka verputzen, während er sich mit dem Ersatzprodukt bescheiden musste, dessen Verpackung schon derart unansprechend war, dass Paul sie niemals freiwillig hätte probieren wollen.

Und dann kam der Nachmittag, an dem der Erinnerungsfelsen mit voller Wucht und aus dem Nichts durch das Fernsehzimmer in der zweiten Etage schlug. Pauls niemals ruhendes schlechtes Gewissen schlängelte sich durch seinen Bauch, sein Herz und zischelte ihm seinen immer wiederkehrenden Gedanken ins Ohr: Du bist schuld an Johns Diabetes. Nur seinetwegen musste John jetzt Nachmittag für Nachmittag die furchtbare Diabetikerschokolade essen.

Sie hatten zuvor im Garten Federball gespielt, John hatte anschließend seinen Blutzucker getestet, seine Spritze gesetzt, und seine Mutter hatte ihn mit Diabetiker- und Paul mit Noisette-Schokolade bestückt. Jetzt saßen beide alleine vor dem riesigen Fernseher und sahen irgendeine Serie. John war dazu erzogen worden, langsam und genussvoll zu essen, und auch Paul gab sich in seiner Gegenwart Mühe, die Schokolade nicht in wenigen Sekunden hinunterzuschlingen. So saßen sie da und starrten auf den Bildschirm, die Schokolade zwischen ihnen. Das schlechte Gewissen wurde immer lauter. Jetzt wäre die Gelegenheit zur Wiedergutmachung. Nur ein Stück, nur ein einziges, winziges Stück.

Ohne hinzusehen, ließ Paul seine Hand nach der Milka-Schokolade tasten. Unauffällig wie ein Taschendieb nahm er einen Riegel und brach, vielmehr bog sachte ein

Stück ab. Dann wanderten seine Finger beiläufig zu Johns Schokolade und brachen auch hier den Riegel entzwei, wobei sie das verführerische Noisette-Stückchen genau an der Stelle platzierten, an der sich zuvor der abgebrochene Teil der Diabetikerschokolade befunden hatte, den sie nun mit dreister Selbstverständlichkeit zu Pauls Mund führten und ihn dort verschwinden ließen. Paul hatte John endlich das zukommen lassen, was er doch so vermissen musste und was dieser sich, dank seiner antrainierten Disziplin, niemals selbst genommen hätte.

Die künstliche Süße von Johns Schokolade ließ Pauls Mundhöhle zusammenschrumpfen. Es schmeckte scheußlich. Es war richtig, John wenigstens ein kleines bisschen von diesem fürchterlichen Geschmack zu befreien. Paul fühlte sich gut.

Auch John hatte sich mittlerweile, ohne die Augen vom Fernseher abzuwenden, der Schokolade zugewandt. Aus dem Augenwinkel beobachtete Paul lächelnd, wie er den Riegel zerbrach und sich in genussvoller Langsamkeit ein Stück nach dem anderen auf die Zunge legte. Als er nach dem letzten Rest tastete, dem Noisette-Stückchen, hielt Paul den Atem an. Hatte John seinen Blick bemerkt? Für einen kurzen Moment sah er in dessen eisblaue Augen. Er sah die kleine Falte unterhalb seines linken Augenlides, die sich nur zeigte, wenn er glücklich war. Er sah, wie er den Noisette-Geschmack in sich aufnahm. Paul schmeckte, was John schmeckte. Und Paul wusste, dass es verglichen mit den Süßigkeiten, die er in den letzten Jahren essen durfte, eine Offenbarung für ihn sein musste.

Dann passierte lange gar nichts. Sie saßen schweigend vor dem Fernseher und glotzten. Aber in Johns Körper tobte ein Kampf. Insulin gegen Zucker. Die letzten Reste seiner Bauchspeicheldrüse in einem aussichtslosen Gefecht gegen das übermächtige süße Gift. Irgendwann riss Johns Stimme den Freund aus dem Fernsehprogramm. Sie klang schwach, weit entfernt: »Es ist so kalt«, sagte er nur, und im selben Moment richtete sich sein hagerer Körper auf. Es war Sommer, die Sonne knallte auf das Dach, unter dem sie saßen. Es war alles andere als kalt. John stand plötzlich vor dem gekippten Fenster in der Dachgaube. Wie gelähmt sah Paul ihm dabei zu, wie er versuchte, nach dem Griff zu fassen. Seine Hand verfehlte ihr Ziel. Einmal. Zweimal. Und dann passierte das, was dieser Erinnerung in Pauls Gedächtnis für immer ihren Namen geben sollte: Es war der Nachmittag, an dem John rücklings über den alten Couchtisch fiel und leblos zu Boden sackte.

Alles ging so schnell. An den Sturz selbst konnte Paul sich nicht erinnern. Es war der schreckliche Knall gewesen, mit dem Johns Kopf ohne jede Kontrolle auf den Fußboden krachte, den er nie vergessen würde. Er war wie gelähmt, konnte nichts sagen, ihm keine Hand hinstrecken. Er sah in Johns fahles Gesicht. Es schien jede Spannung verloren zu haben. Paul war sich nicht sicher, ob sein Freund noch atmete. Die Glücksfalte unter seinem Lid war verschwunden. Seine Unterschenkel lagerten reglos auf dem Couchtisch. Für einen Moment dachte Paul, John sei tot. Dann stand er einfach wieder auf. Es war unglaublich. Es war, als hätte der Schlag auf den Hinterkopf die durcheinandergeratenen chemischen Prozesse in seinem Körper wieder ins Lot gebracht. John schien den Felsen, der durch das Dach auf sie hereingestürzt war, beiseitegerollt zu haben. Er stand auf und starrte Paul an. Ein wenig hilflos, verlegen. Paul fragte zaghaft, ob alles gut sei. Was für eine dumme Frage, dachte er später. Aber John bejahte einsilbig und setzte sich wieder neben Paul auf das alte Sofa, so als wäre nichts geschehen.

Es blieb ihr Geheimnis. Nie sollten sie jemandem davon erzählen. Nicht einmal untereinander erwähnten sie Johns Tod und seine Wiederauferstehung jemals wieder.

2

Leonore hatte darauf bestanden, dass Paul sie zur Bürgerversammlung begleitete. Paul hatte keine Lust. Er hatte den ganzen Nachmittag bei John im Garten Federball gespielt, und jetzt war er erschöpft und wollte nur noch faul rumliegen. »Es geht hier auch um deine Heimat«, hatte sie in einem Tonfall gesagt, der keinen Widerspruch zuließ.

Als die ersten Pläne für den Tagebau durchsickerten, war er noch in der Grundschule gewesen. Er hatte auf dem Schulhof aufgeschnappt, dass auch Lich-Steinstraß »betroffen« sein würde. »Betroffen« bedeutete, das Dorf musste »umgesiedelt« werden. »Umgesiedelt« bedeutete, dass alle gemeinsam an einen neuen Ort ziehen würden. Seine Mutter hatte ihm das in endlosen Frage-und-Antwort-Ketten erklärt. Der Ort, an dem das alte Dorf stand, die Straßen, die Gärten, würden »dem Tagebau anheimfallen«, was nichts anderes hieß, als dass er von den Baggern verschluckt werden würde.

»Warum sagt man dann nicht einfach, dass alles abgebaggert wird?«, hatte Paul gefragt, aber darauf hatte seine Mutter keine Antwort. Deshalb versuchte Paul, sich ohne ihre Erklärungen einen Reim auf die Lage zu machen. Er versuchte, sich vorzustellen, wie man die Häuser, die Kirche, seine Schule auf riesige Umzugslaster laden und irgendwo, hinter Oberembt vielleicht, wieder abstellen würde.

»Stellen die Arbeiter dann auch alle Häuser wieder in der richtigen Reihenfolge auf?«

»Hör zu, Paul«, sagte Leonore und hielt ihn mit beiden Händen an den Oberarmen fest. Sie sah ihm fest in die Augen. »So einfach wird es nicht gehen. Sie werden das ganze Dorf abreißen. Es wird kein Stein mehr auf dem anderen bleiben. Das wird alles verändern.«

Paul musste schlucken.

»Wir können uns in unser Schicksal fügen und aufgeben«, fuhr seine Mutter fort, »oder wir kämpfen. Verstehst du?«

Er nickte, obwohl er keine Vorstellung davon hatte, wie dieser Kampf aussehen sollte.

»Paul«, bekräftigte Leonore, »ich will, dass du mit mir kämpfst.«

Bei der ersten Bürgerversammlung in der Schulturnhalle war es heiß hergegangen. Um alle Interessierten unterbringen zu können, hatte man zwei Veranstaltungen angesetzt: am Montag für Steinstraß, am Dienstag für Lich. Paul war mit seiner Mutter in der Dienstagsveranstaltung gewesen. Natürlich hatte sich im Laufe des Tages längst herumgesprochen, was sowieso schon alle geahnt hatten: Der unvorstellbar riesige Braunkohletagebau würde kommen, und er würde viel, viel größer werden als alle anderen Kohlegruben, die man bislang im Rheinland kannte. Er würde das komplette Gebiet von Lich-Steinstraß beanspruchen, genauso wie Tanneck, Etzweiler und dazu noch den ganzen Wald. Wann genau das alles passieren sollte, war unklar. Aber der Untergang des Dorfes war nur noch eine Frage der Zeit. Momentan würde man bei Rheinbraun favorisieren, den Abbau im Uhrzeigersinn durchzuführen – dann wäre Lich-Steinstraß als Erstes dran.

All das wurde ihnen dann am Abend noch einmal erzählt. Vorne schwitzten der Bürgermeister und ein Unternehmensvertreter und versuchten, den aufgebrachten Bürgern nahezubringen, was sie schon wussten und dennoch nicht wahrhaben wollten. Männer redeten sich mit hochrotem Kopf in Rage, Frauen brachen in Tränen aus. Leonore blieb ganz ruhig. Paul verstand kein Wort von dem, was der Bürgermeister erzählte. Aber ihm war klar, dass die Lage ernst war.

Bald nach der ersten gab es eine zweite Bürgerversammlung. Gleich bricht die Turnhalle auseinander, dachte Paul. Den Menschen lief das Wasser die Rücken hinunter. Man hatte sich nicht auseinanderdividieren lassen wollen. Man dürfe sich von Rheinbraun nicht diktieren lassen, wann man mit wem über die Tagebaupläne sprechen würde, hieß es. Deshalb war jetzt das ganze Dorf da. Diese künstliche Trennung in Lich und in Steinstraß, das dürfe man nicht hinnehmen, schrie einer in das Mikrofon. Vorne saßen jetzt nicht mehr nur zwei Männer, sondern dreizehn. Genauer gesagt zwölf Männer und eine Frau: Mathilde Muth, die Mutter von Erika aus Pauls Klasse. Und auch die Männer kannte er alle. Der Friseur von gegenüber war dabei, der Gymnasiallehrer Heyden, der alte Herr Viehof vom Gut Neulich, Theo Plum, Klaus Bongartz und allerlei andere Männer aus beiden Teilen des Doppeldorfes. Man hatte sie in einen Ausschuss gewählt und erst mal darüber debattiert, wie er denn heißen sollte. Rheinbraun und die Kreisverwaltung hatten ihn von Anfang an als »Umsiedlungsausschuss« bezeichnet, dabei war eine Umsiedlung doch genau das, was die Bewohner verhindern wollten. Sie waren in eine Falle getappt.

Sehr bald ging es nicht mehr um die Frage, ob Lich-Steinstraß umgesiedelt werden würde. Es würde geschehen, und es würde schnell gehen, erschreckend schnell. Bei einer Versammlung fielen sogar zwei Leute in Ohnmacht. Als es hieß, der Tagebau sei so gut wie genehmigt, und man würde schon in zwei Jahren mit dem Aufschluss beginnen, sackte Maria Eßling zusammen. Als erläutert wurde, dass die ersten Umsiedlungen nur weitere zwei Jahre später, also neunzehnhundertachtzig stattfinden würden, fiel Konrad Iven von der hölzernen Bank und schlug dermaßen hart auf dem Hallenboden auf, dass Paul lachen musste und seine Mutter ihn mit einem strengen Blick nach draußen schickte. Auf dem Spielplatz vor der Turnhalle hatte er bis zum späten Abend warten müssen, bis die Veranstaltung endlich vorbei war. Er hatte auf der Schaukel gesessen, hatte die Häuser angestarrt, die Straßen, die Gehwege. Nirgends war ein Mensch zu sehen. Normalerweise war immer irgendjemand unterwegs. Irgendjemand saß immer auf irgendeiner Bank vor irgendeinem Haus und hielt ein Schwätzchen mit irgendwem. Aber jetzt nicht. Das Dorf war tot. Es war gespenstisch und dennoch beruhigend.

Paul hatte begriffen, dass die Umsiedlung nicht so vonstattengehen würde, wie er sich das immer vorgestellt hatte. Alles würde abgerissen und unwiederbringlich zerstört werden. Es war schockierend. Und doch war die Vorstellung, bald in einem schönen Neubau zu wohnen, so wie Wilfried, irgendwie verlockend.

Bei einer der nächsten Sitzungen, bei der auch wieder ein Vertreter von Rheinbraun anwesend war, ging es um die Abfindungen. Man forderte vom Unternehmen, eins zu eins entschädigt zu werden, sich sowohl finanziell als auch von der Grundstücksgröße her nicht zu verschlechtern. Der Mann von Rheinbraun, Herr Bauer war sein Name, nickte zu allem freundlich. Er wirkte zu keinem Zeitpunkt nervös oder gar in die Enge getrieben, sondern strahlte eine enorme Ruhe aus und schaffte es, trotz des sensiblen Themas, die Lage nicht eskalieren zu lassen. Es gab keine Ohnmachtsanfälle, und auch sonst war Paul von dieser Versammlung nicht mehr viel in Erinnerung geblieben – außer dem netten Lächeln des Herrn Bauer, das er schon bald wieder zu Hause im Bäckerladen sehen würde.

Leonore hatte Herrn Bauer, der sich als Chefunterhändler von Rheinbraun nun noch einmal persönlich vorstellen wollte, wie er sagte, schnell klargemacht, dass sie an keinem Gespräch mit ihm interessiert war, das über die Bestellung von Backwaren hinausging, sich dann aber doch durch seine charmante Art überzeugen lassen, ihn einen kurzen Blick in die Gebäude werfen zu lassen. Sie hatte geseufzt und ihn in die Backstube geführt, wo er den alten Holzofen bestaunte. Zwischendurch hatte er immer wieder einen kleinen Fotoapparat gezückt und jeden Winkel, ja sogar Leonore und Paul fotografiert. Paul hatte sich nicht getraut zu widersprechen, und seine Mutter war wohl auch zu perplex.

»Backen Sie denn nicht mit Strom, gute Frau?«, hatte Bauer gefragt. Leonore hatte nur den Kopf geschüttelt und den Eindringling schnell noch quer über den Hof in den rechten Teil des Wohnhauses geführt. Dort hatte, wie Paul wusste, zuletzt der alte Herr Immerath gewohnt, der seiner Mutter die Bäckerei vermacht hatte. Seit dessen Tod kurz nach Pauls Geburt hatte dieser kleinere Hausteil leer gestanden.

»Keine sanitären Einrichtungen«, hatte Herr Bauer gemurmelt und schnell die Kamera gezückt.

»Nein, hier nicht«, hatte Leonore gesagt und sich dabei angehört, als wollte sie sich rechtfertigen. »Aber drüben im Haupthaus habe ich vor fünf Jahren ein Bad einbauen lassen.«

»Ja, ist gut«, sagte Herr Bauer abwesend. Er hatte einen Notizblock hervorgeholt und kritzelte darin herum, dann war er wieder verschwunden, und Leonore weinte.

Man hatte in der Bürgerversammlung entschieden, den Vorschlag von Rheinbraun anzunehmen und über die Entschädigungen einzeln zu verhandeln – jeder für sich mit dem Unternehmen. Was man für einen Vorteil gehalten hatte, entpuppte sich für die allermeisten Dorfbewohner als großer Fehler. Teil des Angebotes war es, über die Entschädigungszahlungen Stillschweigen zu wahren, und damit konnte der Braunkohlekonzern die Preise beinahe nach Belieben bestimmen. Wenn sich eine Familie als allzu widerspenstig erwies, führte Herr Bauer den schlechten Gesamtzustand der bestehenden Gebäude an. Viele verkauften dann in Panik. Wenn auch das nicht fruchtete, wurden plötzlich doch ein paar Tausend Mark mehr lockergemacht, und so manch einer rieb sich die Hände, weil er Rheinbraun vermeintlich ein Schnippchen geschlagen hatte. Zumindest gingen so die Gerüchte, die überall im Dorf, selbst auf dem Schulhof kursierten. Man hatte sich also doch auseinanderdividieren lassen.

Bei einer weiteren Bürgerversammlung, zu der der Umsiedlungsausschuss gemeinsam mit Herrn Bauer geladen hatte, fehlte plötzlich der Bürgermeister. Er ließe sich entschuldigen, er sei im Urlaub, hieß es, und Gemurmel machte sich breit in der Turnhalle. Paul, der wie üblich neben Leonore saß, versuchte zu belauschen, worüber die Leute tuschelten. Da platzte es auch schon aus einem der Anwesenden heraus. Der feine Herr Bürgermeister verprasse wohl schon seine Millionen, die Rheinbraun ihm für seine paar mageren Wiesen und seinen Hof zugeschanzt hatte! Man habe doch gesehen, dass dieser Herr Bauer, da brauche er gar nicht so dreist zu grinsen, dass dieser Herr Bauer in letzter Zeit täglich bei ihm ein und aus gegangen war!

Theo Plum, der die Versammlung leitete, rief den Störer zur Ordnung, verwies auf die Verschwiegenheitsvereinbarung und warnte eindringlich vor falschen Verurteilungen, aber das machte alles noch schlimmer.

Erst Herr Bauer schaffte es, die Stimmung wieder herunterzukochen: »Seien Sie beruhigt, meine Damen und Herren«, sagte er in sanftem Ton, »der Herr Bürgermeister und ich haben in letzter Zeit tatsächlich oft zusammengesessen, aber es ging dabei stets«, er vollführte eine ausladende Geste mit den Armen, »um Ihr aller Wohl. Wir haben die Standortfrage erörtert, und wenn ich mich nicht irre, ist doch genau dies der vorgesehene Gegenstand unserer heutigen Versammlung.«

Rheinbraun und die Kreisverwaltung hatten vorgesehen, Neu-Lich-Steinstraß zwischen Niederzier und Hambach anzusiedeln, aber der Großteil der Dorfbewohner lehnte das ab. Niemand wollte nach Niederzier, das sei ein komisches Volk, hieß es, und es folgten allerlei unflätige Begriffe aus allerlei Mündern. Herr Bauer verdrehte die Augen, das hatte Paul genau gesehen. Dieses Pack, schien er zu denken. Halten sich doch tatsächlich für etwas Besseres als die Trottel aus diesem anderen Dorf.

Ein junger Mann ergriff das Wort und machte deutlich, dass ihn »keine zehn Pferde« nach Niederzier bekämen. Neulich, als man mit der Fußballmannschaft dort hätte antreten müssen, habe man sie schon als die »Flüchtlinge von Steinstraß« verhöhnt.

Erneut brandete Unruhe in der Turnhalle auf.

»Als Flüchtling will natürlich niemand gerne bezeichnet werden«, versuchte Theo Plum zu beschwichtigen. Paul spürte, wie seine Mutter unruhig auf dem glatten Holz der Turnhallenbank hin und her rutschte.

Als Theo Plum die Lage beinahe wieder beruhigt hatte und sichtlich bemüht versuchte, die Diskussion in sinnvollere Bahnen zu lenken, erschallte auf einmal von ganz hinten ein Krächzen. »Diese entsetzlichen Kriegsjungfern«, schrie jemand durch die Halle. Alle Köpfe flogen herum. Auch Paul sah nach hinten und blickte dem Harbinger direkt in die Augen, aber der kleine Mann schaute zur Decke und brüllte wieder: »Diese entsetzlichen Kriegsjungfern!«

Paul kannte Arnold. Im Gegensatz zu seinen Klassenkameraden hatte er keine Angst vor ihm, und er machte sich auch nicht über ihn lustig. Seine Mutter kümmerte sich manchmal um ihn, das war schon immer so gewesen. Der Harbinger gehörte für Paul einfach dazu. Er war ihm immer ganz normal vorgekommen in seiner seltsamen Art, viel normaler als die ganzen Leute, die ihn, Paul, nicht zurückgrüßten, wenn er freundlich Guten Tag wünschte. Nur weil er keinen Vater hatte und weil er nicht getauft war. So verbohrt zu sein war doch viel schlimmer, als manchmal schreiend durchs Dorf zu laufen und den Leuten nicht in die Augen schauen zu können. Seine Kleidung wirkte alt und dreckig und viel zu groß. Man nannte ihn wegen seiner äußerst geringen Körpergröße auch den kleinen Harbinger, aber Paul kam dieser Ausdruck nicht über die Lippen, schließlich war er zwar klein, aber ganz und gar nicht mehr jung. Vor einem Jahr war die Mutter vom Harbinger gestorben, seitdem hauste er alleine auf dem alten Hof, und Leonore sah umso öfter nach ihm. Andere Leute ließ er nicht an sich heran. Er hatte sich zu Hause verschanzt. Einmal hatte Paul im Vorbeigehen mitbekommen, wie der Herr Bauer von der Rheinbraun dort fast ein wenig die Fassung verloren hatte. Er hatte in die verrammelte Tür gerufen, fast gebrüllt, dass man sich dann halt eine andere Lösung würde überlegen müssen. Und das sei ja bei so einem wie ihm sowieso kein Problem.

»Die Martha Rütt und ihre Moppen!«, schrie der Harbinger jetzt.

»Also ...«, versuchte Theo Plum dazwischenzukommen, der mit Martha Rütt verheiratet war und nicht begriff, warum seine Frau jetzt hier Erwähnung fand.

Aber der Harbinger ließ ihn nicht zu Wort kommen. »Die Martha Rütt und ihre Moppen. Die Martha Rütt und ihre Moppen.«

Pauls Mutter schüttelte den Kopf. »Ich bin die Klimkeit Leonore«, rief sie, und die Köpfe der anderen drehten sich blitzschnell in ihre Richtung. Paul errötete.

»Die Martha Rütt und ihre Moppen«, fuhr der Harbinger unbeirrt fort.

»Also, Arnold, also Herr Harbinger«, versuchte es Theo Plum erneut, »ich muss doch sehr bitten.«

»Die Sau ist ausgebüxt«, schrie der Harbinger, und seine Stimme klang wie die Sägeblätter in Klaus Bongartz' Fabrik.

»Den haben sie damals doch vergessen«, rief eine Stimme aus der Menge und erntete zustimmenden Applaus. Viele waren aufgesprungen und standen drohend vor dem Harbinger.

»Ruhe!«, rief Theo Plum.

Herr Bauer hatte die Arme mittlerweile vor der Brust verschränkt und den Oberkörper lässig nach hinten gelehnt.

»Ruhe!«, versuchte es Plum erneut.

Aber der Harbinger ließ sich nicht beruhigen – und der aufgebrachte Mob sowieso nicht.

»Wer einen Bauern betrügen will, muss einen Bauern mitbringen«, flüsterte der Störenfried nun so leise, dass man ihn kaum noch hören konnte.

»Was hat er gesagt?«, fragte Theo Plum, und auch Herr Bauer reckte den Hals. Dann wurde es plötzlich ganz still in der Halle. Jeder wollte hören, was der Harbinger da nuschelte. Dann schrie er auf einmal. Der Harbinger schrie so laut, wie ihn niemals zuvor ein Mensch hatte schreien hören.

»Wer einen Bauern betrügen will, muss einen Bauern mitbringen.«

»Raus mit ihm«, rief der plötzlich nicht mehr ganz so feine Herr Bauer von der Rheinbraun.

Eine Handvoll junger Männer, die dem Treiben endlich ein Ende bereiten wollten, rannten auf den kleinen Mann zu. Der aber verschwand blitzschnell durch die Turnhallentür.

»Mach's gut, Arnold«, sagte Leonore leise.

Es war das letzte Mal, dass jemand den kleinen Harbinger lebend sah.

3

Der Bürgewald war ein wahrhaftiger Abenteuerspielplatz. Alles hier war echt. Alles war Geschichte. Alles war Natur. Natürlich waren auch die Buchen in der Allee, die durch den Gewährhau verlief und seit Jahrhunderten als Fußweg zwischen Lich-Steinstraß und Etzweiler diente, einst von Menschenhand gesetzt worden, aber nicht wenige der Bäume hatten die ursprüngliche Ordnung längst für nichtig erklärt und hatten sich mit ihren mächtigen Wurzeln heimlich und außerhalb der Messbarkeit menschlicher Zeitdimensionen ein oder zwei Handbreit aus der strengen Reihenfolge geschoben. Andere hatten den Dienst vollkommen quittiert, waren umgestürzt und präsentierten ihr aus dem Boden gerissenes Wurzelwerk. Oder sie waren vor Hunderten Jahren schon zu Humus verfallen und nun nichts weiter als eine Lücke.

Paul und John spielten ganze Sommer lang im Schatten der Bürge mit den anderen Jungs Räuber und Gendarm oder Fähnchenklau. Ihre Fahne war an der Buchenallee versteckt, die der anderen Mannschaft irgendwo unten beim Kriegerdenkmal. Es war wie in den Abenteuergeschichten, die sie lasen. Jede Clique brauchte einen Schlauen, einen Dicken, einen Ängstlichen. Im Rückblick glaubte Paul, besetzte er wohl meistens die letztere Rolle. Und ein bisschen die des Dicken. Nur der Anführer, der Bestimmer, der Kopf der Bande, das war er nie. Und auch John zog es vor, als einfacher Räuber durch das Unterholz zu pirschen, anstatt die Strategie vorzugeben und Befehle zu zischen. Wenn es den beiden zu viel wurde, zu ruppig, wenn es den anderen Jungs zu sehr darum ging, *aber eigentlich gewonnen* zu haben, weil ein Mitglied des gegnerischen Teams gemeinerweise eine Regel verletzt hatte, wenn sie sich beschimpften und beleidigten, sich zu prügeln drohten, dann zogen John und Paul sich zurück und suchten einen der geheimen Plätze auf, die nur sie zu kennen glaubten. Einer dieser Orte war der Höhlenbaum.

Der Höhlenbaum war eine tief im Innern des Waldes stehende Eiche. Mit massigen Wurzeln klammerte sich das alte, aber nicht besonders hoch gewachsene Gehölz an einen kleinen Hang. Der Höhlenbaum war in seiner Umgebung, in der die meisten Bäume Buchen und kaum älter als fünfzig Jahre waren, ein Solitär. Er stammte noch aus der Zeit, als man die Schweine zur Mast in den Wald getrieben hatte, und musste einst ziemlich alleine auf einer Lichtung gestanden haben. Erst später, als die Fläche nicht mehr für die Schweine genutzt wurde, hatten Moose, Gräser, Büsche, Birken und schließlich Buchen das Gebiet erobert. Das war aber nicht das Besondere an ihm. Es war die Unterhöhlung, die am Abhang unterhalb seiner Wurzeln entstanden war. Ob es von der Verwitterung stammte, ob es Tiere, Füchse vielleicht, waren, die die alte Eiche dermaßen untergraben hatten, dass sie zur Hälfte in der Luft zu schweben schien, oder ob die Ausschabung in dem seltsam sandigen Boden unter dem Wurzelgeäst menschlichen Ursprungs war, wussten Paul und John nicht. Sie interessierte nur, dass man, wenn man sich eng aneinanderschmiegte, zu zweit auf dem weichen, buttergelben Boden Platz fand und selbst bei Regen im Trockenen saß.

Als sie elf Jahre alt waren, schleppten sie eine Kiste in den Wald, die sie beim Höhlenbaum vergraben wollten. »Du suchst das Versteck aus«, hatte John gesagt, und Paul hatte den Weg exakt mit seinen Schritten abgemessen. Er wählte einen Platz oberhalb des Höhlenbaumes, direkt hinter der übernächsten Buche. John saß derweil unter der alten Eiche und konnte Paul nicht sehen. Das war Teil der Verabredung:

John hütete den Schlüssel zur Kiste, und Paul wusste, wo genau sie versteckt war. Es war ein Abenteuerspiel, aber sie betrieben es mit heiligem Ernst. In der roten Blechkiste – einem alten Schraubenkasten aus dem Sägewerk – befand sich ihre Notfallausrüstung: Geld natürlich (jedoch nicht mehr als zwei Mark), Schokolade (Milka Noisette und Diabetikerschokolade), Heftpflaster und eine Busfahrkarte, die sie auf dem Bürgersteig vor der Haltestelle in Steinstraß gefunden hatten und von der sie zwar insgeheim beide annahmen, dass sie nicht mehr gültig war, die ihnen aber ein Gefühl von Freiheit vermittelte. Und Freiheit konnte man gut gebrauchen, wenn es einem einmal schlecht gehen sollte.

Noch hatte Paul keine Idee, welch schwierige Lage das sein sollte, in der sie von der Kiste Gebrauch machen mussten, welche Katastrophe über ihr wohlbehütetes Dorfidyll hereinbrechen und den sofortigen Verzehr von Diabetikerschokolade notwendig machen könnte.

Irgendwann machte die Kunde von einem anderen besonderen Ort die Runde, wurde unter den Jungs in der Klasse wie ein Geheimwissen weitergetragen. Es ging um einen Fahrradparcours mitten im Wald. Unbekannte Jugendliche, wahrscheinlich aus Etzweiler, mussten ihn dort angelegt haben. Sie hatten Erdhügel und Gräben errichtet, über die man mit dem Fahrrad springen konnte.

Als Paul und John der kolportierten Beschreibung zum ersten Mal gefolgt waren, hatten sie sich als Entdecker einer verschollenen Stadt gefühlt, einer längst vergessenen Zivilisation irgendwo im Urwald. Sie glaubten, ein Geheimnis aus längst vergangenen Zeiten zu hüten.

Es kam ein Sommerabend, an dessen Ende alles ganz anders verlaufen war, als sie sich das ausgemalt hatten. Die Sonne wollte an diesem Tag nicht untergehen. Paul und John waren spät und doch im Hellen noch in die Bürge aufgebrochen, waren den gepflasterten Wegen gefolgt und hatten voller Vorfreude auf eine Runde über den Parcours die Pedale ihrer neuen Fahrräder in Rotation versetzt. Sie hatten beide zum zwölften Geburtstag eines dieser Räder bekommen, die jetzt alle haben mussten. Vorne eine Federung, die in Wirklichkeit nur Attrappe war, hinten ein Überrollbügel, den man auch zum lässigen Anlehnen nutzen konnte. Pauls Mutter hatte sein Rad gebraucht erstanden. Es war ihm egal gewesen, zumindest hatte er das beteuert. Tatsächlich hatte er aber voll Neid auf Johns vollkommen neues Exemplar geschielt.

Noch ahnten sie nicht, dass sie ihre letzte Runde über die geheime Strecke im Wald schon Tage zuvor gedreht hatten. Sie rasten ohne den Ballast einer Vorahnung durch die Dämmerung, verließen den gepflasterten Weg an einer Kreuzung und folgten einer Schotterpiste bis zu einem unscheinbaren Abzweig links des Weges. Der Wald wurde dichter, der Weg schmaler und verwilderter. Die letzten Sonnenstrahlen schafften es kaum durch die nahezu undurchlässigen Zweige der jungen Buchen. Nur noch wenige Hundert Meter trennten die beiden von ihrem Ziel, sie mussten lediglich noch die Stelle durchqueren, an der die Sträucher des Unterholzes so dicht standen, dass man absteigen und sein Rad in geduckter Haltung vor sich herschieben musste. Paul ging vor. John folgte ihm.

Plötzlich blieb Paul stehen. Er nahm eine Gestalt wahr, mannshoch, aber irgendwie falsch proportioniert. Er stand genau vor ihm, vielleicht fünf Schritte entfernt. Aber irgendetwas an der Körperhaltung stimmte nicht. Es war keine Spannung in dieser Gestalt. Paul lief ein Schauer über den Rücken. Er fühlte sich plötzlich wie in einem Schneesturm. Sein Körper schien längst realisiert zu haben, was er vor sich sah. Aber noch hatte sein Hirn es nicht begriffen, konnte den Gedanken nicht formulieren. Noch bevor er den Strick wahrnahm, der von einem breiten Ast herabhing, noch bevor er die Schlinge um den Hals seines Gegenübers sah und bevor er verstand, dass die Figur nicht auf dem Boden stand, sondern ihre Schuhe einige Handbreit darüber schwebten, hatte John sich schon an ihm vorbeigeschoben.

»O Gott«, flüsterte er. Und dann schrie er: »Da hängt ein Kind!«

Paul hatte es noch immer nicht begriffen. »Was?«, fragte er nur.

»Da hängt ein Kind!«, wiederholte John. »Schnell weg hier.« Er zerrte sein Rad zurück durch das Unterholz. »Komm schon!«

Aber Paul blieb stehen, als wäre er selbst inmitten des Waldes zu einem Baum geworden. Seine Augen konnten sich nicht von der vor ihm baumelnden Gestalt lösen. Paul betrachtete die Kleidung: dunkelblaue Arbeitskleidung, an den Fußgelenken mehrfach umgeschlagen.

»Komm schon«, hörte er John ein letztes Mal flehen. Dann war Stille. Nur noch das Rascheln der Blätter, der einsame Ruf eines Vogels und Pauls eigener schneller Atem. Seltsam, dachte er, zwei Menschen und nur ein Atem. Er sah den Erhängten von hinten, sah seine abgeschabten Schuhsohlen, die Innenflächen seiner Arbeiterhände, seinen schiefen Rücken. Das hier war kein Kind. Das hier war ein sehr kleiner Mann. Paul bewegte sich langsam seitwärts, um einen Blick auf das Gesicht des Toten werfen zu können. Er trat näher heran und sah dem Mann direkt in die Augen. Noch nie zuvor hatte irgendwer dem Harbinger direkt in die Augen gesehen. Dafür hatte er erst sterben müssen.

Paul stand noch lange da. Der Tote hatte den Mund geöffnet, als wolle er ihm etwas sagen, aber sie waren in unterschiedlichen Welten, und Paul konnte ihn nicht verstehen. Erst langsam ging er wieder zurück zu seinem Fahrrad, hob es auf, schob es vorsichtig durch das Dickicht und stieg erst auf, als er die Schotterpiste erreicht hatte. Es war stockdunkel geworden, und hier konnte er den Weg wenigstens erahnen. Bald schon erschien vor ihm ein Licht. Paul kniff die Augen zusammen. Es waren die Scheinwerfer eines Autos.

Später erfuhr Paul, dass John wie vom Leibhaftigen verfolgt, durch den dunklen Wald nach Hause gerast war. Immer und immer wieder hatte er nur »Ein totes Kind hängt im Wald« gesagt. Da seine Eltern wussten, dass er zusammen mit Paul losgefahren war, rechneten sie mit dem Schlimmsten. Sie hatten ihren Wilfried in ihren Opel Rekord gesetzt und waren erst nur ein paar Schritte weit gefahren, bis zum Bäckereigeschäft in der Herrenstraße sieben. Mit der flachen Hand hatte Klaus Bongartz an das Schaufenster geschlagen, sodass Leonore in heller Panik angerannt kam und sich, noch bevor Johns Eltern die Lage, soweit sie sie selbst bislang begriffen hatten, beschreiben konnten, auf die Rückbank geworfen hatte. Johns Vater hatte den Wagen nach den stummen Anweisungen seines Sohnes immer weiter in den Wald hineingesteuert. Verbotsschilder hatte er ignoriert, eine Schranke in erstaunlicher Selbstverständlichkeit umfahren.

»Paul, mein Paul«, hatte seine Mutter immer wieder gewimmert, in tiefer Sorge, dass es ihr Junge war, der dort irgendwo im Wald an einem Baum hing. Und vielleicht hatte sie damit auch ein wenig ihren kleinen Bruder gemeint.

Paul sah den Wagen auf sich zurasen. Er stoppte sein Rad, blieb stehen, hob die Hand vor das Gesicht, um im schmerzenden Licht noch sehen zu können. Er überlegte kurz, ob er nicht besser zur Seite springen sollte, aber dazu war es zu spät. Beinahe hätte der Opel ihn überfahren, aber er vollführte im letzten Moment eine Vollbremsung, und Paul verharrte im Lichtkegel wie ein hilfloses Reh. Er kam erst wieder zu sich, als seine Mutter ihn beinahe erdrückte.

»Es ist der Harbinger«, sagte Paul.
»Gott sei Dank«, sagte Leonore nur.
An diesem Tag verging John und Paul die Lust am Abenteuer im Wald für immer.

Der Tod des kleinen Harbinger war ein schwerer Schlag für Leonore. Hatte zunächst noch die Erleichterung überwogen, dass es nicht ihr Sohn gewesen war, der im Wald am Baum hing, so setzte doch nach wenigen Tagen die Trauer über den alten Vertrauten ein. Sie hatte seine Beerdigung organisiert, hatte sogar mit dem Pfarrer gesprochen und er mit ihr. Sie hatte durchgesetzt, dass er – obwohl er seinem Leben durch eigene Hand ein Ende gesetzt hatte – in dem Familiengrab auf dem Friedhof neben der Kirche beigesetzt werden konnte. Sie hatte den Bürgermeister, dessen Hof in der Nachbarschaft des Harbinger-Hofes lag, überzeugt, dass er ein ordentliches Begräbnis bekam, das denen angesehener Dorfbewohner in nichts nachstand. Die Blaskapelle und der Männergesangsverein hatten teilgenommen, und sogar Herr Bauer von der Rheinbraun war im schwarzen Anzug erschienen. Da niemand da war, dem man am Grab kondolieren konnte, gab man sich nach anfänglichem Zögern einfach gegenseitig die Hand.
Paul sah wenig Trauer in den Gesichtern, viel eher war es Erleichterung. Die einzigen Tränen liefen über das Gesicht seiner Mutter. Aber auch bei ihr versiegten sie nach wenigen Wochen. Da hatte man den alten Hof der Familie Harbinger schon komplett ausgeräumt und die Fenster und Türen mit Brettern verrammelt.
Leonore hatte sich zum Jahresende in die Arbeit gestürzt, hatte Bestellung um Bestellung abgearbeitet, Lieferungen organisiert und zudem noch den ganzen Tag im Laden gestanden, während Paul Tag für Tag gemeinsam mit John im Haus in der Bergstraße vier verbrachte.

Sie taten nichts anderes, als Musik zu hören. Einfach nur Musik hören, auf dem Teppich sitzen und auf den Boden starren. So saßen sie und hörten und starrten den ganzen Winter über bis hinein in den Frühling, als John sich weigerte, sich die Haare schneiden zu lassen, und der Augenarzt feststellte, dass er eine Brille brauchte. Und als sie am ersten warmen Tag des Jahres wieder hinaustraten an die mit Maiglöckchenduft versetzte Luft und am Spielplatz auf die anderen Kinder trafen, die die bleichgesichtigen Jungs anstarrten, rief eines von ihnen: »Wilfried sieht aus wie John Lennon!«

An diesem Tag wurde Wilfried tatsächlich und endgültig zu John. Selbst die Lehrer in der Schule, selbst seine Eltern riefen ihn irgendwann nicht mehr bei seinem ursprünglichen Namen.

4

Der letzte Sommer ihrer Kindheit war trocken und heiß. Es war das Jahr achtundsiebzig und es war vor allem ein Ereignis, das für Paul das Ende einer Ära markierte. Paul hatte seine Spielzeugautos mit zu John gebracht. Sie waren seit Jahren schon nur ein Haufen bunten Blechs in einer Schuhschachtel auf seinem Kleiderschrank. Früher hatte er sie in riesigen Schlangen quer durch sein Zimmer und über den ganzen Hof fahren lassen. Dabei war er tief in Fantasiewelten abgetaucht, in Weltreisen, Expeditionen und Autorennen. Aber jetzt wurde er bald vierzehn Jahre alt, und die Autos schienen ihm plötzlich kindisch und peinlich.

Es sollte nur noch ein letztes Spiel mit den kleinen Blechmodellen geben, und das bestand im detailgetreuen Nachstellen einer riesigen Massenkarambolage auf dem zur Autobahn umgedeuteten Betonplattenweg im Garten der Familie Bongartz. Liebevoll bearbeiteten John und Paul die Autos mit Hämmern, sodass die Schrammen und Beulen perfekt zueinanderpassten, stellten sie in Gruppen oder paarweise zusammen und entwarfen in stundenlanger Arbeit eine gigantische, mehrspurige Kollision, die sie schließlich mit Waschbenzin übergossen und anzündeten. Es war, als hätten sie ein reinigendes Feuer entfacht, als hätten Paul und John ihre Kindheit mit einer rituellen Verbrennung für beendet erklärt.

Nachdem das Feuer erloschen und die Wracks der kleinen Wagen erkaltet waren, begutachteten sie stolz ihr Werk. John zeigte seinen Eltern, was sie getan hatten, und sie schienen es zu verstehen.

Paul hielt die Überreste seiner Spielzeugautos in den Händen. Auf dem Weg nach Hause vergrub er die rußigen

Wracks im weichen Boden eines Ackers am Escherpfädchen.

»Wie siehst du denn aus?«, fragte Leonore, als sie ihn sah. »Wasch dir die Hände. Essen ist fertig.«

Im Elsdorfer Freibad trafen sie zum ersten Mal auf Manuela. Paul konnte sich auch Jahre später noch genau an diesen heißen Tag im August erinnern, denn noch nie zuvor war ihm aufgefallen, dass es im Freibad vor Mädchen nur so wimmelte. Bis dahin hatte er sich mehr für die Rutsche, an mutigen Tagen vielleicht auch noch für das Dreimeterbrett interessiert, nie aber für die sonnenbadenden Mädchen, schon gar nicht für solche, die er nicht aus der Schule kannte. Er war zusammen mit John mit dem Fahrrad losgefahren. Mittlerweile waren sie wieder viel gemeinsam draußen unterwegs, nur den Wald mieden sie noch immer. Sie waren ein paar Bahnen geschwommen, hatten die Rutsche ausgiebig genutzt, und danach hatte Paul sich noch mal unter die Außendusche gestellt und John bedeutet, ruhig schon vor zur Liegewiese zu gehen. Er wollte noch einmal alleine eine Runde über das Gelände streifen, um sich umzusehen und vielleicht auch angesehen zu werden. Er musste jedoch schnell feststellen, dass er wenig Beachtung fand. Die Konkurrenz war höhergewachsen, muskulöser und älter. Wo immer er an einer Gruppe Mädchen vorbeistakste, erntete er Missachtung oder verständnislose Blicke. Es war kein guter Tag, um seine Chancen beim anderen Geschlecht zu testen.

Er fand John schließlich ein Dutzend Schritte von ihrem Liegeplatz unter einer Birke entfernt – bei einer Gruppe Mädchen! John winkte ihn heran und stellte ihm Manuela und die anderen vor. Die hatten sicherlich auch Namen, Claudia vielleicht, oder Ulrike, Dagmar oder Silke. Aber Paul vergaß sie schneller, als er sie gehört hatte. Er begriff sofort, dass es hier um Manuela ging, und er begriff ebenfalls, dass für ihn selbst in diesem Stück nur eine Nebenrolle vorgesehen war. Es ging allein um Manuela und John.

Bis Paul sie ein zweites Mal sah, vergingen Wochen, aber kein Tag verging, an dem John nicht von ihr redete. Er hatte ihre Adresse bekommen und auch ihre Nummer, und jetzt telefonierte er ständig mit ihr oder traf sie im Schwimmbad. Sie war ein Jahr älter als die beiden Jungs und ging auf das neue Gymnasium in Bergheim. Für Paul und John klang das geradezu urban. Manuelas Vater war Abteilungsleiter in der Zuckerfabrik von Pfeifer und Langen in Elsdorf, dem Ort, wo man – wie ihr Geschichtslehrer nicht müde wurde, ihnen einzuprägen – den Würfelzucker erfunden hatte, und sie lebte in der Gesolei, einer Siedlung am Rande der Fabrik, deren nach einem fernöstlichen Kleinstaat klingenden Namen sich niemand so recht erklären konnte. Jedes erdenkliche Detail über ihr Leben breitete John Paul gegenüber aus. Doch die Gelegenheiten dazu wurden seltener. Denn jeder mit Manuela verbrachte Tag war ein Tag weniger für John und Paul. Sie saßen höchstens noch zweimal in der Woche zusammen und hörten die alten Beatles-Platten. Und jedes Mal schwärmte John dabei in einem Maße von seiner neuen Freundin, dass es Paul schon fast übel wurde.

»Ihre Locken sehen aus wie kleine Korkenzieher, und ihre Haut ist glatt wie Buchenholz«, sagte er.

»Aha«, entgegnete Paul betont nüchtern, damit John nicht bemerkte, dass auch er sich Manuela sehr genau angesehen hatte.

»Sie ist so süß«, säuselte John.

»Dann vergiss nicht, genug Insulin zu spritzen, wenn du sie das nächste Mal triffst«, giftete Paul in Richtung seines besten Freundes.

»Was soll der Scheiß? Bist du etwa eifersüchtig?«

»Wegen Michaela?«

»Manuela!«

»Mir doch egal, wie sie heißt!« Und das war es Paul tatsächlich. Insgeheim nannte er sie ohnehin längst Yoko.

Die Treffen in der Bergstraße vier wurden immer seltener. Selbst wenn John Zeit hatte für Paul, weil Yoko keine Zeit hatte für John, hatte Paul oft keine Lust auf John. Dabei wollte er sich gerne mit ihm treffen, aber nur, wenn alles noch immer so wäre wie früher.

Paul verbrachte zur Freude seiner Mutter jetzt viele Nachmittage in der Bäckerei, er hatte scheinbar ein Interesse am Bäckerhandwerk entwickelt. Er wusste, wie man den alten Königswinterer Ofen anheizte oder wie man den Teig für die Moppen knetete, damit sie nicht zu trocken und nicht zu matschig wurden. Wenn er mit Leonore im Laden stand, bekam er mit, wie sich die Proteste gegen die Umsiedlung ein letztes Mal aufbäumten, ihren Höhepunkt bei der Eröffnung des Tagebaus fanden und dann jäh abstarben. Der frischgebackene Ministerpräsident hatte seinen Wirtschaftsminister nach Hambach geschickt, damit dieser persönlich den größten Bagger der Welt in Betrieb nahm und der Tagebau offiziell beginnen konnte. Angeführt von Mathilde Muth und Johns Vater hatte sich eine kleine Truppe von Dorfbewohnern dorthin begeben, um mit Schildern und Flugblättern auf ihre Situation aufmerksam zu machen. Der Minister ignorierte sie, die feierliche Eröffnung, der Aufschluss, verschob sich lediglich um eine Viertelstunde.

Einmal würde er ihm noch eine Chance geben, hatte Paul gedacht, als John doch wieder einmal fragte, ob er nicht am Nachmittag vorbeikommen wolle. Er begrüßte Johns Mutter, die ihn anstrahlte, ging die Treppe hoch, die er wahrscheinlich so häufig hinaufgestiegen war wie die Treppe in der Herrenstraße, und betrat Johns Zimmer. John war nicht alleine. Yoko war da. Sie saßen Schulter an Schulter auf dem

Fußboden vor dem Sofa. Paul stand fassungslos im Türrahmen, als John ihm erklärte, dass es doch mal an der Zeit wäre, dass Manuela und er sich näher kennenlernten. Yoko stand auf und gab Paul die Hand. Sie war wirklich süß. Auch Paul mochte ihre gedrechselten Locken und ihre Buchenholzhaut. Sie zu hassen war in etwa so schwierig, wie ein Glas Cola an einem heißen Sommertag zu verschmähen. Vielleicht lag es an ihren großen Augen oder ihrem runden Mund. Sie war wirklich, wirklich süß.

Paul versuchte den Blick von ihr abzuwenden und sah zu John.

»Wo ist deine Brille?«

John grinste verlegen.

»Brille?«, fragte Yoko, und es klang belustigt. »Du hast eine Brille?«

»Seit letztem Jahr«, sagte Paul.

»Der Augenarzt hat gesagt, ich brauche sie nicht mehr«, versuchte John sich zu verteidigen.

»Und warum hast du sie dann in der Schule immer an?«

»Zum Lesen«, sagte John und warf Paul einen scharfen Blick zu.

Paul fragte sich, was mit John nicht stimmte. Er hatte seine Brille verheimlicht! Seine John-Lennon-Brille!

»Sollen wir Musik hören?«, fragte Paul und ging zum Plattenregal. Er nahm *Abbey Road* heraus, Johns Lieblingsalbum, legte es auf und setzte sich zu den beiden, um den Boden anzustarren. Es dauerte kaum bis zu den letzten Takten von »Something«, nicht einmal zwei Lieder hatte Yoko es ausgehalten, dann platzte es aus ihr heraus: »Das ist ja furchtbar, dieses alte Zeug!«

Paul war schockiert. Alt, das konnte er akzeptieren, schließlich hatte dieses Album schon mehr als ein Jahrzehnt auf dem Buckel, aber furchtbar? Warum saß sie neben John auf dem Fußboden, wenn sie *Abbey Road* furchtbar fand?

»Hast du nichts von The Clash hier?«, fragte sie. »Oder Iggy Pop?«

»Leider nicht«, sagte John, stand auf und betätigte den Hebel, der den Tonarm nach oben kippen ließ.

Pauls Mund stand offen. John hatte die Beatles abgebrochen!

»Genesis?«, fragte John vorsichtig.

»Hm«, summte Yoko, und John legte eine neue Platte auf. Er schob die schwarze Vinylscheibe in die Papphülle mit dem legendären Zebrastreifen-Motiv, legte sie auf die anderen Alben, die dicht gedrängt im Regal standen, und schob sie dann ganz langsam nach hinten, sodass sie mit einem leichten Klopfen, versteckt hinter allen anderen Platten, im Regal landete. John schaute verstohlen zu Paul. Ihre Blicke trafen sich für einen kurzen Moment, und Paul schaute direkt in Johns schlechtes Gewissen.

»Ich muss Blutzucker messen«, sagte John nur kurz und verschwand.

Paul und Yoko blieben schweigend zurück. Sie wippte im Takt der Musik, erbebte vor Wut.

»Und?«, erklang auf einmal Yokos Stimme. »Woher kennst du Will?«

»Wen?«

»Na, Wilfried!«

»Du meinst John?«

»Nein«, lachte sie ihr zuckersüßes und doch herablassendes Gymnasiastinnen-Lachen. »Ich meine Will.«

»Will«, wiederholte Paul leise. Will hatte John getötet. Er hatte ihm seine Brille aus dem Gesicht gerissen, ihn seines Musikgeschmacks beraubt, und jetzt war er an seine Stelle getreten.

5

Nach dem Ende ihrer Schulzeit sah Paul John nur noch zufällig. Sie hatten noch ein schweigsames halbes Jahr gemeinsam auf der Realschule verbracht, dann hatte John eine Schreinerlehre im Betrieb seines Vaters begonnen, und Paul, der gerade noch rechtzeitig sein Interesse am Backen entdeckt hatte, wurde von seiner Mutter zur Bäckerei am Jülicher Marktplatz geschickt, um sich dort vorzustellen. Man stellte ihn ein, und so saß er fortan jeden Morgen, wenn es noch dunkel war, auf dem Fahrrad und fuhr westwärts auf der alten Römerstraße, die als Verlängerung der Hauptstraße von Steinstraß schnurgerade bis in das Zentrum von Jülich führte. Eine viel zu lange Strecke, um nicht ins Grübeln zu geraten. Erst als der Tagebau, für den sie in den letzten Jahren bereits einen Teil des Waldes gerodet hatten, größer und größer wurde und die Abraumhalde über die Römerstraße hinauswuchs und sie schließlich für alle Ewigkeit unter sich begrub, wurde sein Arbeitsweg weniger monoton.

Er war noch immer enttäuscht von John. Er fühlte sich verraten und verleugnet. John hatte all die gemeinsamen Erlebnisse einfach weggeworfen, und schlimmer noch: Er hatte so getan, als hätte es sie nie gegeben. Was war jetzt aus den Beatles geworden? Was war mit der Notfallkiste am Höhlenbaum? Was war mit den Tausenden anderen Dingen, die sie gemeinsam erlebt und gesehen und gespielt hatten? Was war mit dem Harbinger, den sie im Wald gefunden hatten? Alles hatte John gegen Yoko eingetauscht.

Und das Fürchterlichste war, dass Paul ihn verstehen konnte. Wahrscheinlich, so gestand er sich eines Morgens auf der Landstraße ein, hätte er genauso gehandelt, wenn ihn eine Gymnasiastin aus der fernen Gesolei, süß wie die Moppen seiner Mutter, auf wundersame Weise auserwählt und er, um ihr Interesse an ihm aufrechtzuhalten, sich ein bisschen weniger zurückgeblieben präsentiert hätte. Wahrscheinlich hätte er nicht nur John verraten, sondern, wenn nötig, gleich das ganze Dorf. Irgendwann wusste er nicht mehr, ob er eifersüchtig auf Yoko war oder auf John. Und das ständige Nachdenken auf dem Fahrrad half ihm nicht dabei, sich darüber klar zu werden.

Paul sehnte sich nach seinem Freund, und er sehnte sich nach einer Freundin. Aber wo sollte die herkommen? Tagsüber arbeitete er in der Bäckerei. Selbst wenn er dort einmal Mädchen begegnete, Schülerinnen des nahen Gymnasiums in der Zitadelle vielleicht, dann behandelten sie ihn wie einen Untertanen, jemanden, der gerade so würdig war, ihnen ein Croissant über die Theke zu reichen. Und wenn er am Nachmittag wieder zurück in Lich-Steinstraß war, half er meist noch seiner Mutter bis zum Feierabend in der Bäckerei. Nur sonntags hatte er frei und blieb meist den halben Tag im Bett liegen. Und wenn es ihn doch einmal vor die Tür trieb, wollte er niemanden sehen. Er lief durch die Felder, ließ den Wind sein Haar verwehen und sang heimlich vor sich hin. Er hatte sonst nie gesungen. Er war nicht getauft, also hatte er auch nie in der Kirche gesungen, und beim Musikunterricht in der Schule hatte er sich, so gut es ging, zurückgehalten. Nicht einmal beim Beatles-Hören mit John hatte er mitgesungen. Hier aber, weit draußen, irgendwo zwischen Oberembt und Tollhausen, gab es niemanden, vor dem er sich hätte schämen müssen. Hier war Paul Klimkeit wieder Paul McCartney. Und er sang die alten Lieder von der Sehnsucht und den Mädchen und der Liebe. Aber als er sich seinem Heimatdorf wieder näherte, blieb von alledem nur noch die Sehnsucht übrig.

Das einzige weibliche Wesen weit und breit war die

Jungfrau Maria in ihrem kleinen Verschlag im Wegkreuz am Escherpfädchen. Es zog Paul zu ihr hin, als wäre da eine unsichtbare Verbindung. Er verstand nicht, was ihn und die Mutter Gottes zusammenhielt, aber er spürte etwas. Er konnte am alten Wegkreuz nicht vorbeigehen, ohne wenigstens einmal der heiligen Jungfrau in die gütigen Augen zu sehen oder ihr über die von Maiglöckchen umwucherten Füße zu streichen. Die Figur war kein Produkt großer Kunstfertigkeit, das erkannte selbst er mit seinem laienhaften Blick. Vermutlich war sie das Werk eines längst verstorbenen Dorfbewohners, der ansonsten eher mit der Fertigung von Besenstielen oder bestenfalls Tischbeinen betraut gewesen war. Die Proportionen waren einigermaßen stimmig, die Gesichtszüge wirkten grob, waren aber korrekt dargestellt, und selbst der Faltenwurf des weißen Gewandes schien erstaunlich echt. Aber irgendetwas stimmte dennoch nicht. Es lag an ihren Füßen. Der Abstand zum Boden war zu groß. Sie schien über den weißen Blumen zu schweben.

»Hallo, Paul«, hörte er plötzlich eine Stimme, die er nicht sofort zuordnen konnte. Er zuckte zusammen. Ach richtig, dachte er, Petra Wenge. Es gab doch Mädchen in Lich-Steinstraß, aber Petra war erst zehn oder elf. Das zählte nicht.

»Hallo«, antwortete Paul und sah zu ihr hinüber. Sie lehnte an einem Zaunpfosten, der das Ende des Grundstücks ihrer Eltern markierte. Es erstreckte sich vom Haus in der Herrenstraße eins das ganze Escherpfädchen entlang in östlicher Richtung und endete nur wenige Meter vor dem Wegkreuz an der Linde. Petras Vater hatte eine kleine Schreinerwerkstatt in einem länglichen Anbau hinter dem Haus und hatte sich auf den Bau von hölzernen Treppen spezialisiert.

»Der Wenge wartet nur darauf, dass es endlich losgeht mit der Umsiedlung und jeder im neuen Ort eine Treppe für sein schickes Haus braucht«, hatte Leonore einmal gesagt, als sie den Nachbarn fröhlich pfeifend hatten vorbeilaufen sehen.

Und wenn schon, hatte Paul gedacht, dann hat er wenigstens einen Plan. Seine Mutter schien sich bislang an den Strohhalm zu klammern, dass dieser riesige Braunkohletagebau, der vor ihrer Haustür entstand, nur ein Spuk war, der bald vorübergehen würde, aber Paul wusste, dass er ganz und gar real war. Sein Dorf würde ausgelöscht werden und als Neubausiedlung am Rande von Jülich wiederauferstehen. Das stand mittlerweile fest. Und ein jeder und eine jede im Ort hatte sich damit auseinanderzusetzen, wie es nun für ihn, für sie, für die Familie weiterzugehen hatte. Nur für Leonore schien das nicht zu gelten. Sie buk stur ihre Moppen, als würden die Menschen auch noch in hundert Jahren zum »Immerath« kommen. Aber es würde keine zehn Jahre mehr dauern, dann würde hier nichts mehr sein als ein unvorstellbar riesiges Loch, aus dem Schaufelradbagger die Kohle ausgraben, die sich seit Millionen von Jahren hier befand. Ausgerechnet hier, direkt unter Lich-Steinstraß.

Paul ahnte, dass es an ihm hängen bleiben würde, an die Zukunft zu denken, und er fühlte sich damit überfordert. Es war klar, dass er nach der Lehre offiziell in den Betrieb der Mutter einsteigen würde, und wenn die Bäckerei auch nach der Umsiedlung noch existieren sollte, dann würde er sich sehr bald darum kümmern müssen, wie es am neuen Ort weitergehen könnte.

»Ich denke, ihr seid nicht katholisch«, sagte Petra und riss ihn erneut aus seinen Gedanken.

»Was?«, fragte Paul.

»Na, deine Mutter und du.«

»Sind wir auch nicht. Warum?«

»Weil du betest.«

Paul sah zur Mutter Gottes. »Mach ich doch gar nicht.«

»Doch.«

»Kümmre dich um deine Sachen«, sagte Paul schroff. »Was stehst du überhaupt hier rum?«

Petra zuckte mit einer Schulter und glotzte Paul an. Paul glotzte zurück. Sie war groß gewachsen für ihr Alter. Ihre rotbraunen Haare gingen ihr bis zu den Ellbogen. Ihr Gesicht und ihre Arme waren übersät mit tiefbraunen Sommersprossen, und ihr Mund stand immer ein wenig offen, so als sei sie dauerhaft erkältet und das Atmen durch die Nase fiele ihr schwer.

»Was ist?«, fragte Petra. Sie war eines dieser Mädchen, die Pauls Mutter als Göre bezeichnete – ein Wort, das sie aus ihrer ostpreußischen Heimat mitgebracht haben musste. Petra war frech und dreist und vielleicht, da war sich Paul noch nicht ganz sicher, auch ein bisschen dumm.

Er schüttelte den Kopf und ging. Er lief das Escherpfädchen entlang, aber er entkam ihr nicht. Petra ging einfach auf der anderen Seite des Zaunes neben ihm her. Aus dem Augenwinkel konnte er sehen, wie sie ihn anstarrte.

»Ein bisschen siehst du aus wie der Plum Theo«, sagte sie.

»Was?« Paul blieb stehen und sah sie entsetzt an.

»Ach, nee, doch nicht.« Petra war stehen geblieben, um ihn besser anstarren zu können. »Oder doch?«

»Was soll das?« Paul ahnte, worauf sie hinauswollte. Es wäre nicht das erste Mal, dass jemand versuchte, ihn auszuquetschen.

»Ich frage mich, wer wohl sein Vater ist«, murmelte sie, als wäre ihr Gegenüber kein Mensch, sondern ein reines Anschauungsobjekt. »Mit wem hat seine Mutter nur gebumst?«

Paul traute seinen Ohren nicht. »Ich komme gleich da rüber«, drohte er mit geballter Faust und deutete auf den Zaun.

Petra blieb ungerührt stehen und fragte: »Weißt du denn, wer es war?«

Ein einziges Mal hatte Paul seiner Mutter diese Frage gestellt. Sie hatten einen Aufsatz schreiben sollen in der Schule, dritte Klasse: der Beruf meines Vaters. Da Paul nichts von einem Vater wusste, hatte er dazu auch nichts schreiben können. »Wir sind anders«, sagte Leonore immer. Und das stimmte. Sie waren evangelisch, Paul eigentlich noch nicht einmal das. Jedenfalls gingen sie nicht zur Kirche, und er war deshalb, was Paul aufgrund der vielen Geschenke bedauerte, die seine Klassenkameraden bekommen hatten, auch nicht zur Kommunion gegangen. Außerdem kümmerte sich seine Mutter um alles: Sie arbeitete, sie sorgte für ihn, sie machte den Haushalt, Einkäufe, Erledigungen und so weiter und so fort. Alle seine Klassenkameraden hatten zwei Elternteile. »Wir sind anders.« Und so hatte er eine Fantasiegeschichte geschrieben über seinen Vater, einen Astronauten, der auf der Rückseite des Mondes eine Eisdiele betreibe, denn dort, auf der Rückseite des Mondes, scheine schließlich immer die Sonne und die Leute hätten immer Lust auf Eis. Er hatte eine Sechs bekommen und den Aufsatz noch mal neu, aber dieses Mal richtig schreiben sollen. Dabei – und das war wirklich gemein gewesen von der Frau Stellmacher – wusste die Lehrerin genau, dass er keinen Vater hatte. »Wer ist mein Vater?«, hatte er deshalb seine Mutter gefragt, als sie das Aufsatzheft noch in der Hand hielt und ihm einfach nur eine Ohrfeige verpasste, aber eine schallende. Paul war sich nicht sicher gewesen, ob es wegen des Aufsatzes gewesen war oder wegen der Frage, aber er hatte begriffen, dass er dieses Thema nie wieder ansprechen sollte.

»Das geht dich gar nichts an«, schrie er Petra entgegen.

»Also weißt du's selber nicht.«

Paul stampfte davon. Er war den Tränen nahe, als er in die Herrenstraße einbog und am Wenge-Haus vorbei nach Hause lief. Das hatte ihm gerade noch gefehlt, dass so ein dummes kleines Mädchen ihn zum Weinen brachte. Die soll sich erst mal um ihre Scheißsprossen im Gesicht kümmern! Und nun ärgerte er sich auch noch darüber, dass ihm das erst jetzt einfiel und nicht als er Petra gegenüberstand. Als er durch das Hoftor lief und die Treppe hochpolterte, kamen ihm wirklich die Tränen.

Als John dreizehn war, hatte sein Vater ihm auf den Feldwegen Autofahren beigebracht. John hatte ihn so lange angebettelt, bis Klaus Bongartz irgendwann nachgab und seinen Sohn ans Steuer des Mazda 323 ließ, den normalerweise Johns Mutter fuhr. Einmal hatte Paul die beiden begleitet. Paul hatte auf der Rückbank gesessen und John dabei zugesehen, wie er das arme Auto bei jedem Anfahrversuch abwürgte und es einen glucksenden Sprung machte. Paul selbst hatte gar keine Lust dazu, diese offensichtlich sehr schwierige Sache zu lernen. Er fand es langweilig und ließ John und seinen Vater lieber alleine weiterüben.

Einmal hatte er die beiden dann noch gesehen, als er mit dem Fahrrad auf der Straße nach Norden unterwegs war. Er bemerkte den froschgrünen Mazda auf dem Feldweg, und John winkte lässig aus dem Fenster, eine Hand am Lenker. Paul hatte lachend zurückgewinkt. Sein Freund hatte so deplatziert gewirkt hinter dem viel zu hohen Lenkrad. Der Vater dagegen saß stolz und zufrieden lächelnd auf dem Beifahrersitz.

An diesen Blick von Klaus Bongartz musste er zuerst denken, als er die Nachricht hörte. Konnte Johns Vater jemals wieder den damals empfundenen Stolz genießen? Oder würde er auf ewig bereuen, seinem Sohn gezeigt zu haben, wie man den Mazda fuhr?

Ausgerechnet Petra Wenge war in den vollen Laden gestürmt und hatte ihm alles erzählt. Es war der Montag nach dem zweiten Adventswochenende, und das halbe Dorf deckte sich mit Lebkuchen, Spekulatius und Moppen aller Art ein. Paul hatte nach der Arbeit in Jülich seiner Mutter im Laden helfen müssen. Das Weihnachtsgeschäft war zu zweit schon eine Tortur, alleine wäre es nicht zu bewältigen gewesen.

Als Paul gerade einer Kundin die Backwaren herüberreichte und die abgezählten Münzen entgegennahm, riss Petra die Tür auf, und noch in das laute Scheppern der Glocke rief sie: »Paul, der Wilfried ist tot!«

Paul sah sie an. Sie stand mitten im Raum und war völlig aus der Puste.

»Welcher Wilfried?«, fragte er.

Leonore begriff als Erste, dass es um John ging. »Der Bongartz Wilfried?«, fragte sie, und dabei glitt ihr ein Tuch aus den Händen, das sie zum Abwischen der Theke benutzt hatte.

Petra nickte in ihre Richtung.

Die Kundinnen stießen spitze Schreie hervor, hielten sich die Hände vor den Mund.

»John«, hörte er seine eigene Stimme. Sie klang brüchig.

»Was ist denn passiert?«, fragte seine Mutter.

»Autounfall«, antwortete Petra knapp.

Wieder ging ein Raunen durch den Laden.

»Und die Eltern?«, fragte eine der Damen.

»Die waren nicht im Auto, er ist selber gefahren.«

»Woher weißt du das?«, fragte Leonore streng.

»Der Iven Johann hat es mir gerade erzählt. Er ist doch bei der Feuerwehr.«

Paul warf seiner Mutter einen um Hilfe flehenden Blick zu. Sie sah ihn an und nickte nur, so als müsste sie das Todesurteil noch einmal bestätigen.

Paul rannte los. Die arme Petra stieß er gegen ein Regal mit Nudeln und sprang aus der Tür. Ohne hinzusehen, rannte er die Straße hinab und raus auf die Felder. Als er am

Wegkreuz am Escherpfädchen ankam, hielt er inne. Da stand sie in ihrem weißen Gewand, stoisch wie immer, die Arme huldvoll ausgebreitet, als wäre nichts gewesen, als wäre nichts geschehen. Und im Obergeschoss hing ihr nutzloser Sohn. Es war fast ein bisschen wie zu Hause, dachte Paul und musste kurz lachen. Dann noch mehr und dann noch lauter. Und schließlich verkrampfte er, dass er sich nicht mehr halten konnte. Er fiel zu Boden und schüttelte sich vor Lachen, bis die Tränen kamen.

John sollte tot sein. Das war unmöglich. Paul war nicht in der Lage, einen klaren Gedanken zu fassen. Immer sah er nur Johns Gesicht vor sich, die Glücksfalte unter seinem Auge, die schiefen Zähne. Er sah die gemeinsamen Erlebnisse vor seinem inneren Auge ablaufen, als wären es Szenen in einem Film, in dem die beiden selbst mitspielten. Mehr war nicht geblieben. Es war alles längst vorbei. John war nicht mehr sein Freund gewesen, als er starb. Das machte es vielleicht noch schlimmer.

Paul lag lang ausgestreckt in seiner weißen Bäckertracht, die längst grau geworden und an Knien und Schultern vom spitzen Kiesboden aufgerissen worden war, auf dem Boden. Er war durchnässt von seinen Tränen. Es war eiskalt, und dann begann es zu regnen. In völliger Dunkelheit kehrte er zurück nach Hause. Seine Mutter hatte in seinem Zimmer auf ihn gewartet. Auch sie hatte geweint. Sie nahm ihn stumm in den Arm, bis er vor Erschöpfung einschlief.

Am nächsten Morgen rief sie in Jülich an und entschuldigte ihn für den Rest der Woche. Der Bäckermeister war nicht begeistert, in der Adventszeit auf seinen Lehrling verzichten zu müssen, aber er hatte Verständnis. Auch das Geschäft in der Herrenstraße blieb an diesem Tag geschlossen, und so passierte, was sonst nie vorkam: Paul saß mit seiner Mutter zusammen in der Wohnstube, und es gab nichts zu tun.

Paul verspürte den Drang zu fliehen. »Können wir nicht einfach in den Wald gehen?« Er wollte wieder Kind sein und mit seiner Mutter an der Hand die Bürge durchstreifen.

»Es geht nicht«, sagte Leonore.

Beide schwiegen.

Irgendwann stand Paul auf und schaltete das alte Radio auf der Anrichte an. Es dauerte eine Weile, bis er einen Sender gefunden hatte.

»*Nothing to kill or die for*«, hörte er eine vertraute Stimme singen, »*and no religion, too*«.

Ausgerechnet jetzt spielten sie *Imagine*, dachte Paul, und dann, am Ende des Songs, erzählte eine tiefe, ruhige Stimme, dass John Lennon gestern Abend gestorben sei. Während er noch seine Gedanken zu sortieren versuchte, während er sich bemühte zu verstehen, wieso sie von Johns Tod im Radio berichteten, klopfte es ans Schaufenster des Ladens. Seine Mutter schreckte auf, und er zuckte zusammen. Es war Petra. Paul ließ sie herein.

»Ich wollte nur sagen«, sagte sie, »es tut schon gar nicht mehr weh.« Sie schob ihre Ärmel nach oben und zeigte Paul einen großen blauen Fleck auf ihrem Oberarm. Paul verstand nicht.

»Wegen gestern«, sagte sie und zeigte auf das Nudelregal.

Paul war noch immer ratlos. »Warum bist du nicht in der Schule?«, fragte er.

»War ich doch. Ist schon Schluss.« Sie deutete auf die Uhr, die hinter der Theke vor sich hin tickte. Es war bereits halb zwei. »Soll ich dir erzählen, wie Wilfried gestorben ist?«

Paul wusste nicht, ob er es hören wollte, aber er bejahte, und so erzählte ihm Petra haarklein, was man sich auf dem Schulhof alles erzählte, was die Lehrer berichtet hätten und wie der Wissensstand ihrer Eltern war.

John, also Wilfried, hätte wohl heimlich die Schlüssel seiner Mutter genommen, war in ihren Mazda gestiegen und damit losgefahren in Richtung Elsdorf. Vorher hätte ihn noch seine Freundin aus der Gesolei angerufen, aber keiner wusste so richtig, warum. Sie habe mit ihm Schluss machen wollen, hatte Frau Bongartz gesagt. Aber auf dem Schulhof hieß es, sie sei vielleicht schwanger gewesen und hätte das Kind wegmachen lassen wollen. Das sollten sie aber mal ganz schnell wieder vergessen, meinte die Lehrerin. So was würde sie hier nicht hören wollen. Jedenfalls hätte er kurz nach dem Ortsausgang, da, wo die Müllkippe ist, die Kontrolle über das Auto verloren, sei gegen einen Baum geknallt und aus dem Wagen herausgeschleudert worden. Im Erdbeerfeld habe er gelegen. Sofort tot. Petra sagte das, als wäre es tröstlich zu hören, dass ein Sechzehnjähriger sofort tot gewesen sei. Aber für Paul war das kein Trost. Es war alles nur furchtbar.

Schließlich hätte Wilfrieds Mutter die Sirenen gehört: Feuerwehr, Polizei und so weiter, und weil der Schlüssel weg war, wusste sie Bescheid. Sie sei hinausgelaufen, die Steinstraßer Hauptstraße entlang, vorbei an der Bushaltestelle, hinaus aus dem Dorf, und da habe sie ihr zerfetztes Auto gesehen.

Irgendwann musste Petra aufgehört haben, diese furchtbaren Dinge zu erzählen, für die sie selbst doch noch viel zu klein war. Und dann war sie gegangen. Paul hatte beides nicht bemerkt.

Am nächsten Morgen schwang er sich wieder auf sein Fahrrad und fuhr zur Arbeit in die Stadt. Alles war besser, als in diesem Dorf festzusitzen und dem Tod des Freundes in die Augen sehen zu müssen. Als sein Meister ihn wieder nach Hause schicken wollte, nachdem er Weizen- und Vollkornroggenmehl vertauscht hatte und so unfreiwillig zwei neue, leider schwer verkäufliche Brotsorten kreiert hatte, bat er ihn, nein, er bettelte darum, bleiben zu dürfen, um den Neuigkeiten der gut informierten Kundinnen im heimischen Laden aus dem Weg gehen zu können.

Er hatte zur Beerdigung fahren wollen. Er hatte extra den guten Anzug in die Reinigung gegeben, ein neues Hemd gekauft, die Schuhe geputzt. Und dann war er an jenem Samstagmorgen viel zu früh aus dem Haus gegangen und hatte begonnen nachzudenken. Es sollte die erste Beerdigung eines toten Lichers auf dem Jülicher Friedhof werden. John war der erste Umsiedler des Tagebaus, der Erste, der es hinausgeschafft hatte.

Paul war durchs Dorf gestreunt und hatte versucht, sich ein Bild zu machen von dem, was gleich auf dem Friedhof passieren würde. Das ganze Dorf würde da sein. Nicht, weil alle John kannten, geschweige denn, weil sie ihn besonders mochten. Nein, weil es so schön schaurig ist, wenn ein junger Mensch stirbt, mitten aus dem Leben gerissen wird, der das Leben noch vor sich gehabt hätte. All diese Floskeln. Man würde eine schwere Eichenholzkiste, etwas richtig Massives, über den Schotterweg schieben, denn schließlich dürften seine Eltern sich als Vertreter der Holz verarbeitenden Industrie nicht lumpen lassen. Ein einfacher Fichtensarg wäre da unter den Augen zahlloser Schreiner und Sägewerker nicht statthaft gewesen. Man würde ein Holzkreuz vor dem Trauerzug hertragen, und darauf würde dann noch nicht mal John stehen, sondern Wilfried Bongartz.

Paul ließ den Bus, der ihn nach Jülich hätte bringen sollen, vorbeiziehen. Alte Klassenkameraden nickten stumm und schauten ihm dann verwundert hinterher, als er nicht einstieg. Es hatten sogar zwei oder drei Autos gehalten, die ihn mitnehmen wollten, aber er hatte nur mit dem Kopf geschüttelt. Stattdessen lief er in die entgegengesetzte Richtung, hinaus aus dem Dorf und zu der Stelle, an der John gestorben war. Eine der Pappeln, die in einer Reihe hintereinanderstanden, wies an ihrem Stamm eine frische Verletzung auf. Die Rinde fehlte, und das darunterliegende Holz war gesplittert und mit froschgrünen Lackstriemen versehen. Hier war John also aufgeprallt. Die harten Furchen des trostlosen, winterlichen Erdbeerfeldes am Rande der Straße waren halb zertreten. Dort hatte man seinen leblosen Körper aufgelesen. Es würden sicherlich nicht alle Pflänzchen sprießen im Frühjahr. Paul würde sowieso nie wieder Erdbeeren essen können.

Er lief quer über die gefrorenen Felder zurück zum menschenleeren Dorf. Vor Johns Haus blieb er lange stehen und dachte an all die Dinge, die längst vergangen und die nun unwiederbringlich verloren waren.

Am Kleinfeldchen zog es ihn auf den Hof des Sägewerkes, das Johns Vater gehörte. Heute war auch hier alles menschenleer. Zwischen zwei geparkten Lastwagen stand das Wrack von Jutta Bongartz' froschgrünem Mazda 323. Langsam näherte er sich dem Wagen. Der vordere Teil war komplett eingedrückt. Bis zum Rahmen der Windschutzscheibe war das Auto zusammengepresst, als wäre es eine Getränkedose, die ein Riese in den Mülleimer geworfen hatte. Die Windschutzscheibe und die Fahrertür fehlten vollständig. Paul trat näher. Es roch nach Eisen und Benzin. Alles an diesem Auto hatte seinen ursprünglichen Platz verlassen. Alles schien zusammengestaucht und um anderthalb Meter nach hinten verschoben. Der Motor lugte zwischen den Sitzen hervor, wo sich sonst der Schaltknüppel befunden hätte. Gas, Bremse und Kupplung waren absurd nach oben gebogen und hingen auf Brusthöhe zwischen dem schief hängenden Lenkrad und dem Fahrersitz. Das Armaturenbrett war regelrecht gesprengt worden. Überall im Fußraum lagen Scherben des zerfetzten Tachos und verschiedener Warnlämpchen. Blut war zum Glück keines zu sehen. John war wohl direkt aus dem Wagen geschleudert worden. Auf der Rückbank fand Paul das Radio. Es schien als Ganzes aus der Verankerung gerissen worden zu sein und lag verkehrt herum auf der gepolsterten Sitzreihe. Paul langte in das Wageninnere. Er machte seinen Arm ganz lang und presste seinen Kopf an die Rückenlehne des Fahrersitzes, um das Radio zu erreichen. Dann drückte er auf den Auswurfknopf und tatsächlich: Eine schwarze Kassette sprang aus dem Gerät. Paul nahm sie in die Hand und betrachtete sie. Es war eine TDK, damit hatte John immer Mixtapes aufgenommen. Sie war nicht beschriftet. Er steckte sie in seine Hosentasche.

6

Paul hatte sich durchgekämpft. Die Zeit des Abschieds von John war schwer gewesen, das Weihnachtsgeschäft in beiden Betrieben anstrengend und der Winter hart. Wie gerne wäre er einfach abgehauen! Wie gerne wäre er wieder Kind gewesen und hätte sich noch einmal von seiner Mutter an der Hand in den Wald führen lassen, wo sich alles so leicht und friedlich angefühlt hatte!

Als es Frühling wurde, fuhr er jeden Morgen mit dem Rad um die ersten Abraumhalden herum, aus denen einmal die Sophienhöhe erwachsen sollte. Wenn er Stetternich hinter sich gelassen hatte, sah er den Möhnewinkel, in dem seit Neuestem rege Bautätigkeit herrschte: Bagger, Lastwagen, Planierraupen waren im Einsatz. Man traf Vorbereitungen für den Umzug des Dorfes. Noch war kein Keller ausgehoben, kein Fundament gegossen, aber die Straßen, die von der Römerstraße, auf der er fuhr, auszumachen waren, nahmen von Woche zu Woche mehr Form an.

Eines warmen Nachmittags im Mai bog er nach Feierabend anders ab als gewohnt und fuhr geradewegs auf den Möhnewinkel zu. Er folgte den frisch asphaltierten Straßen, die sich in unbegründet scheinenden Kurven und Schleifen über den sanften Hügel zogen. Alles war voller Sand und Schotter und ungemähtem Gras. Es war kein guter erster Eindruck, den Paul von dem Dorf bekam, in das man ihn umtopfen wollte. Er konnte sich nicht vorstellen, wie die Häuser aussehen sollten, die hier bald stehen würden. Er versuchte sich den Straßenzug der Herrenstraße vor sein inneres Auge zu rufen und hier im neuen Ort abzubilden, aber es gelang ihm nicht. Nicht mal in Gedanken ließen sich die alten Gemäuer abtragen und an anderer Stelle wieder aufbauen.

In dem Moment stoppte hinter Paul eine schwarze Limousine. Er zuckte zusammen. Es war ein nagelneuer, blitzblank geputzter Wagen der 7er-Reihe. So einen hatte Paul selten gesehen. Er hielt die Hand vor die Stirn, um die Augen vorm Sonnenlicht abzuschirmen. Hinter dem Steuer saß ein älterer Herr in schwarzem Anzug und mit Schirmmütze. Paul erkannte ihn erst, als er das Fenster per Knopfdruck herunterließ.

»Bist du nicht der Sohn von der Bäckerin in der Herrenstraße?«, fragte der Fahrer.

Paul nickte.

»Du weißt, wer ich bin, oder?« Es lag ein gewisser Hochmut in der Frage.

»Ja, weiß ich. Herr Plum«, sagte Paul. »Guten Tag.«

»Guten Tag«, entgegnete Theo Plum und lächelte breit. Dann verschwand sein Grinsen plötzlich. »Was guckst du denn so kritisch?«

Paul begriff nicht, was sein Gegenüber an seinem Blick auszusetzen hatte.

»Das ist nicht mein Wagen«, lachte Theo Plum gekünstelt, und Paul hatte keine Ahnung, warum er so schuldbewusst klang. »Ich arbeite doch drüben in der Kernforschungsanlage als Chauffeur. Das weißt du doch sicher, oder nicht?«

»Doch, doch«, sagte Paul hastig, als müsste er ein Alibi bestätigen. Jeder im Dorf wusste, dass Theo Plum seine Tankstelle am Matthiasplatz kurz vor Bekanntgabe der Tagebaupläne noch zu einem guten Preis an einen Mineralölkonzern verkauft hatte und seitdem in der Forschungsanlage arbeitete.

»Ist der Wagen des Direktors. Muss ja zwischendurch immer mal bewegt werden, wenn der Direktor mit dem Flugzeug auf Dienstreise ist.« Theo Plum machte einen in die Enge getriebenen Eindruck, seine Oberlippe zuckte hektisch, sein Blick war nicht in der Lage, Paul zu fixieren. Dabei stand er einfach nur da und sagte gar nichts. Er hätte auch nicht gewusst, was er hätte sagen sollen.

Zum Glück wechselte Plum das Thema: »Schaust du dich schon mal im neuen Dorf um? Wo geht's denn für euch hin? Habt ihr euch schon für ein Grundstück entschieden?«

Paul räusperte sich: »Nein, meine Mutter, also wir … wir sind noch unentschlossen.«

»Ihr solltet nicht so lange grübeln! Nur raus aus dem alten Kaff, sag ich immer.« Er nahm seine Schirmmütze vom Kopf und wischte sich die hohe Stirn mit einem Taschentuch trocken. »Wenn ihr euch nicht beeilt, sind die besten Bauplätze schon weg, dann bleibt euch am Ende nur noch ein Grundstück neben …« Er stockte.

Paul wusste, was das bedeutete. Seinem Gegenüber war schlicht niemand eingefallen, den man im Dorf weniger gern als Nachbarn hätte haben wollen als die Evangelische aus dem Osten und ihren unehelichen Sohn. Solche Reaktionen waren ihm nicht zum ersten Mal untergekommen. Zum Einkaufen bei ihnen waren sich die meisten glücklicherweise nicht zu schade – wobei Paul sich nicht erinnern konnte, Theo Plum jemals dort gesehen zu haben –, aber noch immer schien es im Dorf ein Ding der Unmöglichkeit, alleine, ohne Mann und Ernährer, ein Kind großzuziehen. Und dann war das Kind auch noch nicht einmal getauft, noch nicht einmal evangelisch.

»Ich meine …«, stammelte Plum, und Paul genoss es, ihn ungerührt mit seinem Blick aufzuspießen. »Ich meine neben den Bauern«, er zeigte in Richtung Osten. »Neben den Bauern und ihren Misthaufen.«

»In Lich-Steinstraß wimmelt es von Bauern«, sagte Paul. »Die kommen alle nach da hinten?«

Theo Plum lachte laut auf. »Nein, wo denkst du hin? Die meisten geben die Landwirtschaft endlich dran. Sie können sich ihren alten Hof und das Land jetzt versilbern, sich ein schönes, frei stehendes Einfamilienhaus bauen, und wir anderen müssen den Gestank nicht mehr ertragen. Zwei oder drei Bauern werden mit ihrem Betrieb umziehen, sie hängen zu sehr an der Vergangenheit. Mehr werden es schon nicht sein.«

»Meine Mutter sagt, man darf die Vergangenheit nicht einfach so aufgeben«, sagte Paul leise.

Plum blickte durch die Windschutzscheibe in die Ferne. Er zuckte mit den Schultern. Paul glaubte einen Zweifel in seinem Blick zu sehen. Aber dann sah Plum ihn breit grinsend an. »Wenn du mich fragst, am besten, ihr verkauft schnell. Wenn ihr eurem alten Hof weiter beim Verfallen zuseht, wird das Angebot von Rheinbraun nicht besser. Das Ganze ist doch eine riesige Chance. Wir wollen jedenfalls als Erste hierherziehen! Wir sehen lieber der neuen Heimat beim Wachsen zu als der alten beim Sterben.«

Ein Satz wie aus einem Werbeprospekt, dachte Paul.

Theo Plum sah auf die Uhr. »Ich muss wieder«, sagte er und ließ das Fenster hochfahren. Paul schob sein Fahrrad beiseite und machte Platz. Fast bewunderte er ihn für seine Entschlossenheit und seinen Optimismus.

Eine Woche später stand Theo Plum auf einmal im Geschäft, und er kam nicht alleine, sondern hatte Herrn Bauer von der Rheinbraun mitgebracht. Man sei sich nur rein zufällig gerade über den Weg gelaufen, betonte Plum. Und da hätten sie sich darüber unterhalten, wo es denn im gesamten Doppeldorf wohl die besten Moppen zu kaufen gäbe, ergänzte Herr Bauer, und da sei man natürlich auf die gute Frau Klimkeit gekommen.

Es war kurz vor Feierabend, und Paul hatte bereits damit begonnen, durchzufegen. Er sah seiner Mutter an, dass sie den beiden Männern kein Wort glaubte. Sie hatte ihren Kopf schräg gelegt, die Hände in die Hüften gestemmt und ihr freundliches Was-darf-es-sein-Lächeln abgelegt.

Theo Plum gab Paul die Hand. »Wir haben uns ja kürzlich erst gesehen. Haben Sie denn Ihrer Mutter davon berichtet?«

Paul hatte tatsächlich mit Leonore über die Begegnung in der Neubausiedlung gesprochen. Er hatte sie gefragt, ob es nicht an der Zeit sei, sich Gedanken über die neue Bleibe zu machen, aber Leonore hatte nur abgewunken und den Kopf geschüttelt. Man hätte Plum bestimmt Millionen geboten, hatte sie gesagt, da fiele der Abschied natürlich leichter.

»Ja, das hat er«, sagte sie nun energisch.

»Haben Sie sich denn mittlerweile Gedanken zu Ihrer Zukunft im neuen Dorf gemacht?«, fragte Theo Plum.

»Das bleibt ja nicht aus.«

»Ich meine, haben Sie schon über das Angebot von Rheinbraun entschieden?« Er sah in Richtung seines Begleiters. »Frau Klimkeit hat doch sicherlich ein Angebot erhalten?«

Herr Bauer bejahte eifrig.

Leonore stieß ein Zischen aus, als würde man ein Fahrradventil aufdrehen. »Angebot«, murmelte sie, mehr zu sich selbst als zu den Besuchern. »Angebot, nennt er es.«

Die beiden Herren sahen einander hilflos an.

»Frau Klimkeit«, wandte sich jetzt Herr Bauer an sie, »wir haben Ihnen ein Angebot gemacht, das wirklich ausgesprochen entgegenkommend ist. Gemessen am Zeitwert der Immobilie und dem durchwachsenen Allgemeinzustand bekommen Sie wirklich eine angemessene Summe für einen Neustart am Umsiedlungsstandort.«

Leonore stöhnte.

»Liebe Frau Klimkeit, ich darf Ihnen natürlich keine Namen und Details nennen, aber wir haben schon so manche Einigung erzielt, bei der die Eigentümer nicht so gut davongekommen sind wie Sie.«

»Und? Sind Sie darauf stolz?«

»Natürlich nicht, Frau Klimkeit«, versuchte der Chefunterhändler zu beschwichtigen. »Es geht uns immer um das Gemeinwohl. Wir haben die Interessen unserer Umsiedler immer im Blick.«

»Ihrer Umsiedler? Wir gehören nicht Ihnen!«

Herr Bauer schien zu spüren, dass Leonore ein zäher Brocken war und er sich nicht auf jede Provokation einlassen durfte.

»Manchen fällt die Trennung vom Alten eben etwas leichter. Da zahlen wir eine angemessene Entschädigung. Und bei einigen wenigen, wie bei Ihnen zum Beispiel, fällt der Aufbruch in die neue Zeit schwerer. Da sind wir auch bereit, über das Angemessene hinauszugehen.«

»Angemessen!«, bellte Pauls Mutter in den Raum, dass die Brote in den Regalen hinter der Theke beinahe zitterten. »Ich höre immer nur Ihren Immobilienunfug. Zeitwert! Allgemeinzustand!« Sie schlug mit der flachen Hand auf die Arbeitsfläche, sodass ein Graubrot aus der Auslage rutschte und mit einem hohlen Geräusch zu Boden fiel. »Sie wissen gar nicht, wovon Sie da reden. Das hier ist keine Immobilie. Das hier ist ein Familienbetrieb in fünfter Generation. Das hier ist ein Zuhause, das hier ist Heimat.« Sie war rot angelaufen, und Tränen liefen ihr über die Wangen. »Wie in aller Welt wollen Sie das angemessen entschädigen? Ihr Scheißgeld kann das nicht!«

Herr Bauer sah zu Paul, aber der blickte zu Boden.

»Frau Klimkeit, Herr Bauer«, schritt Theo Plum mit erhobenen Händen ein, »wenn ich versuchen darf zu vermitteln. Ich kann ja verstehen, liebe Frau Klimkeit, dass Sie die Wortwahl von Herrn Bauer nicht für angebracht halten. Aber jetzt wollen wir doch mal die …« Er stockte.

»Die Kirche im Dorf lassen?«, prustete Paul heraus.

Theo Plum sah ihn scharf an. »Als ob die Kirche dir etwas

bedeuten würde«, zischte er. Dann wandte er sich wieder an Leonore: »Wir sollten doch die Fakten sprechen lassen, wollte ich sagen.« Er holte tief Luft. »Frau Klimkeit, Sie sind doch gar keine Hiesige. Und wenn ich höre, dass Sie Heimat sagen, wenn Sie von Lich-Steinstraß sprechen, dann verstehe ich das nicht ganz. Ihre Heimat ist doch im Osten.«

Leonore sah ihrem Gegenüber fest in die Augen. Paul befürchtete, sie würde gleich über die Theke springen, aber sie blieb ganz ruhig und flüstert beinahe: »Ich weiß, was es heißt, seine Heimat zu verlieren. Und ich werde nicht diejenige sein, die darüber entscheidet, ob mein Sohn das gleiche Schicksal zu erleiden hat wie ich damals.« Sie sah Paul in die Augen. So viel Wärme hatte er selten in ihrem Blick gespürt.

»Aber, gute Frau«, sagte Herr Bauer, »Sie werden doch wohl die Vertreibung aus den Ostgebieten nicht gleichsetzen mit einer Umsiedlung einer bestehenden Dorfgemeinschaft, in deren Verlauf Sie entschädigt und begleitet werden?«

»Was verloren ist, ist verloren.«

»Was soll das denn jetzt heißen?«, fragte Theo Plum.

Sie zog die Nase hoch, räusperte sich und sagte mit fester Stimme: »Mein Paul ist jetzt sechzehn. In zwei Jahren, sobald er mit der Lehre fertig und volljährig ist, werde ich ihm das Haus, das Grundstück und den Betrieb überschreiben. Er wird dann selbst entscheiden müssen, was mit seiner Heimat geschehen soll. Ich werde einem erwachsenen Mann diese Entscheidung nicht aus der Hand nehmen. Nicht dann und nicht jetzt. Zwei Jahre! So lange werden Sie sich gedulden müssen. Und jetzt raus hier! Ich will keinen von Ihnen jemals wieder hier sehen!«

Paul sah zu seiner Mutter. Die Männer sahen zu Paul. Leonore hatte sie alle überrascht.

»Raus hier!«, schrie sie, und die beiden Männer verschwanden grußlos.

Leonore zog die Schürze aus und hängte sie an den Haken. »Was ist?« fragte sie leise. »Willst du nicht weiterfegen?«

»Mutter?«

»Ja.«

»Hast du das ernst gemeint?«

»Dass du in zwei Jahren selbst entscheiden kannst, was mit deiner Bäckerei passiert?«

»Ja«, sagte Paul.

»Das ist mein Ernst.«

»Und was passiert, wenn ich das Angebot von Rheinbraun ablehne?«

Leonore sah Paul an. Dann ließ sie den Blick durch den Laden schweifen. »Dann enteignen sie dich. Das Gemeinwohl wiegt schwerer als die Interessen von Einzelnen. Natürlich wollen sie so etwas vermeiden. Gerichtsprozesse erregen Aufsehen. Eine alte Frau, die aus ihrem Haus getragen werden muss, weil sie sich weigert, es freiwillig zu verlassen, das wollen sie nicht in der Zeitung sehen. Das ist Politik. Deshalb umgarnen sie mich, deshalb tun sie so, als hätte ich eine Wahl.«

»Meinst du, sie kommen wieder?«

»Wenn wir Glück haben, ist jetzt zwei Jahre Ruhe. Aber am Tag nach deinem achtzehnten Geburtstag werden sie wieder hier stehen, und dann werden sie mit dir reden wollen und nicht mit deiner widerspenstigen Mutter.« Sie verschwand in der Wohnstube und ließ Paul alleine in der Bäckerei zurück, in seiner Bäckerei.

7

Im Sommer hatte Paul endlich wieder mehr Zeit. Es zog ihn in den Wald. Aber der Wald war verschwunden. Im Zuge des voranschreitenden Tagebaus hatte man bereits in den letzten Jahren weite Teile gerodet. Paul hatte die Transporter, die mit Stämmen beladen durch das Dorf rollten, zwar gesehen, er hatte die Arbeiten auch gehört, wenn er nachmittags an den Waldgebieten vorbeifuhr, aber mit eigenen Augen hatte er die Verwüstung, die die Arbeiter mittlerweile angerichtet hatten, nicht gesehen.

Er war an diesem heißen Sonntag südlich des Dorfes von der Straße nach Niederzier in den Wald abgebogen. Er hatte Schatten gesucht und Abkühlung und wohl auch eine Erinnerung an die Zeit mit John, aber schon nach wenigen Metern tat sich vor ihm eine gewaltige Wüstenlandschaft auf. Sie hatten von Westen her begonnen. Es wirkte fast so, als hätte man einen kleinen Streifen in Richtung Lich-Steinstraß stehen lassen, um die Bewohner des Dorfes im Glauben zu lassen, der Wald wäre noch immer da. Dort, wo früher Hainbuchen und Stieleichen gestanden hatten, war jetzt nur noch aufgerissener Boden, durchpflügt von rücksichtslosen Maschinen und bewachsen nur von einigen Gräsern und Büschen, die zwischen grau verwitterten Baumstümpfen auftragten und auch nicht so recht zu wissen schienen, was sie hier sollten.

Paul erklomm einen kleinen Hügel und blickte in die Ferne. Er stand inmitten des Bürgewaldes, aber weit und breit war kein Baum mehr zu sehen.

»Es geht nicht«, hatte seine Mutter gesagt, als er im Winter, mitten im Adventsgeschäft, den Drang verspürt hatte, mit ihr in den Wald zu fliehen. Paul hatte gespürt, dass Leonore gerne mit ihm gegangen wäre, aber er nahm an, dass sie das Geschäft nicht allein lassen konnte.

Als er noch ein kleines Kind war, hatte sie ihn in den Wald geführt. Sie hatte ihm gezeigt, dass der Wald kein Ort zum Fürchten war. Im Wald konnte er seine Sorgen vergessen, die ihn damals wegen John umgetrieben hatten. Und später hatte er selbst zusammen mit John den Wald entdeckt und erobert.

Jetzt, da er inmitten des toten Waldes stand, begriff er, dass es bei Leonores Zurückweisung im Dezember nicht um den Laden gegangen war. Es gab schlicht keinen Ort mehr, an den sie ihn hätte führen können. Leonore hatte das gewusst und es nicht übers Herz gebracht, ihren Sohn, der gerade erst den Tod seines Freundes zu verkraften hatte, damit zu konfrontieren.

Im Süden sah Paul den riesigen Bagger herausragen, der sich tagein, tagaus durch den Boden grub und im Westen schon die riesige Abraumhalde aufgeschichtet hatte, die er jeden Morgen und jeden Nachmittag umfahren musste, wenn er nach Jülich radelte. Zwischen ihm und dem Tagebau ragten Tausende Baumstümpfe aus dem Boden. Die Stämme hatte man abtransportiert. Paul erinnerte sich an den gefällten Baum, den er als Kind am Wegesrand hatte liegen sehen, auf dem ihm seine Mutter die Jahresringe gezeigt hatte. Damals war es ein einziger Baum gewesen, der ihn zum Nachdenken gebracht hatte. Jetzt waren sie nicht mehr zu zählen.

Er versuchte, sich zu orientieren, was äußerst schwierig war. Es fehlten Landmarken wie tote Eichen, kleine Wege, Bachläufe. Nichts von alledem war mehr da. Stattdessen hatte er im Südosten jetzt freie Sicht bis nach Etzweiler, das bis vor Kurzem noch tief im Wald gelegen hatte. Es war nun beinahe vier Jahre her, dass er mit John den Harbinger gefunden hatte. Jetzt waren alle tot: John, der Harbinger und der Baum, an dem er gehangen hatte. Paul stand als einziger Überlebender in einer Landschaft, die aussah, wie er sich die Welt nach einem Atomkrieg vorstellte.

Lange stand er regungslos da. Es war totenstill. Kein Geräusch war zu hören. Kein Vogel, kein Insekt. Nur der Bagger in der Ferne, monoton surrend und mit seinem Rad unaufhaltsam an dem nagend, was einmal der Bürgewald gewesen war.

Wo wohl die Kiste geblieben war, die er damals mit John versteckt hatte? Ob die Maschinen sie einfach platt gewalzt hatten? Oder ob die Arbeiter sie gefunden und mitgenommen hatten? Wahrscheinlich lag sie noch immer irgendwo unter dem Waldboden, der keinen Wald mehr trug, und würde in ein paar Jahren vom Bagger auf ein Fließband katapultiert und über kilometerlange Wege zu ihrem neuen Bestimmungsort transportiert werden. Aber vielleicht hatte John sie auch heimlich ohne ihn ausgegraben.

Was wohl aus Yoko geworden war? Er hatte nie wieder etwas von ihr gehört. Sie hatte seine Welt verlassen, genau wie John. Auch Johns Mutter hatte seine Welt verlassen, oder zumindest ihren Mann und das Dorf. Sie habe es nicht mehr ausgehalten, hatte man sich im Dorf erzählt. Im Laden hatte er alles aufgeschnappt, möglichst desinteressiert getan oder so, als wüsste er das eh schon. Dann hatte man ihm alles erzählt. Dass es Jutta Bongartz gewesen war, die den schrottreifen Mazda auf den Hof der Parkettfabrik hatte schleppen lassen, um ihren Mann an sein schlechtes Gewissen zu erinnern, da der es schließlich gewesen war, der seinem Sohn viel zu früh das Autofahren beigebracht hatte und somit für seinen Tod verantwortlich war. Johns Vater hätte das Auto monatelang stehen lassen, um seine Frau wiederum daran zu erinnern, dass sie es gewesen war, die ihre Autoschlüssel einfach hatte liegen lassen und nicht einmal mitbekommen hatte, dass John das Haus verließ. Johns Eltern hätten seit der Beerdigung kein Wort mehr miteinander gesprochen, hieß es. Irgendwann im Frühjahr dann hätte morgens ganz früh ein Möbelwagen mit Düsseldorfer Kennzeichen vor dem Haus in der Bergstraße gestanden, und Jutta Bongartz sei seitdem nie wieder gesehen worden. Eine ganze Familie war an einer Pappel zerschellt.

Paul rann der Schweiß von der Stirn. Früher war es hier schattig und kühl gewesen, jetzt verbrannte die Sonne jedes kleine Pflänzchen, das sich gegen die Vernichtung wehrte.

Noch nicht einmal vor den heimatlichen Sagen hatte man Respekt gehabt. Man hatte den Wald verscherbelt, obwohl das der heilige Arnoldus untersagt hatte. Vielleicht war deshalb in letzter Zeit auch nicht mehr vom Bürgewald die Rede. Man versuchte die Schande zu verdecken und sagte nun einfach Hambacher Forst, obwohl damit ursprünglich nur ein kleiner Teil des Waldes ganz am westlichen Rand gemeint war.

In Paul stieg eine blinde Wut auf, und ihm schossen Tränen in die Augen. Er fühlte sich ohnmächtig. Die Abholzung des Waldes war eine Machtdemonstration. Aus jeder Furche, in der einmal eine alte Eiche gestanden hatte, grinste ihm Herr Bauer entgegen. Seht her, wir roden den Bürgewald, der von Karl dem Großen persönlich unter Schutz gestellt worden ist. Wir holzen einen lebendigen Wald ab, um an einen Millionen Jahre alten toten Wald zu gelangen, der Hunderte Meter darunter lagert, und verheizen ihn für billigen Strom. Seht her, was wir können!

Es wäre sinnlos, sich mit diesem Giganten und seinen alles fressenden stählernen Ungetümen anzulegen. Wer den Bürgewald in einen Hambacher Forst und schließlich in eine Wüste verwandeln konnte, würde wohl kaum davor haltmachen, ein Dorf in ein Loch zu reißen und eine einfache kleine Moppenbäckerei dem Erdboden gleichzumachen.

»Wusstest du das?«, fragte Paul seine Mutter, als er wieder zu Hause war. »Wusstest du, was sie dem Wald antun?«

Leonore hatte nur genickt und sich an die Brust gefasst, als hätte jemand zugestochen.

In seinen letzten Jahren im alten Dorf hatte Paul viele Häuser verschwinden sehen. Die alten Backsteinmauern waren zäh und wehrten sich lange, bis sie fielen und die Geheimnisse preisgaben, die sie jahrhundertelang verborgen hatten. Er fand es fast schon unangenehm, wenn er plötzlich einen unverstellten Blick auf die dahinterliegenden Zimmer hatte, wenn man noch erkennen konnte, wo das Bett gestanden und wann die letzten Bewohner die Tapete erneuert hatten. Und dennoch konnte Paul nicht anders, als sich jeden Abriss ganz genau anzusehen.

Der erste Hof, der verschwand, war der vom Harbinger. Jahrelang hatte er noch verbarrikadiert dagestanden, bis aus den Fugen der Treppenstufen vor der Eingangstür fast mannshohe Birken wuchsen. Ein Kran mit Abrissbirne war angerückt, dazu ein großes Gerät mit einem Greifarm. Wie eine riesige Zange packte es zu und konnte ganze Dachstühle mit einem einzigen Handstreich zum Einsturz bringen. Am Ende war nur noch ein großer Haufen roter Steine, zerborstener Dachbalken und Scherben übrig, über dem eine staubige Wolke hing. Paul stand auf der anderen Straßenseite und konnte kaum fassen, wie einfach das aussah. Jahrhunderte hat der Hof überdauert, Weltkriege, Schlachten und Bombardements überstanden, und dann kommen zwei schnöde Geräte und bringen einfach so alles zum Erliegen.

Das nächste Haus, das den Abrissgeräten zum Opfer fiel, war das von Theo Plum und seiner Familie. Plum beging es wie einen feierlichen Akt. Er wies die Arbeiter sogar an, mit welchem Gebäudeteil sie beginnen sollten und wann sie loslegen durften. Erst musste er noch seine Kamera scharf schalten und sichergehen, dass er den kompletten Abriss filmisch festhielt. Sein Haus war das erste im neuen Ort, genau wie er es sich gewünscht hatte. Anders als das alte Haus in der Prämienstraße war es kein eng an die Wände des Nachbarn gedrängtes Häuschen mit eineinhalb Etagen aus rotem Ziegel, sondern ein weiß getünchtes frei stehendes Anwesen mit ebenso weiß getünchtem Mäuerchen um den Vorgarten. Die gepflasterte Einfahrt, in der der neue Mercedes parkte (den BMW fuhr er wirklich nur dienstlich), wurde von zwei steinernen – natürlich weiß getünchten – Löwenfiguren gesäumt, die jeweils ein Fantasiewappen in den Tatzen hielten. Paul hatte diese Geschmacklosigkeiten kaum glauben können, wenn die Kundinnen ihm davon berichteten, sich dann aber eines Nachmittags selbst ein Bild davon gemacht. Wie der Palast eines extravaganten Herrschers thronte das weiße Haus über den Baugruben der zukünftigen Nachbarn. Und jetzt war er mit der ganzen Familie, seiner Frau Martha und der längst erwachsenen Tochter samt Mann und Kind in den alten Ort gekommen, um dem Abriss des alten Hauses beizuwohnen. Alle waren schick gekleidet, so als hätten sie sich für den Kirchgang fertig gemacht. Paul, der einigen Abstand gehalten hatte, wurde sogar von Herrn Plum an die Super-8-Kamera gebeten, damit die ganze Familie fröhlich winkend zu sehen sein würde, während im Hintergrund das Erbe von Generationen in nur wenigen Augenblicken zerstört wurde.

Auf dem Heimweg folgte Paul der Kirchstraße und bog in die Herrenstraße ein. In wenigen Wochen würde er achtzehn werden. Seine Ausbildung hatte er fertig, den Laden, die Bäckerei, das ganze Haus würde er an seinem Geburtstag überschrieben bekommen. So war es abgesprochen. Oder besser gesagt, so hatte Leonore es entschieden. Geredet hatten sie seitdem nicht mehr darüber, aber Pauls Gedanken kreisten unaufhaltsam wie das Schaufelrad des Baggers. Immer wieder stellte er sich die Frage, die er wohl alleine beantworten musste: Wie sollte es jetzt weitergehen? Wie sollte es ihm gelingen, die Tradition der Familie, dessen letzter Spross seine Mutter damals aufgenommen hatte und der er sich von Herzen verbunden fühlte, in die neue Zeit hinüberzuretten? Er hatte in seinem Lehrbetrieb gesehen, wie modernes Backhandwerk aussah: neues Gerät, schnelle Öfen, billige Mitarbeiter. Nichts von alledem hatte er in seiner eigenen Backstube. Er buk noch immer auf die gleiche Art und Weise, wie es schon seit Generationen üblich gewesen war.

Paul blieb vor dem Laden stehen. Er sah sein Spiegelbild im Schaufenster und versuchte sich vorzustellen, wie man irgendwann in wenigen Jahren einfach durch das Haus hindurchsehen könnte, weil nichts mehr von alledem stehen würde. Kein Stein, kein Tor, kein Fenster, kein Dachziegel.

Ihm war danach, Musik zu hören, was er, seit er nicht mehr bei John in der Bergstraße vier gewesen war, kaum noch getan hatte. Er schlich sich, um seiner Mutter, die in der Wohnstube saß, nicht in die Arme zu laufen, durch die Backstube ins Haus und ging vorsichtig in sein Zimmer. Er kramte seinen Kassettenrekorder unter dem Bett hervor und nahm die Kassette, die seit Jahren unberührt in der obersten Schublade seines Schreibtisches lag, heraus und legte sie in das Abspielgerät. Er hatte sich nie getraut, sie anzuhören. Aber jetzt schien der Augenblick gekommen, um genau an der Stelle weiterzuhören, an der John gestorben war. Paul erwartete nichts Großes. Irgendwelche Yoko-bedingten Verirrungen. Vermutlich nichts, das ihm gefallen würde. Er drückte auf Play. Es klackte, und dann erschien, als trete er aus der Dunkelheit langsam ans Licht, ein anschwellender Gitarrenklang. Paul traute seinen Ohren nicht, als er begriff, was John gehört hatte, als er gegen die Pappel raste und ins Erdbeerfeld flog: »Get Back«.

Ihm stand der Mund offen. Ausgerechnet das Lied, das der Aufnahmesession den Namen gegeben hatte, mit dem Paul McCartney die Beatles wieder zusammenbringen wollte. »Get Back«, das war programmatisch gewesen. McCartney wollte die Band zurück zu ihren Wurzeln führen, zum Livespielen, zum Aufnehmen ohne Effekte und Schnörkel. Das hatte Paul sich alles angelesen zu der Zeit, als er mit John jeden Tag in dessen Zimmer gesessen und die Platten gehört hatte. Erst später, nachdem die Beatles mit *Abbey Road* ihr letztes Album aufgenommen hatten, waren die Aufnahmen unter dem Namen *Let it be* erschienen. Paul sprang durch sein Zimmer und tanzte. Es war, als tanzte John mit ihm.

8

Anders als Leonore prophezeit hatte, war Herr Bauer nicht am Tag nach Pauls achtzehntem Geburtstag im Laden erschienen. Er hatte sich eine Woche Zeit gelassen, dann tauchte er mit Anzug und Krawatte und Aktentasche unter dem Arm auf.

»Guten Tag, zusammen«, sagte er, während das Türglöckchen seine Wiederkunft verkündete.

»Guten Tag«, erwiderte Paul und ärgerte sich sofort, dass es freundlicher geklungen hatte, als er es eine Woche lang geübt hatte. Seine Mutter wahrte die Fassung besser als er. Sie verweigerte den Gruß, verschränkte die Arme und sah dem ungebetenen Gast trotzig in die Augen.

Herr Bauer blickte sie irritiert an, wechselte dann zu Paul und fragte: »Gehe ich recht in der Annahme, dass Sie jetzt hier der Ansprechpartner in allen Angelegenheiten sind, die das Haus und die Bäckerei betreffen?«

Pauls Mutter zog die Schürze aus und hängte sie an den Haken. Während sie in der Wohnstube verschwand, bejahte Paul die Frage.

»Ich gratuliere«, sagte Herr Bauer mit knappem Lächeln.

»Danke schön.«

Herr Bauer sah sich im Laden um. »Nun, Sie hatten ja einige Zeit, um sich Gedanken um Ihre Zukunft zu machen.« Er klopfte prüfend gegen die Scheibe des Schaufensters. Paul fragte sich, was er damit wohl herausfinden wollte.

»Ja, das kann man so sagen, Herr Bauer.«

»Und?«

»Und was?«

»Na, werden Sie unser Angebot annehmen?«

»Welches Angebot?«

»Unser Angebot liegt Ihnen bereits seit vier Jahren vor.«

»Meiner Mutter liegt es vor«, sagte Paul, »aber jetzt müssen Sie mit mir verhandeln, wie Sie soeben selbst festgestellt haben.«

Herr Bauer knallte seine Aktentasche auf die Theke. Es donnerte so laut, dass Paul fürchtete, das Glas würde bersten. Dafür zischte der Chefunterhändler umso leiser: »Hören Sie zu, Herr Klimkeit, es ist nicht mehr die Zeit für solche Spielchen. Ihre Immobilie hat in den letzten vier Jahren, seit wir Ihrer Mutter unser Angebot unterbreitet haben, nicht gerade an Wert gewonnen. An Ihrer Stelle würde ich meine Unterschrift unter diesen Vertrag hier lieber heute als morgen setzen.«

Paul sah ihm in die Augen. Bauer hatte es eilig, er wollte Nägel mit Köpfen machen. Irgendetwas, vielleicht war es ein leichtes Zucken um die Mundwinkel seines Gegenübers, ließ Paul standhaft bleiben. »Ich lehne Ihr Angebot hiermit ab«, verkündete er in einem feierlichen Tonfall, als hätte er Herrn Bauer gerade die Ehe versprochen.

Der blickte ihn konsterniert an. »Das können Sie nicht machen.«

»Oh, doch, ich muss sogar.«

Bauer sah ihn fragend an.

»Herr Bauer, ich bin Bäcker. Das hier ist meine Bäckerei. Sie sehen ja, wie wir hier arbeiten. Glauben Sie, das könnte man einfach so in ein neues Dorf verpflanzen?«

»Aber selbstverständlich.«

»Niemals«, widersprach Paul. »Ich weiß doch, wie das neue Lich-Steinstraß aussehen wird: Nur noch Einfamilienhäuser auf großen Grundstücken. Drum herum Hecken. Es wird kaum noch Läden geben im Ort, keine Sägewerke mehr, selbst die Bauernhöfe und die Schausteller werden an den Rand vertrieben, wo ihre großen Hallen und Scheunen und die miefenden Ställe niemanden stören. Alle werden zum Arbeiten den Ort verlassen. Unterwegs werden sie einkaufen und zum Schlafen nach Hause kommen. Das wird die letzten verbliebenen Geschäfte in den Ruin treiben.«

»Sie könnten expandieren, die Produktpalette erweitern, mit Supermärkten kooperieren …«

»Das will ich alles nicht. Ich will Moppen backen. Das Familienrezept ist schon über hundertfünfzig Jahre alt. Die kann man nur hier in einem alten Holzofen backen. Das kann ich doch nicht einfach so für ein paar Mark verscherbeln.«

Herr Bauer starrte ihn lange an. »Ist das Ihr letztes Wort?«

Paul nickte, während der Unterhändler wie ein geprügelter Hund das Geschäft verließ.

Es war ein Punktsieg. Offensichtlich hatte Bauer nicht damit gerechnet, es mit einer derart harten Nuss zu tun zu haben. Aber Paul wusste auch, dass die Rheinbraun am längeren Hebel saß. Braunkohleverstromung galt als Allgemeinwohl. Heimat nicht. Zur Not würde man ihn enteignen lassen.

Paul rechnete täglich mit Bauers Rückkehr, aber der ließ ihn zappeln. Fast zwei Jahre hörte er nichts mehr von Rheinbraun, abgesehen von den Geräten, die jetzt auch schon in der Herrenstraße jedes Haus nach und nach abrissen, und – zumindest nachts, wenn alles still war – das weit entfernte Summen der Bagger im Tagebau. Seine Mutter wachte mittlerweile fast jede Nacht aus schlimmsten Albträumen auf. Sie sprach niemals darüber, aber Paul hörte ihr Schreien, und am nächsten Morgen sah er in ihrem müden Gesicht, dass sie nicht mehr hatte einschlafen können.

Die Zeit wurde schwer, das Dorf starb einen langsamen und geräuschvollen Tod. Immer weniger Kundschaft lebte noch im Ort. Die Abrissbirne flog jetzt fast täglich. Mehr als die Hälfte der Dorfbewohner war schon umgesiedelt, und in manche der Häuser hatte die Gemeindeverwaltung Bürgerkriegsflüchtlinge aus Sri Lanka einquartiert, die leider keine guten Kunden waren. Sie hatten kaum Geld, und auch nachdem Pauls Mutter den jungen Männern gezeigt hatte, wo sie in den Reststücken des Bürgewaldes im Frühjahr noch Maiglöckchen finden konnten, damit sie sich mit dem Verkauf der Sträußchen am Straßenrand wenigstens ein paar Mark hinzuverdienen konnten, reichte es nicht, um in Pauls Bäckerei einzukaufen. Leonore versorgte sie kostenlos mit Moppen, als wäre das süße Gebäck ein Grundnahrungsmittel.

Als man die Kirche abriss und schließlich den Turm sprengte, war Paul klar, dass Rheinbraun gewonnen hatte. Man hatte ihn lange zappeln lassen, aber Bauer hatte ihn an der Angel, und er musste nur warten, bis Paul ausreichend erschöpft war, um an Land gezogen zu werden. Wenn er noch einmal in seinem Beruf und in seinem umgesiedelten Ort Fuß fassen wollte, würde ihm nichts anderes übrig bleiben, als jedes Angebot zu unterschreiben, das man ihm vorlegte. Er würde die Tradition verraten müssen. Aber wer sollte ihm das übel nehmen? Er war neunzehn Jahre alt, viel zu jung, um die Geschichte der Moppenbäckerkunst zu schultern.

Paul hatte dagestanden und zugesehen. Alle hatten sie dagestanden. Alle, die noch da waren. Petra Wenge hatte er gesehen. Noch immer erinnerte sie ihn stets an Johns Tod vor mittlerweile fast fünf Jahren. Sie war die Todesbotin gewesen, und es passte, dass sie jetzt auch hier dem Tod des Gotteshauses beiwohnte. Sie stand neben ihren Eltern. Auch den Pfarrer hatte Paul gesehen, den Friseur von gegenüber, und sogar seine Mutter hatte auf der Prämienstraße gestanden und mit Tränen in den Augen nach oben zur Kirchturmspitze gesehen. Dabei hatte sie die Kirche kein einziges Mal betreten. Selbst bei Beerdigungen, und davon hatte es in ihrem Leben im Dorf einige gegeben, hatte sie stets draußen gewartet, wie es jetzt alle taten, die dem Gotteshaus die letzte Ehre erwiesen. Als gegen Mittag erst die Sirene und dann ein lauter Knall ertönte und mit dem Knall zunächst nur ein Teil des Turmes in die Tiefe stürzte, spürte Paul kurz einen irrationalen Funken Hoffnung in sich aufkeimen. Vielleicht würde sich die Kirche wehren. Vielleicht bliebe wenigstens sie standhaft und verweigerte die Umsiedlung. Aber es dauerte nur wenige Sekunden, dann neigte sich der Turm ganz langsam in die vorgesehene Richtung und zerschellte auf den Ruinen des Längshauses in tausend Stücke.

»Das haben sie im Krieg nicht geschafft. Und jetzt …«, sagte Leonore im Vorbeigehen, ohne den Satz vollenden zu müssen.

Paul blieb noch lange stehen und sah der Staubwolke zu, die langsam auf die Felder hinauszog. Als er den Blick wieder in Richtung der Stelle richtete, an der zuvor die Kirche gestanden hatte, waren alle anderen Schaulustigen verschwunden. Nur Petra Wenge stand noch da, genauso gelähmt wie er selbst. Er eiste sich los vom Anblick der Trümmer, die nun überall verstreut auf dem ehemaligen Friedhof lagen.

»Selbst die Toten sind schon umgezogen«, sagte er und machte sich auf den Weg nach Hause.

Petra zuckte zusammen. »Was?«, rief sie ihm hinterher.

»Ach, nichts«, sagte Paul leise.

Sie schloss sich ihm an, und Paul ließ es geschehen. Sie gingen die Kirchstraße entlang und bogen an den Fundamenten des ehemaligen Pastorats in die Herrenstraße ein.

»Wo willst du hin?«, fragte sie, als er, ohne hinzusehen, an seinem Laden vorbeilief.

»Ich begleite dich nach Hause.«

»Ich wohne drei Häuser weiter. Außerdem bin ich kein Kind mehr.«

»Das sehe ich«, sagte Paul und schämte sich sofort, dass es ein wenig nach einem Flirt klang.

Petra lächelte. »Aber dein Geschäft!«

»Kommt doch eh niemand mehr.«

»Meine Mutter hat erzählt, dass nächste Woche der Edeka schließt. Und die Tankstelle auch.«

»Das wird mir auch nichts nützen.«

»Warum bist du dann noch hier?«, fragte sie, als sie auch an ihrem Elternhaus vorbeiliefen und in das Escherpfädchen einbogen.

»Ich weiß es nicht. Vielleicht habe ich geglaubt, das wird alles schon wieder. Rheinbraun überlegt es sich noch mal, wenn ich mich weigere. Aber jetzt haben sie mich bald so weit.«

»Also, ich will so schnell wie möglich weg von hier. Ich halte es nicht mehr aus in diesem stinkenden Dorf. Zum Glück muss ich nur noch sechs Wochen warten, dann ist unser neues Haus endlich fertig.«

Sie liefen gemeinsam über die menschenleeren Feldwege zwischen den Dörfern, und Paul begann zu singen, wie er es früher immer getan hatte. Es machte ihm nichts aus, dass Petra zuhörte. Es schien ihr sogar zu gefallen. Und als sie zurückgingen, nahm er ihre Hand, und sie packte fest zu, und an der Linde, am Wegkreuz, wo das Dorf, das bald verschwunden sein würde, anfing, blieben sie stehen, und er küsste Petra. Oder Petra küsste ihn. Paul war so verwirrt und benommen, dass er gar nichts mehr wusste. Seine Zunge war taub und die Lippen rau, als sie weitergingen und sich an Petras Elternhaus verabschiedeten.

In den nächsten Wochen kam Petra ihn oft im Laden besuchen. Er schenkte ihr Moppen, seine Mutter wandte sich lächelnd ab und verschwand in der Backstube, damit sie allein sein konnten. Wenn andere Kundinnen im Laden waren, warfen sie einander zwischen Bestellung und Bezahlung verliebte Blicke zu. Und wann immer sie die Möglichkeit dazu hatten, wiederholten sie ihren Kuss. Pauls Herz kam aus dem Pochen nicht mehr heraus, das ihn seit dem Nachmittag begleitete, als man den Kirchturm gesprengt hatte.

Am Abend vor Petras Umzug kam sie spät noch vorbei. Kurz nach Feierabend, als Paul den Laden fegte, stürzte sie auf ihn zu, umarmte ihn innig, überfiel in mit Küssen. Paul ließ den Besen fallen und sich selbst auch. Es war wie ein Tanz, der sie eng umschlungen aus dem Laden führte, über den Hof, vorbei an dem alten Hänger, auf dessen Ladefläche längst Gras und Kapuzinerkresse wuchsen, und schließlich durch das halb offen stehende Tor der alten Werkstatt, die mittlerweile als Abstellkammer für alte Möbel diente. Was taten sie da nur? Paul hatte sich unsterblich in Petra verliebt, er hatte seit Wochen nichts anderes gewollt, als in ihrer Nähe zu sein. Jeder Besuch von ihr war wie Weihnachten gewesen. Jedes Wort von ihr war richtig. Aber das? Er war sich sicher, dass er auf der einen Seite zwar wollte, was hier passierte, aber er war sich genauso sicher, dass er es nicht wollte. Irgendetwas stimmte hier nicht. Petra war zwar längst nicht mehr das kleine Mädchen aus der Nachbarschaft, das ihn mit seinen Fragen löcherte, aber er war noch immer fünf Jahre älter, und sie würde morgen wegziehen, und dann wäre sie nicht mehr das Mädchen von nebenan, das ihn jeden Tag in seiner Moppenbäckerei besuchen kommt, und überhaupt würde es vielleicht bald keine Bäckerei mehr geben und kein Haus und keine Heimat, und was würde es dann zählen, dass sie sich in ihrem Dorf kennengelernt hatten, dass sie beinahe Wand an Wand aufgewachsen waren? Was würde es bedeuten, wenn es dieses Dorf, diese Wände nicht mehr gab?

Petra schob ihn in Richtung einer alten Kommode und griff in seine Hose. Paul schwankte noch immer zwischen größtmöglicher Lust und dem Gedanken, etwas Falsches zu tun. Er sah, dass Petra ein silbrig glänzendes Ding aus der Hosentasche zog und es ihm hinhielt. Er hatte eine ungefähre Ahnung, was damit anzustellen sei, und er versuchte, es fachmännisch überzuziehen, ganz so, wie man es sich in geheimen Zirkeln auf dem Hof der Berufsschule empfohlen hatte, aber es hatte keinen Sinn. In dem Moment, als er das Kondom in Petras Händen sah, hatte Paul in ihr plötzlich wieder das kleine Mädchen gesehen, das ihm damals vom Tod seines Freundes berichtet hatte. Und dieses kleine Mädchen stand nun vor ihm und wollte mit ihm schlafen. Das ging nicht. Es war einfach zu viel. Sein Körper gab auf.

Für den Rest des Abends standen sie einfach schweigend und eng umschlungen da. Er angelehnt an die staubige Kommode, sie an ihn geschmiegt. Es war schön und peinlich. Und er traute sich nicht zu fragen, ob es Petra auch so ging.

Irgendwann sagte sie, dass sie jetzt gehen müsse, weil es morgen ja ganz früh losginge und sie noch ein paar Sachen packen müsste, und sie sagte sicher auch ein paar Worte zum Abschied, und Paul erwiderte ihren Gruß, aber er konnte sich später nicht mehr daran erinnern. Sie war einfach verschwunden, und er hatte lange noch so in der Dunkelheit dagesessen.

Am nächsten Vormittag hatte er den Umzugswagen gerade vor dem Schaufenster vorbeifahren sehen, als Herr Bauer den Laden betrat. Er grüßte gewohnt freundlich und hatte wie immer seinen prüfenden Blick aufgesetzt, mit dem er alles und jeden auf seinen Verkehrswert zu durchleuchten schien. Er war alt geworden in den letzten zwei Jahren. Ein Dorf zu verpflanzen musste anstrengend sein.

»Herr Klimkeit«, kam Herr Bauer direkt zur Sache, und Paul glaubte, ein Zittern in seiner Stimme zu hören, »Herr Klimkeit, hier ist unser Angebot.« Er legte eine rote Mappe auf den Tresen und forderte Paul mit einer Geste auf, sie aufzuschlagen. Paul wischte sich die Hände an der Schürze ab, um die rote Papphülle nicht mit Mehl zu verschmutzen, und blätterte die Seiten durch. Wertgutachten, Begehungsprotokolle, Inventarlisten. Wert, Schätzwert, Zeitwert, Verkehrswert. Schließlich das Dokument, das seit über vier Jahren unverändert war und noch immer die gleiche Summe zur Entschädigung für die Übernahme des Hauses, der Bäckerei, aller Gebäude und des Grundstückes aufwies. Paul dachte an all diejenigen, die ihre Heimat schon verlassen hatten, er dachte an John, an Petra und an alle dazwischen. Er dachte an die Ausweglosigkeit seiner Lage. Er würde verkaufen müssen. Er hatte verloren. Er hatte tapfer gekämpft im Namen der Familie Immerath, die seiner heimatlosen Mutter ein Zuhause und ihm eine Heimat geschenkt hatte. Aber er hatte gegen Schaufelradbagger gekämpft. Und verloren.

Er schlug die Mappe zu.

»Lesen Sie weiter«, sagte Bauer.

»Das ist nicht notwendig.«

»Herr Klimkeit, ich bitte Sie.«

Paul schlug den Ordner wieder auf.

»Sehen Sie, dort nach dem Angebot, da folgt noch etwas.«

»Was ist das?«, fragte Paul, als er sich das Schriftstück ansah.

»Nun, Herr Klimkeit, uns ist bewusst, dass die Tradition Ihrer Familie, also Ihres Betriebes, Ihres Familienbetriebes, Ihnen sehr am Herzen liegt und dass Sie diese Tradition fortleben lassen möchten.«

Paul nickte und versuchte gleichzeitig zu verstehen, was auf diesem Zettel stand.

»Und da uns und Ihnen doch sicher auch längst klar ist, dass diese Tradition leider, leider unter wirtschaftlichen Gesichtspunkten nicht zukunftsfähig ist, habe ich mir erlaubt, mit einer Großbäckerei in Aachen Kontakt aufzunehmen.« Er deutete auf den Briefkopf. »Und diese Firma möchte Ihnen Ihr Moppenrezept abkaufen.«

Paul starrte auf die Summe, die in Rot unterstrichen auf dem Blatt prangte.

»Auf diese Weise können Sie sicher sein, dass die Tradition Ihres Betriebes fortgeführt wird, auch wenn Sie ihn am Umsiedlungsstandort nicht wiedereröffnen.«

»Vierzigtausend Mark«, las Paul leise vor. Das war beinahe so viel, wie man ihm für das ganze Haus, die ganze Immobilie, wie Herr Bauer sich ausdrückte, zahlen wollte.

»Die Entschädigungssumme von unserer Gesellschaft und den Betrag, den Sie von der Firma aus Aachen erhalten, können Sie dann direkt als Eigenanteil in einen Kredit für den Bau des neuen Hauses einfließen lassen«, belehrte ihn der Chefunterhändler. »Ich war so frei und habe bereits mit der Sparkasse gesprochen, und Sie finden hier«, er blätterte weiter in den Unterlagen, »ein entsprechendes Angebot. Damit dürfte die Finanzierung der neuen Immobilie sicher kein Problem werden.« Bauers Lächeln hatte etwas Verzweifeltes.

Paul versuchte zu verstehen, was dort vor ihm lag, sah Kreditsummen, Sicherheiten, Zinssätze, Tilgungspläne.

»Aber wie soll ich denn diese Monatsrate bezahlen, wenn ich meine Bäckerei nicht mehr habe?«

»Nun, auch dazu haben wir uns Gedanken gemacht, und Sie wissen ja sicherlich, dass der Tagebau immer weiterwächst.« Bauer wedelte hektisch mit den Armen. »Ja, natürlich wissen Sie das. Also, der Werkschutz für die Betriebsanlagen des Tagebaus sucht ständig neue Arbeiter. Aufpassen, dass keiner reinkommt, wo er nicht reindarf. Gucken, dass nichts geklaut wird. So was.« Bauer lächelte. »Arbeiten an der frischen Luft. Schichtbetrieb. Gut bezahlt.« Er deutete auf die Mappe. »Sehen Sie, hier wäre der Arbeitsvertrag.

Wenn Sie möchten, könnten Sie schon in sechs Wochen dort anfangen.«

Paul sah Herrn Bauer an. Eine Sekunde, länger nicht. Dann sagte er, was alle im Dorf gesagt hatten: »Einverstanden.«

Und im selben Augenblick hielt Herr Bauer ihm einen Kugelschreiber hin, den er schon seit vier Jahren in der Hand zu halten schien. Er war heiß und feucht, als Paul ihn nahm und ein Blatt nach dem anderen unterzeichnete. Zuerst verkaufte er seine Heimat, dann seine Tradition, dann verschuldete er sich, und dann lief er über zum Feind, der ihm alles genommen hatte.

»Herr Klimkeit, es freut mich wirklich sehr!« Bauers Gesicht schien plötzlich viel weniger Falten zu haben, und auch die Farbe war zurückgekehrt. »Herr Kollege darf ich dann jetzt wohl sagen. Auf Wiedersehen.« Und damit verschwand er.

Paul ging in die Wohnstube, wo seine Mutter mit dem alten Rezeptbuch vor der Brust stand. Sie hatte alles mitangehört, und Tränen liefen ihr über die Wangen.

»Gut«, sagte sie.

Die Zeit des Abschieds war schwer. Der Laden wurde aufgelöst, das Inventar verscherbelt. Der Ofen trat eine besondere Reise an und kam ins Museum nach Königswinter, dorthin, wo er einst hergestellt worden war. Um ihn herum wurde das ganze Dorf nach und nach abgerissen. Auch die neuen Häuser an der Bergstraße fielen dem Bagger zum Opfer. Als Johns Haus an der Reihe war, stand Paul davor. Zu viel von ihm selbst steckte in diesem Haus. An den Tapeten hatte er erkennen können, wann der Bagger das Wohnzimmer, wann das Fernsehzimmer und wann er Johns Zimmer niederriss. Alles ging dahin. Auch Petras Elternhaus war nicht mehr. Rheinbraun hatte es eilig. Verlassene Häuser standen mittlerweile nur noch wenige Wochen, und die übrigen bekamen Risse von den Abrissbaggern, die das Dorf zum Vibrieren brachten, und von den Pumpstationen, die rund um den Tagebau das Grundwasser bis auf Hunderte Meter Tiefe absenkten. Paul hatte Petra seit ihrem Umzug nicht mehr gesehen. Er war viel zu beschäftigt mit der Planung des neuen Hauses – auch um einen Architekten hatte Herr Bauer sich schon gekümmert –, mit der Abwicklung des alten und mit der neuen Arbeit beim Werkschutz. Und vor allem wusste er nicht, wie er ihr nach dem misslungenen Abschiedsabend begegnen sollte.

Es verging über ein Jahr, bis er sie wiedersah. Paul baute erst ein völlig übertrieben großes Haus mit Kinderzimmern für Kinder, die es noch nicht gab, und einem großzügigen Raum und eigenem Bad für seine Mutter. Leonore, die als kleiner Setzling schon einmal unendlich weit verpflanzt worden war, wurde abermals entwurzelt und an den neuen Ort transplantiert.

Es war seine erste Karnevalsfeier im neuen Dorf. Das alte Haus in der Herrenstraße sieben war abgerissen – der einzige Abriss, bei dem Paul nicht anwesend gewesen war –, das neue Haus in der Winterbachstraße gebaut und bezogen, und Paul hatte beschlossen, sich als Indianer zu verkleiden und am Feuerwasser zu betrinken. Er hatte Petra spätabends hinter dem Festzelt getroffen, als er vom Schiffen kam. Selbst als Biene Maja sah Petra besser aus als jemals zuvor.

Sie machten einfach da weiter, wo sie im alten Dorf aufgehört hatten.

TEIL 3

2017–2018

1

Sarah betrat ihr Elternhaus, genauer gesagt das Haus ihres Vaters und ihres Bruders. Und das ihrer Oma. Sie war – neben dem vollen Kühlschrank – der Grund, warum Sarah noch immer oft und gerne wiederkam. Sie hatte sich von einer Freundin in der Neubausiedlung absetzen lassen, die mittlerweile auch nicht mehr neu war. Dort, wo jeder für sich im eigenen Haus hinter von Hecken und Zäunen eingehegten Vorgärten vor sich hin lebte. Hier war sie aufgewachsen. Letztes Jahr kurz nach dem Abitur war sie ausgezogen. Sie rief ein »Hallo« in den Flur, und ihre Großmutter krächzte eine Erwiderung. Sarah warf ihren Rucksack in die Ecke und umarmte Leonore im Wohnzimmer. Sie saß wie immer an ihrem alten Tisch auf ihrem alten Stuhl. Früher hatten die Möbel noch in ihrem eigenem Zimmer gestanden, aber sie hatte sich dort nicht wohlgefühlt und Paul gebeten, Tisch und Stühle ins Wohnzimmer zu stellen. Ihr abgeschiedenes Zimmer mit Bad, fast eine eigene kleine Wohnung, sei nur zum Schlafen und zum Sterben gut, hatte sie gesagt.

Seit Sarahs Mutter ausgezogen war, hatte Leonore die Reste der Familie zusammengehalten. Sie hatte den Kindern Essen gekocht, ihnen, so gut es ging, bei den Hausaufgaben geholfen und schlechte Klassenarbeiten unterschrieben. Abends hatte sie bei ihrem Sohn um Verständnis für seine Kinder geworben, wenn es Ärger in der Schule oder mit den Nachbarn gab. Und vor allem konnte sie erzählen. Sie erzählte Geschichten zum Trost. Geschichten zum Einschlafen. Geschichten, die Spaß machten. Geschichten für jede Lebenslage. Am liebsten waren Sarah die gruseligen Erzählungen. Es waren Geschichten, die Leonore aus dem alten Dorf mitgebracht hatte, die sie mit heiligem Ernst weitergab, weil dadurch ein kleiner Teil weiterlebte, auch wenn der Ort längst zerstört, abgebaggert, unter der Sophienhöhe begraben lag.

»Wie geht es dir denn, mein Kind?«, fragte Leonore.

»Gut, alles bestens«, antwortete Sarah knapp.

»Wie ist es in Köln?«

Sarah lächelte und öffnete, ohne auf die Nachfrage einzugehen, ihren Rucksack. Sie lief mit ihrer dreckigen Wäsche nach nebenan ins Badezimmer und stellte die Waschmaschine an.

»Erzählst du mir eine Geschichte?«, fragte Sarah, als sie ins Wohnzimmer zurückkehrte. Sie kannte sie alle bereits in- und auswendig. Sie wusste alles über die Bäckerei, sie kannte den kleinen Harbinger, als wäre er ihr Bruder, sie kannte Straßennamen und Familiennamen. Manchmal wunderte sie sich, wie viel sie über dieses seltsame Doppeldorf gelernt hatte, obwohl es doch gar nicht Leonores eigentliche Heimat war. Ein wenig machte es sie traurig, dass sie über den ostpreußischen Ort, aus dem ihre Großmutter stammte, und darüber, wie sie in den Westen gelangt war, praktisch nichts wusste. Einmal hatte sie nachgefragt, genauso wie sie einmal gefragt hatte, was mit ihrem Opa passiert sei und wie er geheißen hatte. Aber beides wurde von Leonore nur mit Schweigen beantwortet.

Die Nachmittagssonne schien durch das Fenster auf Leonores langes graues Haar, das sie zu einem Dutt hochgesteckt trug. Sarah setzte sich ihr gegenüber an den Tisch. Sie hörte nur noch das leise Ticken der Wanduhr.

»Diese Geschichte hat mir Hannes Immerath erzählt. Eigentlich hieß er Jean, aber nur seine Mutter nannte ihn so. Die beiden waren es, die mich als junges Mädchen nach dem Krieg bei sich aufnahmen, nachdem ich in ihrem Dorf angespült wurde. Der Familie Immerath gehörte seit Generationen die Bäckerei, die ich später von ihm übernahm und die dein Vater dann schließlich an die Rheinbraun verkaufen musste.«

Leonore legte großen Wert darauf, dass mit jeder Geschichte immer auch derjenige auflebte, der sie ihr erzählt hatte. Für den Moment der Erzählung schien er mit im Raum zu sitzen. Es war wie eine Geisterbeschwörung.

»Früher gab es auf Paffenlich, das war ein altes Gutshaus außerhalb des Ortes, einen Knecht. Das war der Strick August. Er war noch ein junger Mann, und er vertrieb sich die langen Abende gerne in einer der Gaststätten in Steinstraß. Als er eines Abends über den Paffenlicherweg zurück zum Hof seines Herrn lief, sprang ihm aus der Dunkelheit plötzlich eine große schwarze Katze vor die Füße, sodass er beinahe der Länge nach hingefallen wäre. Das war in einer Senke, die man früher das Kappesloch nannte. Als er am nächsten Abend den anderen beim Bier davon erzählte, lachten sie ihn aus. ›Besoffen bist du gewesen!‹, brüllten sie und schlugen sich auf die Schenkel. Der Knecht aber beteuerte, dass es wirklich eine Katze gewesen war, die ihn zu Fall hatte bringen wollen. Schon am nächsten Abend, als der Strick August wieder über die Felder nach Hause ging, lief ihm an derselben Stelle erneut die Katze vor die Füße. Wieder erzählte er im Gasthaus, was ihm widerfahren war, und wieder wurde er zum Gespött des halben Dorfes. Da dachte sich der Knecht: Na, wartet! Ich werde euch schon beweisen, dass da wirklich eine Katze war. Und als er im Dunkeln zurück nach Paffenlich lief, packte er einen alten Ast, der am Wegrand lag, und ging ganz vorsichtig in Richtung seines Hofes. Und als er schließlich an die Senke kam, da sprang das Tier wieder vor seine Füße. August nahm den Knüppel und holte aus. Er wollte die Katze totschlagen, die ihn Abend für Abend belästigte. Als er sie aber mit einem schweren Hieb erwischte und das Tier mit lautem Jaulen in die Luft sprang, da kamen auf einmal aus allen Ecken und

Winkeln Katzen angerannt und angesprungen und stürzten sich dem Strick August ins Gesicht und zerkratzten ihn von oben bis unten. Da es näher war zum Dorf als zum Gut seines Herrn, rannte er zurück nach Steinstraß. Die Tiere verfolgten ihn fauchend bis zum ersten Hof. Als er wieder in den Gasthof kam, verstummten die Leute. Blutüberströmt stand er da, von oben bis unten zerkratzt von tausend Tatzen. Jetzt glaubten ihm die Leute endlich, und die Senke, die man zuvor als Kappesloch bezeichnet hatte, hieß von nun an Katzenloch. Seitdem aber hat man dort nie wieder eine Katze gesehen.«

»Unheimlich«, sagte Sarah und sah ihre Oma an. »Was da draußen wohl alles vor sich geht, wenn wir denken, alles schläft?«

»Ach, mein Kind«, sagte Leonore, »das sind doch alles nur Geschichten. Du brauchst keine Angst zu haben.«

»Ich habe keine Angst, Oma.«

Es stimmte nicht ganz. Manchmal hatte Sarah Angst. Sehr oft sogar. Aber es waren nicht die Gruselgeschichten, die sie beunruhigten. Es war nicht das, was den Menschen widerfuhr. Es war das, was die Menschen taten.

»Hilf mir doch mal auf, mein Kind«, sagte Leonore. Gemeinsam gingen sie zur Terrassentür und blickten auf die Eiche am Ende des Grundstücks. Sarah kannte ihre Geschichte mindestens genauso gut wie die Geschichten ihrer Oma. Beide waren eng miteinander verknüpft. Leonore hatte ihn als kleinen Setzling wenige Tage vor ihrem endgültigen Abschied aus dem Dorf aus einem frisch gerodeten Teil des Hambacher Forstes, der früher einmal Bürgewald hieß, ausgegraben. Die Eichel hatte sich noch wie eine Eierschale, aus der er soeben geschlüpft war, zwischen seinem halmdünnen Stämmchen und den ersten Wurzeln befunden. Sie hatte den frischen Trieb dort inmitten der völlig zerstörten und für die baldige Abbaggerung vorgesehenen Landschaft gefunden und bei sich aufgenommen. Sarah kannte die Geschichte, seit sie denken konnte, und wann immer sie in den Garten schaute und den Baum ansah, stellte sie sich vor, wie ihre Großmutter dort gekniet hatte und das kleine Pflänzchen im neuen Garten einpflanzte. Früher war sie davon überzeugt gewesen, dass die Frau auf dem Fünfzigpfennigstück, die eine Pflanze in die Erde setzt, ihre Oma sein musste.

»Nächstes Jahr sind es schon dreißig Jahre«, sagte Leonore, als sie den stolzen Baum betrachtete, der im Wind tanzte.

»Ich sehe mal nach der Waschmaschine«, sagte Sarah, ging ins Bad und packte die nasse Wäsche in ihre Tasche.

»Tut mir leid, Oma«, sagte Sarah als sie wieder ins Wohnzimmer kam. »Ich muss gleich wieder los.«

»Willst du denn nicht noch zum Essen bleiben? Dein Vater kommt bestimmt auch bald.« Sie sah auf die Wanduhr. »In einer halben Stunde. Dein Bruder hat diese Woche Spätschicht. Der kommt erst in der Nacht nach Hause.«

»Nein, ich werde gleich abgeholt. Keine Sorge, ich habe mir was zu essen eingepackt.«

»Und was ist mit deiner Wäsche? Die ist doch noch ganz nass. Nimmst du die so mit nach Köln?«

»Ich kann sie bei mir aufhängen«, sagte Sarah, als es draußen auf der Straße zweimal kurz hupte. »Ich muss los.«

Seit sie von zu Hause ausgezogen war, hatte Sarah bei jeder Verabschiedung Angst, Leonore zum letzten Mal zu sehen. Sie versuchte das Gefühl der Umarmung festzuhalten. Sie sah sich das faltige Gesicht bei jedem Abschied genauestens an. Es tat jedes Mal weh, wenn sie ihre Großmutter in diesem viel zu großen, viel zu einsamen Haus zurücklassen musste.

2

Jan legte den Kopf an die Fensterscheibe. Es war seine bevorzugte Haltung, wenn er mit den drei Kollegen im Geländewagen durch die Staubwüste fuhr. Träumer nannten sie ihn, denn Jan liebte es, sich seinen Gedanken hinzugeben. Er spann sich in absurde Tagträume, fremde Leben oder ferne Orte hinein. Oder er betrachtete einfach die unterschiedlichen Bodenschichten, die von Hellgrau über alle Varianten von Gelb bis hin zu Braun und fast Schwarz changierten und neben ihm vorbeizulaufen schienen, wenn sie sich auf ihrem endlosen Weg zum Bagger befanden. Wenn es regnete, reichten ihm die rhythmisch hin und her schlagenden Scheibenwischer, um sich aus den sinnlosen und sich immer wiederholenden Gesprächen der Kollegen über Frauen, Gasgrills, Fußball oder Autorennen auszuklinken. Jeder tänzelnde Regentropfen hatte mehr Bedeutung als dieses Gefasel. Auch wenn er ihre Erfahrung zu schätzen wusste, wenn sie ihm durchaus sympathisch waren, mit ihren Gesprächen konnte er nichts anfangen. Jan schob es auf den Altersunterschied. Er war mit Abstand der Jüngste auf seiner Schicht. Matthias, genannt Rolle – Jan hatte keine Ahnung, warum – und Christian waren beide ungefähr fünfzehn Jahre älter als er. Guido, der alte Hase, saß schon seit beinahe vier Jahrzehnten in der Kanzel, von der aus man den Bagger steuerte. Er hatte, das hatte er Jan direkt bei der ersten Begegnung im letzten Jahr erzählt, damals beim Aufschluss des Tagebaus als junger Mann direkt neben dem Minister gestanden, als dieser vor versammelter Presse auf den symbolischen roten Knopf gedrückt und der Kollege im Steuerhaus gleichzeitig und unsichtbar das Rad in Bewegung gesetzt hatte. Er hatte sie noch hinunterbegleiten dürfen, den Minister und sein Gefolge, und als sie die letzte der hundert Stufen erreicht hatten, hatte der Minister plötzlich gezögert, und dann war er doch in den matschigen Boden gesprungen und bis zum Knöchel eingesunken. Sein Mitarbeiter hatte Guido um ein Taschentuch gebeten und damit die Schuhe seines Vorgesetzten notdürftig sauber gewischt, als der sich wieder ins Auto gesetzt hatte, um nach Düsseldorf abzurauschen. Offenbar war es die aufregendste Geschichte im Leben von Guido: Er war nicht nur bei der offiziellen Eröffnung auf dem Bagger gewesen, es war auch noch sein Taschentuch, das dem Herrn Minister die guten Lederschuhe rettete. Er war einer dieser Menschen, die ihren Arbeitsplatz mit Erreichen des Rentenalters nur unter größten Schmerzen verlassen. Er würde einmal einer der Veteranen sein, die, solange sie laufen können, an jeder Gewerkschaftsversammlung teilnehmen, ihre Enkel an den Rand des Tagebaus führen, um ihnen zu zeigen, wo einst ihr Platz war, und die zu Hause zwischen folkloristischen Sachbüchern über das rheinische Revier und Zeitungsausrissen aus der lokalen Presse lebten und den Stolz auf den Bagger für immer im Herzen tragen.

Jan hatte es an sich selbst auch schon festgestellt: Es war gar nicht so leicht, auf dem Teppich zu bleiben, wenn man die größte Maschine der Welt steuerte. Es hatte ihn schon vom ersten Tag an als Großgeräteführer mit unendlichem Selbstbewusstsein erfüllt, dass er, obwohl er seine Ausbildung zum Energieanlagenelektroniker gerade erst abgeschlossen hatte, nun zu denen gehörte, die von all den Technikern und Facharbeitern an den Fließbändern, den Förderanlagen, den Versorgungseinrichtungen mit Bewunderung und Neid betrachtet wurden. Ihm kam es jedes Mal so vor, als nähme er am ersten bemannten Flug zum Mars teil, wenn er die Leiter bestieg, die auf den Bagger hinaufführte. Sein Arbeitsplatz war – er konnte es nicht anders formulieren –

einfach ein geiler Ort. Aber die Bewunderung der Kollegen im Tagebau war eine stille Bewunderung, und auch ihren Neid wussten sie zu verbergen.

Und so waren die vier Männer sich selbst ihr eigenes Publikum, wenn sie täglich zum Schichtwechsel den Bagger 293 bestiegen.

»Männer«, sagte Guido stets, »alles bereit zum Schichtwechsel.«

Die Verantwortung für die Riesenmaschine, für die Aufrechterhaltung des rheinischen Braunkohlereviers, für die Stromversorgung der Bundesrepublik Deutschland lag jetzt in ihren Händen.

Die Ablösung glich unter Guido beinahe einer Eroberung. Die Kollegen der Frühschicht berichteten kurz und knapp und mit müden, staubigen Augen, falls es irgendwelche besonderen Vorkommnisse gegeben hatte, und verließen dann, begleitet von Guidos »Glück auf!« den Bagger. Die Kollegen gaben einander die Hand, und dann ging jeder an seine Position. Für Jan bedeutete das endlich dorthin zu kommen, wohin er sich schon seit dem Aufstehen gesehnt hatte: in die linke Kanzel, die er über den vorderen, vibrierenden Ausleger des Baggers erreichte und in deren lärmerfüllter Enge er endlich Ruhe fand. Nichts beruhigte ihn so sehr wie das monotone Wälzen des Schaufelrades, wie das Krachen des abgebaggerten Abraumes, wenn er über die Ausfallschurre auf das Förderband stürzte. Nichts stellte ihn so zufrieden wie die Schläge, die nicht nur das Führerhaus, sondern den ganzen Koloss in Bewegung versetzten, wenn sie in den tieferen Sohlen Ton und Eisenstein abbaggerten. Er musste stets besonders aufpassen, dass er den Bagger nicht beschädigte, denn im Zweifel war das Erdreich stärker. Wenn er das Schaufelrad zu sehr in das harte Gestein steuerte, konnten die Schaufeln Schaden nehmen oder schlimmstenfalls das Getriebe des Rades blockieren. Die größte Befriedigung verschaffte es ihm, wenn er ganz unten auf der sechsten oder siebten Sohle, vierhundert Meter unter der obersten Abbruchkante, das schwarze Gold aus dem Boden schürfte, das auf direktem Weg über Fließbänder und Güterwaggons in die umliegenden Kraftwerke transportiert wurde. Das war es, wofür sie diesen unfassbaren Aufwand seit fast vierzig Jahren betrieben: Braunkohle.

Guido hatte ihm erzählt, dass es über fünf Jahre gedauert hatte, bis zum siebzehnten Januar vierundachtzig – einem Tag, den er wie seinen Hochzeitstag oder den Geburtstag seines ersten Kindes verinnerlicht hatte –, bis sie endlich auf Kohle stießen.

In seiner Ausbildungszeit war Jan auf einem der Bagger mitgefahren, die oben an der Abbruchkante ihren Dienst taten. Manchmal war es grausam gewesen, mit eigenen Augen zu sehen, wie sie die komplette Landschaft umgruben, wie sie sich Meter um Meter vorwärtsfraßen. Aber wenn er in den Kohleflözen seinen Dienst tat, dann wusste er, warum es sich gelohnt hatte, die Erde aufzureißen. Warum Wälder und Dörfer, auch das Dorf, in dem seine Eltern aufgewachsen waren, verschwinden mussten. Es war der Schatz, den sie hoben, der alles antrieb, der Energie lieferte für den eigenen Wohlstand und den Wohlstand aller.

Stellenweise holte die Natur sich jedoch zurück, was ihr gehörte. Auf Bagger 293 brütete seit letztem Frühjahr ein Turmfalkenpaar. In beinahe hundert Metern Höhe hatten sie im vorderen Turm des Baggers zwischen zwei Metallstreben ihr Nest gebaut und Eier gelegt. Sogar die beiden Biologinnen vom Naturschutzbund, die zur Beringung extra mit Sicherungsseilen ausgestattet den Turm erklettert hatten, hatten darüber gestaunt, welche Nischen sich die Natur doch suchte. Aber als Guido den Bagger nach zwanzig Minuten endlich wieder in Betrieb nehmen durfte und Jan die beiden Naturschützerinnen hinab zur Sohle begleitete, wo der Werkschutz schon darauf wartete, sie wieder zum Besuchereingang des Tagebaus zu bringen, da hatten sie nicht mehr gelächelt. Da hatten sie ihn wieder angesehen mit diesem Wie-kann-man-nur-Blick. Sie vertraten einen Idealismus, den Jan weder teilte noch verstand, und er wusste, was sie über ihn dachten. Er hatte sie trotzdem freundlich verabschiedet, als sie von der letzten der einhundert Stufen sprangen und im Sand landeten, wie einst der Wirtschaftsminister im Matsch. Währenddessen hatte er sich gefragt, ob die beiden Biologinnen sozusagen seine Ministerinnen waren, ob die Geschichte von den Falken auf seinem Bagger und die Umweltschützerinnen, die extra hinaufgeklettert waren, um die Jungvögel mit Ringen auszustatten, die Erzählung seines Lebens werden würde, ob er in vierzig Jahren, wenn er selbst kurz vor der Rente stehen würde, seinem Auszubildenden davon erzählen würde, so wie er es auch allen anderen bis dahin immer und immer wieder erzählen würde. Jan hatte der Staubwolke hinterhergesehen, die der Geländewagen des Werkschutzes aufwirbelte, während er die beiden Frauen wieder zum Besucherparkplatz brachte.

»Träumer«, schrie jemand von oben durch den Lärm des Schaufelrades und riss ihn aus seinen Erinnerungen.

3

Paul hielt die Mutter fest in der Hand. Das war sein Ritual. Wenn er die Haustür hinter sich ins Schloss fallen ließ, fasste er auf dem kurzen Weg zum Auto in die rechte Tasche seiner Arbeitsjacke und nahm das sechseckige Stück Stahl zwischen die Finger. Es war eine massive Achtzehner-Mutter. Ihr Gewicht ermahnte ihn, aufmerksam zu sein, kein unnötiges Risiko einzugehen, wenn er rund um den Tagebau unterwegs war. Letztes Jahr im Spätsommer war die Stahlmutter aus dem Nichts durch die Windschutzscheibe geschlagen und hatte seinen Kopf nur um Haaresbreite verfehlt. Sie konnten den Schützen nicht sehen, der auf sie gezielt hatte, aber Paul war klar, dass es einer der Besetzer gewesen sein musste. Mit denen gab es immer Ärger, und auf die Männer vom Werkschutz reagierten sie mit besonderer Härte. Auf der Rückbank hatten Paul und sein Kollege das Geschoss später gefunden, nachdem sie in Panik über die Grubenrandstraße gerast waren, zurück zur Zentrale bei Niederzier. Er erinnerte sich an den Moment des Einschlags, als wäre es gestern gewesen. Er war mit Werner unterwegs gewesen. Ein Mann wie ein Bär. Einer der wenigen Kollegen, bei dem es nicht lächerlich aussah, wenn er dem Geländewagen entstieg, weil er dabei nicht an Größe verlor, sondern gewann. Er war zwei Meter groß, konnte seinen Ellbogen lässig auf dem Dach des Wagens ablegen und ließ diesen damit aussehen wie ein Spielzeugauto. Er war um keinen derben Spruch verlegen. Er vertilgte in der Werkskantine auch gerne mal zwei Hauptmahlzeiten. Er war ein harter Kerl. Und jetzt war er schon seit über einem Jahr krankgeschrieben. Der Vorfall hatte ihn dermaßen aus der Bahn geworfen, dass er seitdem dienstunfähig war.

»Der Werner kommt nicht mehr wieder«, raunten die Kollegen einander zu, und es hatte etwas Bedrückendes. Wenn es einer wie der Werner nicht schafft, was ist dann mit uns? Und dann sahen sie Paul an und sagten so etwas wie »Respekt!«, oder sie klopften ihm auf die Schulter und nickten anerkennend.

Aber sie hatten keine Ahnung. Paul war nicht stark. Er war nicht härter als Werner. Ganz im Gegenteil: Paul brauchte diesen Job. Er hatte sein Haus noch immer nicht abbezahlt, und seine Tochter war, solange sie noch studierte, auf seine Unterstützung angewiesen. Er durfte nicht scheitern.

Also hielt er sich an dem fest, was er hatte, und das war dieses kleine Stück Stahl, das seinen Kopf treffen sollte und ihn verfehlt hatte, und das er nun immer bei sich trug, wenn er im Süden, dort, wo die Baumbesetzer, die Aktivisten und Krawallmacher hausten, vorbeikam.

Paul parkte seinen Wagen auf dem Mitarbeiterparkplatz, betrat das Betriebsgebäude pünktlich zu Schichtbeginn und traf im Aufenthaltsraum des Werkschutzes auf Schulz, mit dem er heute Dienst hatte. Schulz war verglichen mit Werner ein Hemd. Seine Arbeitshose schlackerte um seine Beine, seine orange Dienstjacke ging ihm bis zu den Knien, dafür hatte er eine umso größere Klappe. Niemand konnte sich so herrlich über Dienstpläne, neue Vorschriften oder Kollegen aufregen wie er. Und niemand traute sich so wie er, es den Leuten, über die er sich ärgerte, auch ins Gesicht zu sagen. »Der Schulz wieder«, sagten die Kollegen dann nur. »Der kriegt sich schon wieder ein.« Selbst die Vorgesetzten verziehen ihm seine Ausfälle und ließen ihm Dinge durchgehen, für die manch anderer längst eine Abmahnung kassiert hätte.

Paul und Schulz bestiegen ihren weißen Toyota und machten sich auf den Weg. Bei den meisten waren die Routen im Norden beliebter. Pumpstationen kontrollieren, ein wenig auf der Sophienhöhe nach dem Rechten sehen. Bei schönem Wetter konnte man zur Pause die Aussicht genießen, oder man fuhr einfach mit offenem Fenster über die Landstraßen und hielt die Ellbogen in den Wind. Heute aber waren sie zur südlichen Tour eingeteilt. Insgeheim war das Paul sogar lieber. Er fürchtete sich zwar vor den Gefahren, die von den Baumbesetzern im Hambacher Forst ausgingen, aber die Überreste seines zerstörten Heimatdorfes am Nordrand des Tagebaus waren für ihn noch schwerer zu ertragen. Dass die Grubenrandstraße auf dem Gebiet des ehemaligen Lich direkt dort langlief, wo früher sein Haus und seine Bäckerei gestanden hatten, dass man den Ort wenigstens zur Hälfte hätte stehen lassen können, weil er – entgegen ursprünglicher Pläne – weder dem Tagebau selbst noch der Sophienhöhe zum Opfer gefallen war, dass von Steinstraß und damit auch dem Nonnenstift, in dem er geboren worden war, nichts mehr zu sehen war – all das war für ihn noch immer schwer auszuhalten.

Auf der alten Autobahn, die man vor einigen Jahren verlegt hatte und die mittlerweile nur noch eine Sandpiste war, die jetzt die Grenze zwischen dem bereits gerodeten Wald im Norden und den letzten Resten des Hambacher Forstes im Süden markierte, kontrollierten sie den Erdwall, den man als erkennbare Grenze aufgeschüttet hatte, damit allen klar war, dass sie Landfriedensbruch begingen, wenn sie ihn überquerten. Außerdem hatten sie einige Pumpstationen zu überprüfen, die in der Vergangenheit immer wieder Angriffen der Aktivisten ausgesetzt gewesen waren. Erst im letzten Monat hatten sie an einer der Stationen, deren Zaunschloss mit einem Bolzenschneider durchtrennt worden war, Brandspuren entdeckt. Wahrscheinlich nicht viel mehr als ein Haufen zusammengebundener Silvesterkracher. Es war kein nennenswerter Schaden entstanden, man hatte die

Grundwasserpumpe noch nicht einmal außer Betrieb setzen müssen. Alles halb so wild. Schulz hatte dennoch getobt und geschrien. Das war ein Brandanschlag, hatte er gerufen. Das hätte ganz böse ausgehen können! Es hätten Menschen zu Schaden kommen können.

Paul hatte mit dem Kopf geschüttelt und die Mutter in seiner Jackentasche befühlt. Am nächsten Tag hatte er sich darüber gewundert, dass es der Bericht des Kollegen beinahe ungefiltert in die lokale Presse geschafft hatte.

Schulz war immer auf Sendung. Paul drehte das Radio ab, wenn er redete. Doppelte Beschallung konnte er nicht ertragen. Schulz redete über Fußball, über Politik, über die Vorgesetzten. Immer waren alle anderen Idioten: der Trainer, die Kanzlerin und der Schichtleiter sowieso. Wenn Schulz nichts mehr einfiel, kommentierte er alles, was er sah: Er benannte Bäume, Straßennamen, Autos und die Bagger, die sie passierten. Wenn Schulz einmal versäumte, eine Landmarke zu benennen, ein besonderes Auto zu erwähnen, ergänzte Paul ihn mittlerweile. »Citroën DS«, sagte er dann und zeigte auf einen hellgrünen Oldtimer, der ihnen entgegenkam. »Citroën DS«, bestätigte Schulz dann jedes Mal, als hätte es sonst keine Gültigkeit. Es war Paul allemal lieber, als wenn der Kollege seine Stammtischparolen raushaute oder, was am allerschlimmsten war, er Paul gegenüber seine Eheprobleme ausbreitete. Natürlich war auch hier jedes Mal seine Frau die Schuldige. Es hätte keinen Sinn ergeben, ihm zu widersprechen, Schulz duldete nur ein zustimmendes Brummen, und am Ende lief es sowieso immer auf das Gleiche hinaus:

»Na ja, du hast es ja geschafft.«

»Was habe ich geschafft?«, hatte Paul anfangs noch gefragt.

»Na, du bist deine Frau losgeworden!«.

Paul hatte nicht das Gefühl, mit dem Verlassenwerden ein

Erfolgserlebnis verbucht zu haben. Aber er wollte das nicht mit Schulz diskutieren. Deshalb beließ er es in Zukunft an dieser Stelle bei einer gebrummten Zustimmung.

Es war schon fast zwei Jahrzehnte her, aber es tat noch immer weh, wenn er darüber nachdachte. Es war an Karneval neunundneunzig gewesen. Sie waren gemeinsam auf der Sitzung des Karnevalsvereins gewesen. Er als Kuh, Petra als Schwein. Sie hatten gelacht und geschunkelt und gesungen und getrunken. Die Kinder waren aus dem Gröbsten heraus, Sarah war drei, Jan fünf Jahre alt. Paul ging zur Theke, um Bier zu holen. Als er zurückkam, hatte da auf seinem Platz plötzlich noch ein Schwein gesessen. Paul hatte gleich gemerkt, dass Petras Augen leuchteten. Da hatten sich zwei Schweinchen gefunden, und die Kuh musste hilflos zusehen, wie sie miteinander schunkelten und sangen und tranken und all das taten, was er mit seiner Frau hatte tun wollen.

»Jetzt hab dich doch nicht so«, hatte Petra durch die dröhnende Musik zu ihm hinübergerufen. »Ist doch Karneval!«

Ja, sie hat recht, ist doch Karneval, hatte Paul gedacht und versucht, es gelassen zu sehen. Irgendwann hatte er die beiden auf der Tanzfläche wiedergefunden, und später hatte er sie gar nicht mehr gesehen. Sie waren einfach verschwunden.

Dann war alles ganz schnell gegangen. Keine Woche nach Karneval war Petra ausgezogen und hatte Paul mitsamt den weinenden Kindern zurückgelassen und sich zu ihrem Schwein, einem Bauern aus Rödingen, davongemacht.

»Ich gebe ihnen keine sechs Monate«, prophezeite einer der Skatbrüder, denen Paul sich anvertraut hatte. »Spätestens im Herbst ist sie zurück. Wenn sie einmal sieht, was so ein Hof in der Erntezeit für eine Arbeit macht, ist sie schneller wieder bei dir, als du gucken kannst.«

Aber sie war nie wieder zurückgekommen. Sie hatte die Scheidung eingereicht, und ein Jahr später hatte sie ihrem neuen Mann einen Stammhalter für den alten Vierkanthof geboren und danach noch ein Mädchen und noch einen Jungen. Sie hatte ihr Leben im neuen Lich-Steinstraß, in dieser seelenlosen Neubausiedlung, in diesem seelenlosen Neubau, in Pauls Haus, in das sie wie selbstverständlich eingezogen war, einfach abgelegt wie einen ungeliebten Mantel. Rödingen lag nur wenige Kilometer nördlich des alten Ortes und glich in vielerlei Hinsicht dem Dorf, das Lich-Steinstraß einmal gewesen war. Petra hatte sich in eine Vergangenheit davongemacht, die das gemeinsame Zuhause nicht mehr bieten konnte, und Paul hatte Angst, auch seine Kinder daran zu verlieren. Aber sie waren bei ihm geblieben, hatten ihre Mutter anfangs noch regelmäßig, dann immer seltener besucht. Zu den jüngeren Halbgeschwistern fanden sie keine Verbindung. Sie hatten in Lich-Steinstraß ihre Freunde, sie gingen in Jülich zur Schule, und sie hatten ihre Oma im Haus.

Paul selbst hatte wenig von seinen Kindern gesehen. Sie waren schneller erwachsen geworden, als er gemerkt hatte. Er hatte gearbeitet. Frühschicht. Spätschicht. Später, als die Kinder größer waren, hatte er auch Nachtschichten übernommen. Das brachte gutes Geld. Dafür hatte er den halben Tag verschlafen, war erst aufgestanden, als die beiden schon wieder aus der Schule zurückgekommen waren. Als Kind hatte er oft nicht begriffen, warum seine Mutter so wenig Zeit für ihn hatte. Als Vater, der sich allein um seine Kinder kümmern musste, verstand er sie. Und allein war er zum Glück nicht. Leonore unterstützte ihn im Haushalt und in der Erziehung. Dass aus den Kindern etwas geworden war, hatte er ihr zu verdanken.

Es war auch ohne Petra gegangen, darauf war Paul stolz. Er war stolz auf seinen Sohn, der seine Ausbildung im Tagebau gemacht hatte und jetzt tatsächlich auf dem Bagger saß. Und er war stolz auf seine Tochter, die Abitur gemacht hatte und in Köln studierte.

Schulz und Paul waren jetzt auf der Sandpiste der alten Autobahn unterwegs. Sie fuhren nach Westen, passierten das Außenlager des Sicherheitsdienstes, der hier seit einiger Zeit zusätzlich zum Werkschutz tätig war, um die Waldbesetzer im Zaum zu halten, und ließen den Wagen langsam am Posten der Kollegen vorbeirollen.

»Security«, kommentierte Schulz und winkte vom Beifahrersitz einem der Mitarbeiter des Sicherheitsdienstes zu. Der Mann mit Warnweste erwiderte den stummen Gruß, und Paul sah ihn im Rückspiegel wieder hinter dem hohen Zaun verschwinden.

»Pass auf!«, brüllte Schulz plötzlich, und Paul stieg hektisch auf die Bremse. In der Nachmittagssonne sah er vor sich auf dem Weg zwei Gestalten. Beide trugen schwarze Kleidung, einer hatte einen Armeerucksack geschultert. Sie hatten ihre Gesichter hinter Mützen mit Sehschlitzen verborgen, pink und schwarz. Die Mützen sind selbst gehäkelt, war Pauls erster Gedanke, als er die beiden dort vor sich stehen sah. Der Pick-up kam nur wenige Meter vor ihnen zum Stehen. Sie verharrten davor wie zwei Rehe, die in der Dunkelheit von Scheinwerfern geblendet werden. Wie im Wilden Westen standen sie sich gegenüber. Hier die Männer vom Werkschutz, dort die Vermummten, die von der tief stehenden Sonne zusammen mit dem aufgewirbelten Staub in ein unwirtliches Licht getaucht wurden. Gefangen im Augenblick fühlte sich jede Sekunde wie eine Ewigkeit an.

Schulz verlor als Erster die Nerven. »Fahr doch!«, brüllte er Paul an.

»Wohin denn?«

»Na, an ihnen vorbei! Und dann nichts wie weg hier.«

Paul würgte den Motor ab.

»Mann!«, schrie Schulz. »Das kann ja wohl nicht wahr sein!«

Paul fummelte am Zündschlüssel herum. Als er wieder aufblickte, sah er eine aufgespannte Zwille. Zwischen den beiden Zweigen des gespreizten Holzes in der Faust des pink bemützten Aktivisten sah er direkt in das Gewindeloch einer silbrig glänzenden Mutter. Sie wartete nur darauf, in Pauls Gesicht abgeschossen zu werden.

»Scheiße«, sagte Paul.

»Scheiße«, rief Schulz und langte ins Steuerrad, um zu hupen. »Das ist doch nicht zu glauben!«, schnaufte er und tat etwas, womit ihre Gegenüber offenbar nicht gerechnet hatten: Er riss die Tür auf und sprang hinaus. Blitzschnell versuchten die beiden Vermummten die Flucht zu ergreifen, aber die Gestalt hinter der pinken Maske stolperte über die eigenen Füße und lag nur noch wenige Schritte von Schulz entfernt im Staub. Paul verfolgte die Szene wie gelähmt vom Fahrersitz aus. Schulz schrie und rannte auf den am Boden Liegenden zu. Der andere half ihm auf, aber Schulz stürzte sich auf ihn und bekam seinen Fuß zu packen. Mit Wucht riss der Vermummte mit der schwarzen Mütze am Arm des anderen und zog diesen hoch. Schulz konnte den beiden Aktivisten nur noch hinterhersehen, wie sie blitzschnell hinter dem Schutzwall in Richtung Wald verschwanden.

»Ich hab seinen Schuh!« Schulz reckte triumphierend einen grünen Turnschuh in die Höhe. »Los, jetzt aber schnell weg hier!«, rief er und saß im nächsten Augenblick schon wieder auf dem Beifahrersitz.

Paul gab Gas. Er spürte das Pochen seines rasenden Herzens und ließ das Fenster etwas herunter.

»Achtunddreißig«, sagte Schulz.

»Was?«

»Größe achtunddreißig, der Schuh hat Größe achtunddreißig.«

»Das ist ja fast noch ein Kinderschuh«, sagte Paul und streckte die Hand aus. Er nahm kurz den Blick von der Sandpiste und besah sich den Turnschuh. Er hatte ein auffälliges weißes N auf der Seite. Irgendetwas war damit, aber Paul kam nicht darauf. »Seltsam«, sagte er nur und warf ihn nach hinten auf die Rückbank.

4

Leonore betrachtete den geschmückten Weihnachtsbaum im Wohnzimmer. Die roten und silbernen Kugeln, die Strohsterne, die sie mit den Enkeln gebastelt hatte, und die kleinen Engelchen, Schneemänner und Vögelchen, die die Kinder aus Kindergarten und Schule heimbrachten. Seit sie damals aus ihrer Heimat fliehen musste, hatte es in ihrem Haus keinen Weihnachtbaum mehr gegeben. Sie hatte nur sehr neblige Erinnerungen an glückliche Tage in Schirwindt – an das Gesicht ihrer Mutter, die Uniform des Vaters und den kleinen Bruder, dessen Name längst von dem ihres Sohnes überdeckt worden war. Hannes hatte nie einen Baum aufgestellt, und auch später, als Paul klein war, war Weihnachten für sie niemals ein besinnliches Fest gewesen. Als Moppenbäckerin war die Adventszeit mit dermaßen viel Arbeit verbunden gewesen, dass Leonore weder die Zeit noch die Muße hatte, für sich und ihren kleinen Sohn einen Baum aufzustellen, Kerzen anzuzünden, einen Braten in die Röhre zu schieben und besinnliche Musik aufzulegen.

Das änderte sich erst im neuen Dorf, nachdem Petra eingezogen war und darauf bestanden hatte, ein richtiges Weihnachtsfest zu feiern. Erst mit beinahe sechzig Jahren hatte sie wieder angefangen, Weihnachtslieder zu singen, hatte sie wieder Freude daran gefunden, die Kerzen am Baum zu entzünden. Als dann die Enkelkinder auf der Welt waren, hatte sie sogar wieder Geschmack an Weihnachtsgebäck gefunden, wenn auch alles, was es in den Geschäften mittlerweile zu kaufen gab, nur noch wenig mit den Moppen zu tun hatte, die Paul und Hannes und sie früher gebacken hatten. Für Sarah und Jan hatte Leonore, auch nachdem Petra längst ausgezogen war, die Tradition weitergeführt, obwohl es im

Grunde nur Kulisse war. Sogar jetzt noch, nachdem die Kinder längst erwachsen geworden waren und – zumindest im Fall von Sarah – nicht mehr zu Hause lebten, stand im Wohnzimmer ein Baum und wie selbstverständlich bereitete Paul am ersten Weihnachtsfeiertag einen Braten zu. Leonore liebte den Duft, der ihr in die Nase stieg, als sie mit einer der silbernen Kugeln spielte, in der sie sich spiegelte. Sie betrachtete die alte Frau, die sie daraus anstarrte, als wäre sie darin gefangen. Vielleicht würde sie den Enkeln so in Erinnerung bleiben, wenn sie später einmal mit ihren eigenen Kindern Weihnachten feiern und sich an ihre Kindheit zurückerinnern würden, so wie Leonores papierdünne Erinnerungen an ihre Eltern und ihren Bruder jedes Jahr an Weihnachten wieder geweckt wurden.

Es würde wohl ihr letztes Weihnachten sein, das spürte sie. Sie war noch keine zweiundneunzig, wie es in ihrem Ausweis stand, aber auch die vierundachtzig Jahre, die sie tatsächlich schon hinter sich gebracht hatte, waren nicht spurlos an ihr vorbeigezogen. Im letzten Jahr hatte sie stark abgebaut. Sie hatte abgenommen, war viel zu dünn, um noch als gesund zu gelten. Das Denken fiel ihr schwerer. Für manches brauchte sie länger als noch vor wenigen Monaten. Als sie vor einigen Wochen ihre Adresse auf einen Brief schreiben wollte, hatte sie nicht mehr gewusst, ob sie in der Winterbachstraße wohnte oder in der Herrenstraße oder in der Pillkaller Straße in Schirwindt.

Lediglich auf den Beinen hielt sie sich noch halbwegs gut. Noch immer machte sie ihre Spaziergänge. War sie früher oft in den alten, mittlerweile längst verschwundenen Wald gegangen und hatte ihn stundenlang durchstreift, so waren es heute kleinere Runden durch die Siedlung. Selten schaffte sie es noch bis nach Stetternich, wo ein winziger Teil des Bürgewaldes überlebt hatte und nicht von der Sophienhöhe verschüttet worden war. Dort gab es sogar noch Maiglöckchen. Als die Kinder noch klein waren, hatte sie sie dorthin geführt und ihnen gezeigt, was es mit den hübschen, aber giftigen Blümchen auf sich hatte. Seitdem war sie jedes Jahr im Mai dort gewesen. Ob sie das im nächsten Jahr noch einmal genießen könnte, stand in den Sternen.

Am späten Nachmittag kamen Sarah und Jan. Wie jedes Jahr hatten sie den Heiligen Abend bei ihrer Mutter und deren neuer Familie in Rödingen verbracht. Früher waren sie oft völlig aufgedreht wieder nach Hause gekommen, zu schwer war es für sie gewesen, dass die jüngeren Halbgeschwister ihrer gemeinsamen Mutter viel näher waren. Aber jetzt, mit Anfang zwanzig, hatten sie einen reiferen Umgang damit gefunden.

Vor dem Abendessen hatte sich Leonore noch einmal hingelegt, jetzt saß sie am Kopfende des Tisches, und eine Träne lief ihr über die Wange. Sie war glücklich, all ihre Lieben noch einmal um sich zu haben und solch ein gutes Essen genießen zu können. Sie wusste nur zu gut, dass das keine Selbstverständlichkeit war.

»Du weißt ganz genau, dass ich kein Fleisch esse«, sagte Sarah und zog ihren Teller weg, als ihr Bruder ihr den Runderbraten auftun wollte. Alle am Tisch wussten von ihrem Veganismus, und dass sie es zu besonderen Anlässen nicht so genau nahm und mal einen Kloß aß, obwohl der mit Eiern zubereitet war.

Jan verdrehte die Augen.

»Lass sie«, sagte Leonore, und Jan sparte sich weitere Kommentare. Vornübergebeugt schaufelte er das Essen in sich hinein.

»Du siehst aus wie dein Scheißbagger«, zischte Sarah. »Ekelhaft!« Sie sah ihren Bruder angewidert an.

»Was willst du von mir?«, schnauzte Jan mit vollem Mund zurück.

»Dass du nicht so widerlich bist!«

»Kinder«, rief Paul, aber niemand hörte auf ihn.

»Ach«, sagte Jan, »ist die einfache Landbevölkerung der feinen Dame aus der Großstadt plötzlich nicht mehr genehm?«

»Leck mich!«

»Jetzt reicht es aber«, rief Paul, und tatsächlich warfen sich seine beiden erwachsenen Kinder nur noch hasserfüllte Blicke zu.

»Großstadt ist doch ein gutes Stichwort«, sagte Leonore. »Wie ist es denn in Köln?« Sie legte Sarah die Hand auf den Unterarm.

Sarah schwieg.

»Erzähl doch mal etwas! Wir bekommen dich hier ja kaum noch zu Gesicht.«

Sarah atmete tief durch, aber sie blieb stumm. Paul sah sie an und legte sein Besteck ab. Lediglich Jan schaufelte weiter.

»Was ist los?«, fragte ihr Vater.

Sarah schluckte. »Ich wollte euch das eigentlich nicht ausgerechnet an Weihnachten sagen«, flüsterte sie.

Jetzt hörte sogar Jan auf zu essen.

»Ich habe das Studium abgebrochen.«

»Was?«, rief Paul. »Wann?«

»Eigentlich schon vor anderthalb Jahren.«

»Wie bitte?«

Leonore hielt Sarahs Arm fester.

»Und was machst du dann die ganze Zeit in Köln?«, wollte Paul wissen. »Kellnerst du denn noch?«

Sarah sah in Richtung des Fensters, aber draußen war es zu dunkel. Die Bäume im Garten waren nur Schatten vor Schatten.

»Ich wohne nicht mehr in Köln. Ich habe mein WG-Zimmer schon vor über einem Jahr gekündigt.«

»Wie bitte?« Paul wurde immer lauter.

Sarah schluckte und schwieg.

»Aber wo lebst du denn jetzt?«, fragte Leonore.

»Das werdet ihr sowieso nicht verstehen!« Sie wollte aufstehen, sich losreißen von der Umklammerung ihrer Großmutter, aber Leonore hielt sie fest.

»Jetzt sag schon!«, drängte sie. »Erzähl es mir!«

Sarah sah ihrer Oma in die Augen. »Ich habe in Köln einige sehr nette Leute aus der ganzen Welt kennengelernt. Leute, denen es nicht egal ist, was mit unserem Planeten passiert. Und durch sie bin ich mit Aktivisten in Kontakt gekommen.« Sie blickte hinüber zu den ungläubigen Gesichtern ihres Vaters und ihres Bruders. Und dann fügte sie mit klarer Stimme hinzu: »Das ist schon mein zweiter Winter in einem Baumhaus.«

»Im Hambacher Forst?«, rief Jan.

Sarah nickte.

»Bist du etwa eine von diesen Arschlöchern, die uns mit Gewalt von unserer Arbeit abhalten wollen?«

»Von wem die Gewalt ausgeht, ist die Frage, Jan.«

»Na, von mir jedenfalls nicht.«

»Was du mit deinem Bagger der Landschaft antust, ist das keine Gewalt?«

Jan prustete: »Nein! Das ist Energiegewinnung.«

»Auf Kosten kommender Generationen.«

»Ist das zu fassen?«, schnaufte Jan und schaufelte die restlichen klein gedrückten Klöße in sich hinein. Dann warf er seine Gabel auf den Teller und bellte: »Mit so einer will ich nicht länger an einem Tisch sitzen!« Damit sprang er auf und stampfte aus dem Wohnzimmer.

»Jan, bleib hier«, herrschte ihn sein Vater an, aber Jan war schon verschwunden und knallte die Haustür hinter sich zu. Paul sah seine Tochter an. Sie sah stumm auf die Hand ihrer Oma, die ihren Arm hielt. Leonore griff dermaßen fest zu, dass Sarahs Unterarm taub wurde.

»Warum?«, fragte Paul. Er sprach leise, aber seine Stimme bebte.

»Warum, was?«

»Warum lebst du dort? Bei diesen Chaoten?«

»Papa, das sind keine Chaoten. Es sind Menschen, die etwas begriffen haben. Die endlich aussteigen wollen aus diesem Wahnsinn. Wir merken gar nicht mehr, wie wir unseren Planeten zerstören. Irgendjemand muss die Gesellschaft doch wachrütteln!«

»Und das macht man mit Gewalt gegen Wehrlose?«

»Wir sind nicht gewalttätig.« Sarah sah ihren Vater an.

Paul erwiderte den Blick lange. Dann fragte er: »Was ist deine Schuhgröße?«

Leonore verstand die Frage nicht, und auch Sarahs Antwort ergab für sie keinen Sinn: »Ich hätte nicht geschossen.«

»Warum läufst du dann mit einer Zwille in der Hand durch die Gegend? Wohl kaum, um Kaninchen zu jagen!«

»Wir haben Angst vor den Securitys an der alten Autobahn.«

»Und die haben Angst vor euch«, entgegnete Paul. Seine Hand fuchtelte durch die Luft und schlug beinahe sein Glas um.

»Unbegründet«, sagte Sarah und fixierte den Tannenbaum.

»Ich habe doch selbst erlebt, wie mich eine Stahlmutter nur haarscharf verfehlt hat. Durch die Windschutzscheibe ist sie geknallt! Mein Kollege ist seitdem krankgeschrieben. Wahrscheinlich ist er bald arbeitslos.«

»Er arbeitet in einem kranken System«, erwiderte Sarah ruhig.

»Oh, nein! Jetzt machst du es dir zu einfach. Es war das Stahlgeschoss, das ihn beinahe erwischt hätte. Das hat ihn krank gemacht. Nicht irgendein System!«

»Das habe ich auch nicht gesagt.«

»Und außerdem sorgt dieses kranke System für deinen Lebensunterhalt. Ich überweise dir jeden Monat Geld. Was glaubst du, wo das herkommt? Und der Strom für die Waschmaschine, die du so gerne benutzt. Woher kommt der?« Paul sprang auf, stand jetzt am Tischende, die Fäuste auf das weiße Leintuch aufgestützt. Ein angeschossener Patriarch.

»Paul«, raunte Leonore, und ihr Sohn setzte sich wieder.

»Ich weiß, Papa. Ich weiß!« Sarah kamen die Tränen. »Aber ich will etwas daran ändern!«

»Das Einzige, das du und deine Leute erreichen, ist die Vernichtung von Arbeitsplätzen«, sagte Paul bemüht ruhig. »Um meinen Job mache ich mir da wenig Sorgen. Solange da ein Loch ist, muss es auch jemanden geben, der darauf aufpasst, dass keiner hineinfällt. Aber denk mal an deinen Bruder! Wenn von heute auf morgen alle Bagger stillstehen, war es das mit seiner Arbeit.«

»Auf einem toten Planeten gibt es keine Arbeitsplätze.«

»Ja«, lachte Paul, »Parolen herunterbeten könnt ihr gut.«

Dann schwiegen beide. Paul saß mit verschränkten Armen da und blickte aus dem Fenster, in dem außer Schwärze nichts zu sehen war. Sarah sah stumm auf ihren halb vollen Teller.

Irgendwann fragte Leonore ihre Enkeltochter: »Was für ein Baum?«

»Wie bitte?«, Sarah räusperte sich.

»Auf welchem Baum steht dein Baumhaus?«

»Auf einer Eiche.«

»Wunderbar«, sagte Leonore und schenkte ihr ein Lächeln. »Hast du es auch warm genug?«

Sarah nickte.

Paul schüttelte den Kopf und ging in die Küche.

»Hör auf, mit ihm zu diskutieren«, flüsterte Leonore. »Du hast keine Chance. Er darf nicht verlieren.«

Sarah sah sie fragend an.

»Er wird dir niemals recht geben, denn das würde bedeuten, sich eingestehen zu müssen, dass sein ganzes Leben auf Lügen gebaut ist. Wenn ihr recht habt, dann hätte nie auch nur ein einziger Baum gefällt werden dürfen. Dann hätte kein Dorf vernichtet werden dürfen und mit ihm seine Geschichte.«

Sarah nickte stumm.

»Er glaubt noch immer, er hat die Tradition gerettet, indem er das Moppenrezept verkaufte. Aber was haben sie daraus gemacht? Ein ungenießbares Gebäck namens Alpenbrot! Sie haben uns gekauft, Sarah. Mit dem Geld, das sie gemacht haben, indem sie die Erde aufrissen und die Kohle verbrannten, die unter unseren Füßen lag, haben sie uns gekauft. Es ist wirklich ... Wie hast du es genannt?«

»Ein krankes System?«

»Ja. Es ist wirklich ein krankes System.«

Sarah war alt genug, um zu erfahren, was Leonore erlebt hatte. Und Leonore war zu alt, um noch länger zu warten. Sie musste es endlich jemandem erzählen, sonst würde die Geschichte für immer verloren gehen. Sie hatte es Hannes nicht erzählen können, sie hatte es Änne nicht erzählen können, und auch Paul, ihrem eigenen Sohn, konnte sie nicht zumuten zu erfahren, was geschehen war, als sie ihre Heimat in Schirwindt verlassen musste.

Sarah war zu ihr unter die Bettdecke gekrochen, wie früher, als sie noch viel, viel kleiner gewesen war. Zusammen hatten sie dort nach dem eskalierten Weihnachtsessen gelegen. Paul hatte nur noch in der Küche gestanden, Rotwein getrunken und eine Zigarette nach der anderen geraucht. Irgendwann war Jan zurück nach Hause gekommen, und Leonore und Sarah hatten der Diskussion der beiden zu lauschen versucht, aber abgesehen von einzelnen Wortfetzen, deren Lautstärke, aber auch deren Unverständlichkeit vom Alkohol verstärkt wurde, verstanden sie kaum etwas. Paul war im Grunde Jans Meinung, das schien klar. Aber er warb bei seinem Sohn auch um Verständnis für Sarah.

Irgendwann erstarben die Gespräche, und Leonore spürte, dass sich Sarahs Körper langsam entspannte.

»Ich möchte dir etwas erzählen«, flüsterte sie ihrer Enkelin ins Ohr. Sie wusste, dass sie es nie tun würde, wenn nicht jetzt. »Ich möchte, dass du weißt, wie ich hierhergekommen bin und warum.«

»Ich kenne deine Geschichte doch«, sagte Sarah und drehte sich zu Leonore.

»Du kennst nur einen Teil.« Nach über sieben Jahrzehnten bahnte sich ihre Kindheit endlich einen Weg aus Leonores Kopf heraus. Es war wie eine Geburt. Leonore hatte Angst, dass es fürchterlich wehtun würde, dass sie es vielleicht nicht schaffen könnte. Aber dann fasste sie all ihren Mut zusammen.

»Ich habe dir nie von meinem Vater erzählt. Ich kannte ihn selbst kaum, aber ich kann mich sehr wohl an ihn erinnern. An seine Augen, seine Stimme, seinen Geruch. Und an seine SS-Uniform. Ich habe erst Jahrzehnte später begriffen, was das zu bedeuten hatte. Da war ich längst erwachsen, hatte Paul, deinen Vater, und stand alleine in der Backstube und im Laden. Ich hatte immer daran geglaubt, dass mein Vater einer von den Guten gewesen ist. Dass er für die Gerechtigkeit gekämpft hat. Erst Ende der Sechzigerjahre sah ich in der Zeitung ein Bild von SS-Leuten, die in Uniform vor einer Baracke posierten. Ich fühlte mich direkt beschützt wie früher in den Armen meines Vaters, als ich die Männer sah, die dieselben Uniformen trugen wie er. Dieselben Frisuren, dieselben Staturen, dieselben Gesichtsausdrücke. Stolz, vielleicht ein wenig zu selbstsicher. Dann las ich voller Neugier, was es mit dem Bild auf sich hatte, und ich weiß noch, dass ich am Ende auf dem Boden hinter dem Tresen in der Bäckerei lag und zu keiner Bewegung mehr in der Lage war. Ich war so naiv gewesen. Ich hatte immer geglaubt, mein Vater hätte irgendwo inmitten des Reichs in einem Wald gearbeitet, einem Buchenwald. Dass es sich dabei um ein Konzentrationslager gehandelt hat, war mir nicht klar gewesen. Zwei Jahrzehnte hat man erfolgreich versucht, einen Deckel über diesen Dingen zu halten. Es brauchte erst die nachfolgende Generation, um ihn zu lüften. Vielleicht habe ich auch einfach nicht wahrhaben wollen, was das Offensichtliche war. Ich weiß es nicht.«

Sarah nahm Leonores Hand.

»Der kleine Paul hat den ganzen Abend geschrien. Er lag nebenan in der Wohnstube in seinem Bettchen, aber ich konnte nicht zu ihm gehen. Ich konnte gar nichts mehr. Ich saß nur da und sah den Gedanken dabei zu, wie sie an mir vorbeirasten. Ich sah die Hände meines Vaters, wie sie den Abzug einer Pistole bedienten, und dann spürte ich, wie sie über meinen Kopf strichen. Ich erinnerte mich, wie er mich jedes Mal, wenn er auf Heimaturlaub war, voller Stolz in die Luft warf und darüber staunte, wie groß ich schon wieder geworden war. Und dann musste ich daran denken, wie viele Menschen wohl durch die Taten meines Vaters ihre Kinder, ihre Eltern, ihre Geschwister nie mehr wiedergesehen haben. Ich hatte plötzlich eine Ahnung, dass alles, was mir nach dem Krieg passiert war, vielleicht seine Berechtigung hatte. Das ganze Grauen, das ich miterleben musste, war die Strafe für seine Taten. Ich hatte immer geglaubt, mir sei entsetzliches Unrecht geschehen. Aber das war nicht so. Ich hatte nicht das Recht, nach dem Krieg einfach so glücklich weiterzuleben. Meine ganze Kindheit war auf dem größten Verbrechen der Menschheit aufgebaut. Mein Leben war eines gewesen, das man einem anderen Kind geraubt hatte. Dass ich, die Tochter eines SS-Mannes aus Buchenwald, noch immer lebte und so viele andere nicht, war ungerecht. Ich wollte sterben. Ich wollte sterben, um endlich für Gerechtigkeit zu sorgen. Aber dann besann ich mich. Das Schreien deines Vaters drang endlich zu mir hindurch. Hätte ich ihn nicht gehabt, weiß ich nicht, ob ich heute noch am Leben wäre.«

Leonore sah in Sarahs feuchte Augen.
»Bitte erzähl weiter«, flüsterte sie.
»Wo fange ich nur an?«
»In Schirwindt. Erzähl mir alles!«
»Es begann mit den immer näher rückenden russischen Einheiten. Schirwindt bestand schon seit Wochen nur noch aus Frauen und Kindern und einigen wenigen Männern. Greisen zumeist und dem Pfarrer der Immanuelkirche. Ich war erst elf und mein Bruder Paul neun. Ich weiß noch, wie die Stimmung in der Stadt von Tag zu Tag hysterischer wurde. Immer wieder rannten Frauen schreiend durch die Straßen, weil die Schmalspurbahn aus der nächsten Stadt ihnen eine Todesnachricht gebracht hatte, oder aus Sorge darüber, was geschehen würde, wenn die Russen über den Grenzfluss kämen. Irgendwann im Oktober hörte man die Schüsse der Panzer, die Einschläge der Granaten. Der Krieg kam näher und näher, und allen in der Stadt war klar, dass die Russen Schirwindt dem Erdboden gleichmachen würden. Die ersten Frauen ertränkten sich mitsamt ihren Kindern im Fluss. Noch bevor ein einziger Schuss auf die Stadt abgefeuert wurde, hatte Schirwindt jeden Tag Tote zu beklagen. Die Männer waren an der Front oder in Gefangenschaft oder gefallen, und die Frauen löschten den Rest der Familie aus. Am Tag bevor der Pfarrer die letzten verbliebenen Bewohner in der Kirche versammelte, um sie auf das baldige Ende einzuschwören, verscharrte meine Mutter die Nachbarsfrau und deren drei Kinder im Garten. Sie war an Rattengift gekommen. Schirwindt war die östlichste Stadt des Reiches.

Das hatte symbolischen Wert. Die Kirche thronte mit ihren zwei Türmen hoch über den Dächern der Stadt, und der Pfarrer verstand sie weniger als Trutzburg des evangelischen Glaubens, sondern als deutsche Festung gegen die kommunistischen Russen. Er ging auf die Gerüchte ein, die seit einigen Tagen die Runde machten. Es war von riesigen Maschinen die Rede, von rollenden Ungetümen, mit denen die Russen das Land durchpflügten und alles und jeden zermalmten. Er sagte, diese elenden Schweine würden vor nichts zurückschrecken. Er selbst hätte des Nachts schon das Grollen der schweren Motoren gehört und die Schreie der tapferen Soldaten, die sich ihnen entgegenzustellen versuchten. Für die Männer unserer Stadt gebe es keine Hoffnung mehr. Ich lag die ganze Nacht wach, und auch ich hörte die Maschine. Ich habe keine Ahnung, was es war, aber es war grauenvoll. Am nächsten Tag kam keine Bahn mehr. Stattdessen versammelte der Pfarrer seine Schäfchen um sich. Vom Marktplatz aus zog beinahe die gesamte Einwohnerschaft des Ortes hinaus in den westlich der Stadt gelegenen Wald. Nur ein paar Verwirrte und Verirrte blieben zurück. Da war ein Mann, ein sehr alter Mann, wie er hieß, weiß ich nicht mehr, aber ich erinnere mich noch sehr genau daran, was ich dachte, als ich an ihm vorbeilief. Der Arme, dachte ich, der bleibt zurück, und wir werden gerettet. Da wusste ich noch nicht, was geschehen würde.«

Leonore bracht plötzlich ab. »Ich kann dir das nicht erzählen, mein Kind. Es ist zu grausam.«

»Du hast mir schon viele Schauergeschichten erzählt, Oma.«

»Ja, aber das hier ist mein Leben. Das ist nicht einfach nur eine Geschichte.«

Leonore sah Sarah an. Das Mädchen hatte es selbst schon schwer genug. Sie war zu ihrer Oma ins Bett gekrochen, weil sie sich sonst nirgends geborgen fühlte, weil ihr Bruder sie nicht verstehen wollte und selbst ihr Vater gegen sie stand.

»Ich darf dir diesen Ballast nicht aufbürden, mein Herz.« Leonore sah in das weiche Gesicht ihrer Enkelin. Es gab gute Gründe für ihr sieben Jahrzehnte andauerndes Schweigen.

»Meinst du nicht, es wäre besser, deine Geschichte mit jemandem zu teilen?« Sarah hatte sich jetzt aufgerichtet. Sie hatte recht, aber war es dafür nicht schon zu spät? Warum sollte sie ihre Seele jetzt noch um diese schwere Geschichte erleichtern?

»Nein, Sarah, ich habe dir vermutlich schon zu viel erzählt. Hier endet meine Geschichte.«

Leonore beschloss, ihre Erinnerungen mit ins Grab zu nehmen und dort festzuhalten bis in alle Ewigkeit. Sie würde ihren Bruder im Herzen tragen, den sie dort an der alten Eiche hatte hängen sehen, nachdem der Pfarrer sie alle darauf eingeschworen hatte, dass der Weg in den Tod das einzige Mittel sei, um den animalischen Russen zu entkommen. Er hatte sie in seinen Bann gezogen. Er hatte die Mütter erbleichen lassen. Einige waren einfach umgefallen, ihre Körper hatten den Dienst quittiert. Und dann hatte er damit begonnen, die Schlinge am Ast festzuzurren. Alle sollten nacheinander drankommen. Zuerst die Kinder. Paul starb als Dritter. Der Pfarrer hielt seine Beine und zog sie nach unten. Leonore war als Nächste an der Reihe. Aber als der Pfarrer den Strick von ihrem Bruder gelöst hatte und ihr bedeutete, zu ihm zu kommen, war ihre Mutter für einen kurzen Moment aus ihrer Trance erwacht, die sie dabei hatte zusehen lassen, wie der Pfarrer im Rausch ihren Sohn tötete. Sie packte Leonore, hielt sie fest. Leonore wollte sich losreißen, dachte noch, es sei recht so, der Pfarrer wüsste schon, was er da tat. Er war doch der Pfarrer. Aber ihre Mutter zog sie zu sich, und dann schrie sie. Sie brüllte immer lauter. Sie klang wie ein Tier. Und dann rannte sie mit ihrer Tochter los nach Westen.

Nein, dachte Leonore, das kann ich nicht erzählen. Sie konnte auch nicht erzählen, dass sie Monate später dabei zusehen musste, wie ihre Mutter von vier Männern festgehalten wurde, die Furchtbares mit ihr anstellten. Und dass ihre Mutter dabei das Bewusstsein verloren hatte und nie wieder aufgewacht war. Seitdem war sie allein. Ohne Bruder, ohne Mutter. Der Vater irgendwo in einem fernen Buchenwald. Wer weiß, was aus ihm geworden war? Sie hatte nie nach ihm gesucht und er wohl auch nie nach ihr.

Kann man das erklären? Kann man das einem Mädchen erzählen, das selbst noch nicht weiß, wer es ist, nur weil man glaubt, sich in ihm wiederzuerkennen? Nur weil man der eitlen Überzeugung ist, die eigene Geschichte dürfe nicht verloren gehen? Nein. Man muss dafür sorgen, dass diese Geschichte endlich für immer stirbt, erkaltet und verschwindet.

Sarah gab ihrer Großmutter einen Kuss.

Vorsichtig stand Leonore auf. »Schlaf jetzt«, flüsterte sie. In ihrem weißen Nachthemd ging Leonore ans Fenster und sah hinaus. Der Vollmond erhellte den kahlen winterlichen Garten. Sie fühlte sich leicht. Das Gewicht ihrer Lebensgeschichte schien endlich von ihr abgefallen zu sein. Sie hatte sich der Last entledigt, ohne darüber reden zu müssen. Ihr ganzes Leben lang hatte sie die Verpflichtung gespürt, irgendwann einmal die Geschichte an ihren Sohn oder ihre Enkel weitergeben zu müssen. Sie hatte geglaubt, es wäre an ihr, die Toten am Leben zu halten. Aber jetzt, da sie in Sarahs unschuldiges Gesicht geblickt hatte, begriff sie, dass sie ihren für immer neunjährigen Bruder, ihre für immer nach Westen fliehende Mutter und ihren niemals nach ihr suchenden Vater sterben lassen durfte, genau wie sie selbst schon bald sterben würde.

5

Als der Frühling kam, wurden bei Leonore Tumore im Darm diagnostiziert. Paul hatte darauf bestanden, dass sie sich untersuchen ließ, nachdem sie immer schwächer geworden war, sie immer mehr an Gewicht verloren und der Appetit sie mehr und mehr verlassen hatte. Er hatte sie in die Klinik gefahren, aber Leonore hatte darauf bestanden, dass er im Wartezimmer blieb. Sie sah, wie der Arzt und Paul einander verschwörerische Blicke zuwarfen, als sie sich alleine ins Behandlungszimmer aufmachte, und sie hatte dem Arzt mit erhobenem Zeigefinger zugezischt: »Schweigepflicht!« Er war zusammengezuckt und hatte die Augen schnell gesenkt. Sie war zwar alt und zunehmend hilflos, und sie ahnte, dass sie sterbenskrank war, aber noch immer hatte sie das Recht und den Stolz, selbst zu entscheiden, was mit ihr geschah.

Von der Diagnose, die der Arzt ihr eine Woche später mitteilte, begriff sie nicht viel. Sie verstand, es war ernst, und es bestand nur eine geringe Chance auf Heilung. Am besten, sie bliebe direkt hier im Jülicher Krankenhaus, damit man gleich morgen mit der Therapie beginnen könne, sagte der Arzt. Leonore spürte, wie sich eine Schlinge um ihren Hals legte. Wenn sie jetzt zustimmte, würde sie diese Räume nie wieder verlassen.

Sie sagte Nein. Und sie sagte noch einmal Nein, als man fragte, ob man ihren Sohn über die Diagnose informieren sollte. Und als der Arzt sich am Telefon in gedämpftem Ton und bemüht chiffriert absprach, erhob sie erneut ihren auf seine Schweigepflicht hinweisenden Zeigefinger, und er ließ sie wohl oder übel gehen.

Paul erzählte sie, es sei alles in Ordnung. Altersbeschwerden, mehr nicht. Sie war sich nicht sicher, ob er es ihr abkaufte, aber er insistierte nicht darauf, Genaueres zu erfahren. Vielleicht respektierte er insgeheim ihre unausgesprochene Entscheidung, vielleicht wusste er auch einfach, dass jeder Versuch, sich ihr in den Weg zu stellen, zum Scheitern verurteilt war.

Sarah war in den letzten Monaten nur noch selten da gewesen. Sie hatte eine andere Möglichkeit gefunden, ihre Wäsche zu waschen, und Essen wollte sie auch nicht mehr aus dem mit Kohlestrom betriebenen Kühlschrank mitnehmen. Sie kam nur noch vorbei, um ihre Oma zu sehen, wenn ihr Vater und ihr Bruder bei der Arbeit waren. Leonore sah in mit Sorgen gefüllte Augen, wenn Sarah sie besuchte. Dabei hätte sie sich viel mehr Sorgen um die Enkeltochter machen müssen, die bei Wind und Wetter auf ihrem Baumhaus ausharrte. Ob es darin denn auch trocken sei, wollte sie wissen, ob sie genügend zu essen haben, Medikamente und so weiter. Und ob sie auch immer angeseilt sei, wenn sie dort hinauf- und hinunterkletterte. Sarah bejahte alle Fragen brav, und auch Leonore versuchte, ihrer Enkelin gegenüber einen gesunden Eindruck zu machen, lief absichtlich im Wohnzimmer herum, um ihr zu demonstrieren, wie gut sie noch auf den Beinen war, oder sie erzählte ihr Geschichten aus dem alten Dorf, um ihre hervorragende geistige Verfassung zu beweisen.

Sie fühlte sich mit ihrer Enkelin derart verbunden, dass sie ihr sogar verriet, was sie niemals zuvor jemandem verraten hatte, aber sie versteckte es in einer ihrer alten Geschichten: »Früher, in alter Zeit, kam es von Zeit zu Zeit vor, dass eine weiße Juffer im Wald gesehen wurde. Zuerst waren es die Wildschweine, die sie wahrnahmen, lange bevor ein Mensch sie sah. Sie stieben auseinander und sprangen ins Gebüsch. Die Kinder, die die Tiere hüteten, damit sie sich an den Eicheln satt fressen konnten, bekamen Angst, und wenn sie dann die Juffer sahen, waren sie wie gebannt. Sie konnten sich nicht mehr rühren, bekamen kein Wort heraus. Sie standen nur da und sahen der hell gewandeten Frauengestalt dabei zu, wie sie eine Handbreit über dem Boden zu schweben schien. Meist verschwand die Juffer nach kurzer Zeit wieder, und die Schweine kamen aus dem Unterholz zurück. Einmal aber traf der Pfarrer von Manheim bei der Jagd auf sie. Weiß strahlend schwebte sie in einer Vollmondnacht über das Ottersmaar auf ihn zu. Er hielt sie für die Jungfrau Maria höchstselbst, aber sie kam immer näher und näher, und schließlich verführte sie ihn.«

»Was?«, rief Sarah. »Sie verführte den Pfarrer von Manheim?«

»Ja«, nickte Leonore und musste lachen. »Eine verrückte Geschichte, nicht wahr?«

»Allerdings.«

Leonore sah aus dem Fenster in die Frühlingssonne.

»Wie ging es weiter?«

Leonore zuckt mit den Schultern. »Sie verschwand.« Wieder lachte sie glucksend auf. »Vielleicht bekam sie ein Kind.«

Wenn Sarah irgendwann einmal ihren eigenen Kindern oder Enkelkindern die Geschichte von der schwebenden Juffer am Ottersmaar und dem Pfarrer von Manheim erzählen würde, dann würde Leonore in dieser Geschichte weiterleben. Ganz heimlich.

An einem ungewöhnlich warmen Sonntag im Mai verließ Leonore das Haus zu einem letzten Spaziergang. Sie lief einmal gegen den Uhrzeigersinn durch die gesamte Siedlung, in der sie nun seit fast drei Jahrzehnten lebte. Sie war hier nie heimisch geworden, und das galt längst nicht nur für sie. Sie wehrte sich gegen das Gefühl der Genugtuung, das sie dann und wann überkam, aber es erfüllte sie mit einer leisen Freude, dass sie nun nicht mehr die Einzige im Dorf war, für die der Wohnort nicht auch Heimat war.

Seit jeher hatten sich die meisten Dorfbewohner schwer damit getan, sie auf der Straße zu grüßen. Zu ihr in den Laden waren sie früher gekommen, sie hatte einfach die besten Moppen gehabt, aber im Ort wechselte man die Straßenseite, sah zufällig in eine andere Richtung oder blieb in das Gespräch vertieft, nur um sie nicht grüßen zu müssen. Aber schon nach wenigen Jahren im neuen Ort war Leonore aufgefallen, dass sich mittlerweile kaum noch jemand auf der Straße grüßte. Kaum noch sah sie Menschen beieinanderstehen und miteinander reden. Man war einander fremd geworden. Früher hatte man noch mit dem Besen in der Hand vor den dicht aneinandergewachsenen Häusern auf der Straße gestanden und mit der Nachbarin die neuesten Neuigkeiten ausgetauscht. Heute verließ kaum noch jemand zu Fuß das eigene umhegte und ummauerte Grundstück. Mit dem Umzug in den neuen Ort hatte das Misstrauen Einzug gehalten, als hätte Rheinbraun mit der Politik des Schweigens den Menschen einen Virus eingeimpft. Früher hatte sie wenigstens im Laden noch die eine oder andere Geschichte aus der Nachbarschaft aufgeschnappt, aber heutzutage war Leonore darauf angewiesen, dass Paul, der gelegentlich eine der beiden letzten verbliebenen Kneipen am Matthiasplatz besuchte, sie mit Neuigkeiten versorgte. Selten waren es gute Nachrichten. Nachbarschaftsstreitereien nahmen zu, hatte man früher die jahrhundertealten Grundstücksgrenzen, die schiefen Zäune, wuchernden Büsche und hohen Wände zum Nachbargrundstück schulterzuckend hingenommen, so wurde nun um jeden Zentimeter gefeilscht. Prozesse wurden angestrengt, Freunde und Nachbarn gingen einander verloren. Missgunst schien das Einzige zu sein, das die Menschen noch miteinander verband.

Theo Plum ist auch schon über zwanzig Jahre tot, dachte Leonore, als sie das viel zu groß geratene Haus passierte, das er mit seiner Frau Martha bewohnt hatte. Er hatte so dafür gekämpft, möglichst schnell umgesiedelt zu werden, er hatte der Erste am neuen Ort sein wollen, und dann hatte er nur noch zwölf Jahre zu leben gehabt. Martha war zu ihrer Tochter gezogen, das Haus bewohnten nun Zugezogene. So hatte er sich das sicherlich nicht vorgestellt.

Überhaupt wohnten nicht mehr allzu viele Menschen in der neuen Siedlung, die das alte Dorf noch kannten. Es waren damals nur zwei Drittel der alten Bewohner mitgekommen. Wer zur Miete wohnte, hatte es schwer gehabt, wer im Ort einem Gewerbe nachging, ebenso. Die Neubausiedlung hatte keinen Platz für die Lagerhallen der Schausteller, die Werkshallen der Holz verarbeitenden Betriebe oder die Stallungen der Bauern vorgesehen. Höchstens am Dorfrand hatten sie sich niederlassen dürfen. Viele hatten da lieber die Chance auf einen kompletten Neuanfang an einem anderen Ort genutzt. Das hier ist kein Dorf mehr, dachte Leonore. Zu einem Dorf gehört der Geruch der Tiere, gehören Straßen und Häuser, die über die Jahrhunderte gewachsen sind und nicht am Reißbrett geplant.

Das Herz des Dorfes war die alte Kirche gewesen, und die ließ sich nicht durch den seelenlosen Backsteinbau ersetzen, auf den Leonore jetzt langsamen Schrittes zusteuerte. Lich-Steinstraß war eine Ansammlung von frei stehenden Einfamilienhäusern, die mehr und mehr von Menschen bewohnt wurden, die mit der Tradition, die die Alten hatten bewahren wollen, nichts anfangen konnten. Sie waren von überallher gekommen, um in Jülich, Düren oder Aachen zu arbeiten, und hätten genauso gut ein Haus in einer beliebigen anderen Siedlung am Rande einer der anderen Städte kaufen können. Das alte Dorf hatte seine Seele nicht mit hinüberretten können, daran änderte auch der große Matthiasplatz nichts, den man als Zentrum geplant hatte. Hier hatte man Platz schaffen wollen für Kneipen, Geschäfte, die freiwillige Feuerwehr. Selbst die winzige Kapelle, die früher am alten Matthiasplatz gestanden hatte, versuchte man nachzubauen, blies sie dabei aber auf doppelte Größe auf und baute sie zudem auch noch verkehrt herum auf, nach Westen.

»Eine Kirche steht nie verkehrt«, hatte der Weihbischof geschmunzelt. Aber jetzt stand der graue Bau traurig da und würde noch ein paar Jahrzehnte ausharren müssen, bis er endlich ausreichend Patina angesetzt hatte, um als Wahrzeichen zu gelten.

Leonore hielt an der gleichen Stelle, wo sie damals gestanden hatte, als zum ersten Mal die Glocken der Kapelle läuteten und die Menschen noch dachten, jetzt würde alles wieder wie früher. Sie stand am Rand des Platzes, dort, wo im Februar das Karnevalszelt, im Sommer das Schützenzelt stand. Sie war nie darin gewesen, sie wäre nicht willkommen gewesen. Und auch Paul war nach der Trennung von Petra nie mehr dorthin gegangen.

Am Ende der Straße, die sie nach einem längst unter der Sophienhöhe verschütteten Waldstück Gewährhau genannt hatten, ging es hinaus auf das freie Feld. Dahinter befand sich ein kleines Stückchen Wald mit altem Baumbestand. Es war die Stelle, an der es noch Maiglöckchen gab. Einige wenige nur. Kein Vergleich zu den Teppichen, die es im verlorenen Bürgewald gegeben hatte, aber genug für das, was sie damit vorhatte.

Mit wackeligen Schritten bewegte sie sich über die Wiese. Das Gras stand hoch, und der Boden war weich. Es war schwierig, aber sie schaffte es in den kleinen Wald. Und tatsächlich fand sie einige Grüppchen von Maiglöckchen, sogar mehr, als sie erwartet hatte. Vielleicht, so hoffte sie, holte sich die Natur irgendwann zurück, was ihr gehörte. Leonore bückte sich. Es fiel ihr unsagbar schwer. Ihre Hüften schmerzten, und sie fürchtete, sich ohne Hilfe nicht wieder aufrichten zu können. Es wäre nicht das Schlechteste, dachte sie, hier im Wald zu sterben, wenn es auch nur ein kleiner Restwald war, ein mickriges Überbleibsel.

Aber nein, ihr Plan war ein anderer. Keine vier Wochen war es her, seit der Arzt in Jülich ihr offenbart hatte, dass sie ohne Chemotherapie, Bestrahlung und Operation nicht mehr lange zu leben haben würde – und dass sie auch mit alledem kaum eine Chance hatte. Schnell war der Entschluss in ihr gereift, sie hatte nur noch bis zum Mai durchhalten müssen.

Sie schaffte es, eine Handvoll Maiglöckchen zu pflücken, Blütenstiele mit breiten, weißen Glocken und vor allem die Blätter. Sie hielt das Sträußchen in der Hand, wie sie es zuletzt bei den Geflüchteten aus Sri Lanka gesehen hatte, die im alten Dorf an der Durchgangsstraße gestanden hatten, um sich bei vorbeikommenden Autofahrern etwas hinzuzuverdienen.

Sie lächelte, als sie über die Wiese zurückging. Ihr Tritt war nun fester. Ein letztes Mal frisches Gras unter den Füßen, dachte sie. Sie war nicht wehmütig.

Zu Hause in der Winterbachstraße streifte sie die Schuhe ab, trug die Maiglöckchen in die Küche, trennte die Blüten von den Blättern, stellte die weißen Glöckchen in eine kleine Glasvase und ging damit in ihr Schlafzimmer, um sie auf dem Nachtschrank zu platzieren. Sie nahm ihren Wecker in die Hand, es war kurz nach ein Uhr am Mittag. Paul und Jan waren diese Woche beide zur Frühschicht eingeteilt, sie würden gegen drei Uhr zu Hause sein. Leonore ging zurück in die Küche und setzte den Wasserkessel auf. Dann nahm sie das Telefon, blätterte mit müden Fingern in dem kleinen Büchlein, in dem sie die wichtigsten Kontakte notiert hatte, und wählte Sarahs Nummer. Sarah hob nicht ab. Leonore hatte auch nicht damit gerechnet, dass ihre Enkelin ans Telefon gehen würde, wenn sie diese Nummer sah. Leonore hörte die Ansage und wartete auf den Pfeifton, dann sagte sie den kurzen Text auf, den sie sich zurechtgelegt hatte: »Liebe Sarah, hier spricht deine Oma Leonore.« Sie musste sich räuspern. Sie hatte heute noch kein Wort gesprochen. »Bitte komm vorbei.«

Mehr nicht. Keine Erklärung. Keine Fragen. Es würde reichen. Auf Sarah war Verlass. Sie würde die Nachricht abhören, und dann würde sie sich sofort auf den Weg machen. Mit dem Rad würde es sicher eine Stunde dauern.

Leonore folgte dem Pfiff des Kessels in die Küche. Sie hatte die Blätter der Maiglöckchen in die Teekanne gefüllt und übergoss sie nun mit dem heißen Wasser. Während der Sud zog, ging sie ins Wohnzimmer und sah aus dem Terrassenfenster auf die Eiche am Ende des Gartens, die sie einst dort gepflanzt hatte. Die Zweige ließen ihre Blätter sanft im Wind auf und ab wippen. Leonore winkte stumm zurück. Dann ging sie zurück in die Küche, wo sie fortsetzte, was sie in den letzten drei Wochen dutzendfach im Kopf durchgespielt hatte. Alles war genauestens geplant. Das einzige Risiko bestand darin, dass sie keine Ahnung hatte, wie lange es dauern und ob das Gift in den Blättern ausreichen würde. Aber sie nahm an, dass ihr stark geschwächter Körper nicht mehr allzu viel Gegenwehr leisten würde.

Es war schon nach halb zwei, als der Sud endlich ausreichend abgekühlt war. Bald würde Paul Feierabend machen, den weißen Geländewagen gegen sein eigenes Auto tauschen und nach Hause kommen. Und auch Jan würde von seinem Bagger klettern. Er war seit einigen Wochen auf jenem Bagger im Einsatz, der ganz oben auf der obersten Sohle den Tagebau vorantrieb. Jan hatte die Abbruchkante, hatte den Wald immer vor Augen, wie er ihr mit Stolz, aber wohl auch der vagen Hoffnung auf Absolution berichtet hatte.

Sie goss den Sud in eine große Tasse, spülte die Kanne sorgfältig aus und stellte sie abgetrocknet zurück in den Schrank. Dann leerte sie den Inhalt der Tasse in einem Zug. Leonores letztes Getränk schmeckte nach der Fäulnis des Waldbodens, nach der Bitterkeit des Giftes und nach der süßen Erwartung eines selbstbestimmten Endes. Sie genoss jeden Tropfen.

Nachdem sie auch die Tasse gründlich abgespült hatte, ging sie in ihr Zimmer. Sie legte sich komplett angekleidet auf ihr Bett, nahm ein letztes Mal den Wecker in die Hand, legte ihn mit dem Ziffernblatt nach unten auf den Nachttisch und berührte mit dem Zeigefinger sanft eine der Maiglöckchenblüten. Als sie die Hände faltete und die Augen schloss, hörte sie, wie der Schlüssel in der Haustür herumgedreht wurde. Sarah, dachte sie. Du bist zu früh.

Mit rotem Kopf und offenem Mund lugte Sarah durch die Tür.

»Oma, was ist los?« Sie schnappte nach Luft, so sehr musste sie sich beeilt haben. »Geht es dir nicht gut?«

Leonore sah sie an. Ihre Enkelin war so hübsch und stark.

»Oma, sag doch was!«

Leonore spürte ihr Herz. Es hatte angefangen zu rasen. Es pochte so laut, dass sie fürchtete, Sarah könnte es hören. »Alles ist gut«, sagte sie bemüht, sich nichts anmerken zu lassen. Aber sie hatte selbst gehört, dass ihre Stimme zittrig klang, dass ihr ganzer Körper zu beben begonnen hatte.

Sarah trat näher heran und griff nach Leonores Hand. »Ich rufe einen Arzt!«, sagte sie und hatte beinahe schon wieder kehrtgemacht, aber Leonore hielt ihre Hand mit aller Kraft.

»Bleib bei mir. Kein Arzt. Bitte.«

In Gedanken erzählte Leonore noch einmal die Geschichte von dem Mädchen, das viel zu früh erwachsen werden musste, von dem Kind, das seinen kleinen Bruder, seine

Mutter verlor, das seinen Vater nie mehr gefunden hatte. Von der kleinen Seele, die viel zu viel mitansehen und am eigenen Leib erfahren musste, die zweimal vertrieben worden war. Nach Westen, nur nach Westen. Und hier, ganz im Westen, lag sie nun: alt und hager und nass geschwitzt und nur noch eine Handvoll Herzschläge vom Tod entfernt. Sie war dankbar für dieses Leben, für die Erinnerungen, die sie in sich trug, für den Sohn, den sie geschenkt bekommen hatte. Sie war dankbar, dass es weiterging: mit Sarah und mit Jan und der Eiche hinter dem Haus.

Und dann fühlte sie sich auf einmal ganz leicht. Alles war leicht und weiß. Alle Geräusche rückten in weite Ferne. Das Pochen ihres Herzens. Sarahs leises Schluchzen. Stimmen. Paul und Jan. Mutter, sagten sie, Oma.

Dann, endlich, Stille.

6

Als es im Juli heiß wurde, schwang Jan sich an seinem freien Dienstag auf sein Rennrad und fuhr los. Der Fahrtwind kühlte seine Wangen, und der starre Blick auf die Straße lenkte ihn ab von der Traurigkeit, die ihn immer wieder überkam, wenn er zu Hause war, dort, wo seine Großmutter gestorben war, wo sie für ihn und seine Schwester gesorgt und ihnen Geschichten von früher erzählt hatte. Meist war es Sarah gewesen, die die alten Erzählungen hören wollte, aber auch er hatte sich heimlich für alles interessiert, was Leonore zu erzählen hatte. Er hatte Sarah fragen lassen und saß dann still dabei und kaute auf seiner Unterlippe herum, wenn sie die Schauergeschichten erzählte.

Das alles war jetzt vorbei. Jan hatte es erst realisiert, als sie Leonore auf dem alten Lich-Steinstraßer Gräberfeld des Jülicher Friedhofs beerdigten. Er war zum ersten Mal dort gewesen, hatte zum ersten Mal die umgesiedelten Gräber gesehen. Einige Namen hatte er aus den alten Geschichten wiedererkannt. Jean Immerath, Anna Immerath. Das mussten Hannes und Änne gewesen sein. Wenn er über den Friedhof lief, um seiner Oma noch einmal nahe zu sein, und er ihr Grab sah zwischen all den Gräbern aus dem alten Dorf, verstand er, dass sie nun mit den Geschichten aus der Vergangenheit vereint war.

Jan hatte das Gefühl, seine Großmutter noch immer zu brauchen. Durch die Abwesenheit seiner Mutter war Leonore nicht nur früher für ihn da gewesen, wenn er aus der Schule kam und ein warmes Essen brauchte. Sie war auch später noch eine Instanz für ihn gewesen.

Während der Wind an seinen Ohren vorbeisauste, überlegte er, ob das das richtige Wort war: Instanz.

Vielleicht wäre Vertraute ein passenderer Begriff, aber eigentlich hatte er ihr genauso wenig anvertraut wie jedem anderen auch. Selten hatte er sie um Rat gebeten, aber stets hatte sie ihm zu verstehen gegeben, was sie von den Dingen hielt, die er sagte, dachte, tat. Sie hatten nie viele Worte gebraucht, um einander zu verstehen. Er hatte sich an ihr orientiert, hatte gewollt, dass sie gut von ihm dachte. Sie war sein Kompass gewesen. Vielleicht war es das.

Als er nach der Schule die Ausbildung im Tagebau begann, hatte Leonore ihm zu verstehen gegeben, dass er das Richtige tat. Er konnte sich an kein Gespräch erinnern, aber er hatte auch ohne Worte verstanden, dass sie stolz auf ihn war. Später, als er die Ausbildung zum Großgeräteführer auf dem Bagger begann, hatte sie ebenfalls ihre Anerkennung zum Ausdruck gebracht. Zumindest hatte Jan das immer geglaubt. Aber in den letzten Monaten ihres Lebens, nachdem sie erfahren hatte, dass Sarah auf einem Baumhaus im Hambacher Forst lebte, um gegen den Tagebau, gegen seine Arbeit zu protestieren, da hatte er – wenn er jetzt darüber nachdachte, wurde es ihm klar – keine Bestätigung mehr von ihr bekommen. Er hatte sich so danach gesehnt. Er hatte ihr sooft es ging von seiner Arbeit auf dem Bagger erzählt, aber sie hatte kaum eine Reaktion gezeigt. Er wusste, dass sie auf Sarahs Seite stand. Sein Kompass hatte in die falsche Richtung gezeigt.

Jan hatte keine Ahnung, wohin er fuhr. Er verfolgte keinen Plan. Als er kurz vor Niederzier merkte, dass er aus Gewohnheit wohl einfach seinem Weg zur Arbeit gefolgt war, entschied er sich, weiter geradeaus in Richtung Süden zu fahren. Er fuhr durch Morschenich, fast schon ein Geisterdorf. Es würde noch Jahre dauern, bis sie mit ihren Baggern das Gebiet erreichten, aber trotzdem hatten die meisten Leute ihr Dorf bereits verlassen. Jan sah keine Menschenseele. Er bog hinter der Kirche ab und fuhr weiter in Richtung Manheim. Die Sonne verbrannte seine schweißnasse Stirn. Wenn er nach rechts sah, blickte er auf den Wall, hinter dem die neue Autobahn von Köln nach Aachen verlief, die man wegen des vorrückenden Tagebaus nach Süden verlegt hatte. Links sah er den Wald. Den letzten Rest des Hambacher Forstes, den die Chaoten, darunter seine eigene Schwester, besetzt hielten, um zu verhindern, dass er gerodet und das Gebiet abgebaggert werden konnte. Wann immer Jan darüber nachdachte, spürte er eine Wut in sich aufsteigen. Es war Unrecht, was dort geschah. Sarah und ihre Freunde nahmen sich heraus, ihre Meinung mit Gewalt durchzudrücken. Dabei war der Tagebau genehmigt.

Jan hielt an und wischte sich die Schweißperlen aus dem Gesicht. Er brauchte Schatten. Er bog an einer schmalen Kreuzung ab und fuhr langsam in Richtung des Waldes. Auf einer Wiese längs des Weges sah er Zelte, sogar Wohnwagen stehen. Aus Paletten hatte man Wände gebaut, an langen Masten wehten schwarz-rote Fahnen. Er bildete sich ein, den Schweiß und den Essensgeruch der Bewohner riechen zu können. Zwei junge Männer mit freiem Oberkörper hielten bei ihrer Arbeit an einer Bretterbude kurz inne, um ihn kritisch zu beäugen. Während er im Schritttempo weiterfuhr, sah er an sich herunter. Trug er irgendwelche Kleidung, die auf seine Arbeit im Tagebau hinweisen konnte? Manchmal zog er aus Bequemlichkeit auch an freien Tagen seine Arbeitshose oder seine Jacke an. Aber heute trug er eine kurze Hose und ein graues T-Shirt. Auch seine weißen Joggingschuhe waren unverdächtig. Das schienen nun auch die Aktivisten befunden zu haben. Sie winkten freundlich, und Jan nickte im Vorbeifahren zurück. Er fühlte sich wie ein Fremdling, und er hatte keine Ahnung, was er hier tat.

Unglaublich, welche Wirkung die Kühle des Waldes hat, dachte er, wenn man zu lange in der Sonne war. Er fühlte sich sofort erfrischt. Am Zaun eines alten Kieswerks, das sich am Eingang des Waldes befand, stellte Jan sein Fahrrad ab und ging zu Fuß weiter hinein. Als Erstes bemerkte er die Barrikaden auf dem Weg. In regelmäßigen Abständen hatte man Haufen aus Totholz aufgeschichtet und Gräben aus dem Schotterbett des Weges ausgehoben, die ein Befahren ohne schweres Gerät unmöglich machten.

Er bog ein in eine Schonung von noch recht jungen Buchen und folgte einem schmalen Trampelpfad durch das dichter werdende Unterholz. Für einen Moment blieb er stehen. Außer dem Rascheln der Blätter im sanften Wind und den Rufen vereinzelter Vögel war es vollkommen still. Er konnte kaum zehn Meter weit sehen, so dicht stand er umzingelt von jungen und alten Bäumen, von Büschen und Sträuchern. Er blieb weiter auf dem Weg und plötzlich, als er die dichten Zweige einer Esche vor seinem Gesicht wegschob, stand er unvermittelt am Rand einer fußballfeldgroßen Fläche, die von mächtigen und steinalten Buchen dominiert wurde. Zunächst bemerkte Jan die Zelte, dann sah er Schilder, Planen, Seile. Er blickte nach oben und sah in jeder Krone der hohen Bäume ein Baumhaus. Acht Häuser zählte er. Sie waren allesamt in schwindelerregender Höhe angebracht, fünfzehn, vielleicht sogar zwanzig Meter über dem Waldboden. Jan sah staunend nach oben. Aus Holzpaletten, Spanplatten, alten Fenstern und Planen hatte man ganze Wohnstätten montiert.

Jetzt erst entdeckte er die Menschen, die sich nur wenige Schritte vor ihm befanden und damit beschäftigt waren, über einen Flaschenzug zwei volle Rucksäcke nach oben zu ziehen. Manche der Baumhäuser waren über Drahtseile oder Hängebrücken miteinander verbunden. Die beiden Leute, ein Mann und eine Frau, sie mochten beide in Jans Alter sein, musterten ihn kurz von oben bis unten und grüßten ihn dann lächelnd. Jan grüßte zurück. Sie trugen schwarze Kleidung, ihre Haare wirkten zwar ungepflegt, aber dennoch nicht eklig. Irgendwas an ihnen zog ihn an. Sie wirkten konzentriert und angestrengt. Die Rucksäcke mussten schwer sein, wahrscheinlich waren sie vollgepackt mit Konservendosen und sonstigen Vorräten. Aber trotz aller Anstrengung strahlten ihre Gesichter.

Jan ging ein paar Schritte zwischen den Bäumen umher, als sich plötzlich jemand vor seiner Nase mit einem surrenden Geräusch aus dem Baum abseilte. Die Gestalt trug ebenfalls Schwarz und hatte zudem das Gesicht mit einer grauen Sturmmaske verdeckt. Jan wich zurück.

»Sorry«, lachte sein Gegenüber, als er Boden unter den Füßen hatte. »Wollte dir keine Angst machen.« Offenbar hatte Jan seinen Schrecken über das plötzliche Auftauchen nicht verbergen können.

»Schon gut«, sagte Jan.

»Ich bin Sam.« Der Vermummte hielt ihm die Hand hin. Jan schlug ein: »Hi, ich bin Jan.«

»Bist du hier, um zu helfen?«

Jan überlegte, welche Muttersprache wohl diesen wunderbar weichen Akzent zauberte, aber er kam nicht darauf.

»Oder nur zu Besuch?«

»Nur zu Besuch.«

»Willkommen in Gallien«, sagte Sam mit ausgebreiteten Armen.

»Gallien?«

»Wie bei Asterix. Wir gegen die Übermacht der Eindringlinge.«

Jan schluckte. Der Eindringling war in dem Fall wohl er.

»Wen besuchst du denn?«, fragte Sam.

Gute Frage, dachte Jan. Seine Schwester konnte er kaum erwähnen. Vielleicht hatte die hier längst allen von ihrem schlimmen Bruder berichtet, der drüben im Tagebau arbeitet und das Schaufelrad seines Baggers unaufhörlich an der

Lebensgrundlage dieses Restwaldes nagen ließ. Außerdem war es gar nicht seine Absicht gewesen, Sarah zu besuchen. Er hatte eigentlich nur Abkühlung gesucht. Oder etwa nicht?

»Soll ich dich ein bisschen herumführen?« Mit Schweigen allein schien Jan Sam nicht loszuwerden, und er war sich auch nicht sicher, ob er das überhaupt wollte.

»Ja, klar«, antwortete Jan und war vom eigenen Mut überrascht.

»Komm, ich zeige dir Oaktown. Dort bauen sie gerade eine riesige Barrikade.«

Jan wurde plötzlich mulmig zumute. Er, der Großgeräteführer im Tagebau, befand sich plötzlich mitten unter vermummten Aktivisten im Hambacher Forst und wurde von einem der Baumbesetzer abgeführt. Hatte man ihn bereits erkannt? Beobachtete man ihn vielleicht sogar heimlich bei der Arbeit, wenn er in seinem Schwalbennest hinter dem Schaufelrad saß? Waren die Ferngläser und Teleobjektive stets auf ihn gerichtet? Oder hatte Sarah ihnen sein Foto gezeigt, um vor ihm zu warnen? Wie hatte er nur so leichtsinnig sein können, alleine hierherzukommen, obwohl er doch von den Kollegen und aus der Zeitung wusste, dass er es hier mit gewaltbereiten Chaoten zu tun hatte? Erst vor wenigen Wochen hatten einige von ihnen einen Betonklotz von einer Brücke abgeseilt, die die Bahnstrecke überquerte, auf der täglich die Kohlezüge vom Lager am Rande des Tagebaus zu den Kraftwerken fuhren. Die Frontscheibe des Fahrerhauses war durchschlagen worden, der Lokführer hätte sterben können. Zum Glück war er mit dem Schrecken davongekommen. Jan war sich nicht sicher, ob das auch für ihn gelten würde. Wenn er Glück hatte, würde man ihn entführen und Forderungen stellen. Wenn er Pech hatte, würde man ihn einfach beseitigen. Zuzutrauen wäre ihnen alles.

Sam stapfte mit ihm durchs Unterholz. Seine Hand lag

locker auf Jans Schulter. Vielleicht sollte er einfach loslaufen, aber wohin? Von überall aus dem Dickicht könnten Aktivisten auftauchen und ihn zu Boden ringen. Und dann würden sie ihn fragen, wo er denn so schnell hinwollte, was er denn befürchtete, was er denn zu verbergen hätte? Ob er vielleicht von der Polizei sei? Und dann würden sie ihm sein Portemonnaie aus der Gesäßtasche ziehen und seinen Dienstausweis finden.

»Was ist eigentlich Oaktown?«, fragte er seinen potenziellen Entführer endlich und versuchte, sich seine Angst nicht anmerken zu lassen.

»Das ist ein anderes Barrio. Wir haben hier im Wald mittlerweile an zwölf verschiedenen Stellen Baumhäuser gebaut.«

Sie folgten einem schmalen Weg, der sich durch dichtes Gebüsch schlängelte, und schon standen sie inmitten eines Eichenwaldes. Jan besah sich die Häuser hoch oben in der Luft. Die alten Eichen waren Giganten mit kräftigen, geschwungenen Armen, die die Häuser trugen wie ihre Babys.

»Hier, ich zeig dir unsere Barrikade.« Sam nahm Jans Hand, und Jan ließ sich führen. Es fühlte sich verblüffend gut an. Plötzlich hatte er keine Angst mehr vor Entführungen oder Exekutionen. Im Gegenteil, an Sams Hand verspürte er eine ungewohnte Sicherheit. Sie näherten sich einer Holzplattform von der Größe eines Garagendachs, die sich, an vier Bäumen befestigt, in vielleicht sechs oder sieben Metern Höhe befand und den Eindruck vermittelte, als müsste jeden Moment ein Riese um die Ecke kommen, der sich zum Essen niederließ. Sein Tisch wäre reichlich gedeckt, denn die Plattform war gefüllt mit Aktivisten – manche von ihnen, wie Sam, mit Sturmhauben vermummt.

»Was machen die da?«, fragte Jan.

»Barrikadentraining«, erklärte Sam. »Wir müssen uns darauf vorbereiten, dass im Herbst wieder geräumt wird. RWE will weiterroden. Wir wollen es ihnen natürlich so schwer wie möglich machen, denn je länger die Räumung dauert, desto mehr Geld müssen sie ausgeben und ...« Sam hielt inne. Er sprach leise weiter, so als wäre er selbst nicht wirklich von seiner Erläuterung überzeugt: »... und vielleicht wird es ihnen dann ja irgendwann einfach zu teuer und sie lassen den Wald in Ruhe.«

Beinahe tat Sam ihm leid. Er war ein Idealist und hatte keine Ahnung, dass Jan sein Gegner war.

»Siehst du dahinten den Kollegen im Baum?«, fragte Sam und deutete auf eine weiter entfernte Eiche. »Er befestigt ein Drahtseil. Und an diesen Bäumen hier auch.« Er deutete auf drei weitere Bäume, die allesamt in großem Abstand um die Plattform herum platziert standen. »Die Drahtseile werden gespannt und halten dann eine Palette, die genau über der Plattform hier schweben wird. Darauf wird sich einer von uns anketten, wenn es ernst wird. Mit den Cherrypickern kommen sie da nicht ran, dafür ist die Plattform darunter zu breit. Sie müssen also erst auf die Plattform kommen, um alle, die sich dort angekettet haben, zu entfernen. Dann müssen sie die Plattform abreißen, und dann erst können sie versuchen, den Menschen auf der Palette einzukassieren. Aber das wird dauern. Stunden, vielleicht Tage.«

Jetzt erst bemerkte Jan, dass ihn ein Augenpaar von der Plattform aus permanent anstarrte. Jan blickte in die Sehschlitze einer pinken Sturmhaube. Er sah, wie die Augenlider zuckten, wie sich die Augenbrauen zusammenzogen. Jan verspürte den Drang, Sams Hand loszulassen, aber der hielt ihn ganz fest. Jan sah genau hin und realisierte, dass es seine Schwester war. Er war sicher, dass ihr Mund offen stand, obwohl er ihn nicht sehen konnte. Er sah nur ihren entsetzten, fassungslosen Blick.

»Hey«, sagte Sam. Und es hörte sich so an, als hätte er Jan

schon mehrfach angesprochen. Er spürte, wie Sams Hand seine drückte.

Jan sah ihn an. »Was hast du gesagt?«

»Alles in Ordnung?«

Jan sah in Sams dunkle Augen. »Warum diese Sturmhauben?«

»Sicherheitshalber. Man weiß nie, wer in den Wald kommt. Nimm es nicht persönlich. Wir hatten hier schon jede Menge Leute, die plötzlich angefangen haben, uns zu fotografieren.«

»Polizei?«

Sam zuckte mit den Schultern. »Oder RWE. Auch nicht besser.« Er zog an Jans Hand. »Willst du mal ein Baumhaus von innen sehen?«

Jan wollte und folgte Sam durch das Unterholz. Sie liefen zurück nach Gallien und stoppten vor dem Baum, von dem sich Sam abgeseilt hatte. Mit den beiden anderen, die eben noch damit beschäftigt gewesen waren, ihre schwere Fracht den Baum hinaufzuziehen und die jetzt am Boden saßen und rauchten, wechselte Sam ein paar Worte in einer Sprache, die Jan nicht verstand. Spanisch vielleicht. Oder Portugiesisch.

»Warte hier«, sagte Sam und hakte sein Geschirr in das Seil ein. Flink wie ein Eichhörnchen kletterte er hinauf, bis er oben an der Plattform angekommen war. »Ich hoffe, du bist schwindelfrei«, rief er.

»Ja, bin ich«, antwortete Jan und versuchte sofort den aufkommenden Gedanken an seine frei schwebende Kanzel zu verdrängen, in der er Tag für Tag saß und seinem Schaufelrad dabei zusah, wie es die Erde abgrub. Sam seilte sich blitzschnell wieder ab. Es sah beinahe so aus, als fiele er herab und bremste lediglich auf den letzten Zentimetern ab. Er hielt Jan ein zweites Geschirr hin und half ihm dabei, es anzulegen und festzuzurren.

Was tat er hier nur? Jan betrachtete sich selbst mit demselben fassungslosen Blick, den er bei seiner Schwester gesehen hatte. Wenn ihm eben auf dem Rad noch jemand zugerufen hätte, dass er sich jetzt in dieser Situation befinden würde, hätte er kein Wort geglaubt. Oder er wäre vor lauter Angst wieder umgedreht und hätte sich zu Hause verkrochen.

Aber Jan spielte mit. Er ließ sich von Sam einweisen. Er versuchte erste Schritte, brauchte ein paar Anläufe, aber dann hatte er den Dreh raus und schaffte es hinauf in den Wipfel des Baumes. Es war erstaunlich anstrengend. Jan atmete schwer, als auch Sam hinter ihm auf die Plattform trat.

»Hereinspaziert«, sagte Sam und deutete ins Innere des Baumhauses. Der Raum wirkte größer, als er sein konnte. Er beherbergte eine komplette Küche mit Gaskocher, Mülleimern, Schrank und Gewürzregal, außerdem eine alte Couch, ein Bett und Hunderte Kleinigkeiten: Kerzen, Messer, Bücher, Bilder, Protestbanner, die überall verteilt standen, hingen, lagen und das Innere des Baumhauses in einen eigenen kleinen Dschungel verwandelten.

»Wahnsinn.«

»Wahnsinn«, wiederholte Sam lachend. »Ist das gut oder schlecht?«

»Das ist gut«, sagte Jan, und er meinte es auch so. »Das ist gut.« Er konnte nicht aufhören, sich in dieser winzigen und doch so liebevoll ausgestatteten Wohnung hoch oben über dem Waldboden umzusehen. Er spürte, dass sein Handy in seiner Tasche vibrierte, aber Nachrichten aus der Außenwelt interessierten ihn gerade nicht.

Sam hatte seine Sturmhaube abgenommen und saß auf dem Bett. »Komm her. Ich helfe dir mit dem Klettergeschirr.« Und er begann damit, die Gurte um Jans Hüften zu lockern. »Darf ich«, fragte er und legte seine Hände an den Saum von Jans Hose. Er durfte. Und plötzlich war Jan nackt. Sam streifte sein T-Shirt über den Kopf, und Jan knöpfte ihm die Hose auf. Jan schüttelte den Kopf darüber, was hier gerade passierte, konnte selbst nicht glauben, was mit ihm geschah. Und dann gab er sich der Situation einfach hin.

Hinterher, als er den Kopf auf Sams Brust abgelegt hatte, dachte er an Lea, mit der er in der neunten Klasse geschlafen hatte, um sich selbst zu beweisen, dass es das Richtige für ihn war. Und er dachte an dieses andere Mädchen, dessen Namen er vergessen hatte. Sie war sein zweiter Versuch gewesen. Auch das war nun schon beinahe zehn Jahre her, und es war sein letzter Versuch geblieben. Es hatte sich nie wirklich gut oder richtig angefühlt. Er hatte gedacht, dass er mit körperlicher Nähe nichts anfangen konnte. Bis heute. Was er mit Sam erlebt hatte, hatte sich sehr gut und sehr richtig angefühlt. Es machte Jan glücklich und jagte ihm zugleich Angst ein. Er würde sich niemals trauen, dieses Glück in seinem Leben zuzulassen, es mitzunehmen. Es wohnte hier auf diesem Baumhaus, und Jan würde wieder gehen müssen.

Es hatte bereits zu dämmern begonnen. Das kleine Haus hoch oben im Baumwipfel lag schon halb im Dunkel der anbrechenden Nacht. Jans Blick fiel auf Sams T-Shirt, das neben dem Bett lag. Er hatte sich schon von der Sekunde an, als er Sam am Fuße seines Baumes getroffen hatte, gefragt, was der aufgedruckte Schriftzug zu bedeuten hatte. STOP REDD stand dort in riesigen roten Buchstaben auf dem schwarzen Stoff.

»Ich komme ursprünglich aus Brasilien«, erklärte Sam, der Jans Blick bemerkt hatte. »Meine Familie war dort von einem REDD-Projekt betroffen. Sie lebten als Kleinbauern in einer Gegend, in der die Leute seit Jahrhunderten immer nur so viel Holz aus dem Wald nehmen, wie sie für Feuerholz, zum Bauen und so weiter brauchen. Sie legten nur kleine Felder an und ließen den Wald immer wieder nachwachsen. Aber plötzlich wurden sie vertrieben. Man müsse den Wald wieder aufforsten, hieß es, und es wurden Plantagen von Eukalyptus und anderen schnell wachsenden Hölzern, die dort nicht heimisch sind, angepflanzt. Es ging um den Handel mit Emissionen. Die reichen Länder bezahlen die armen dafür, dass sie den Wald aufforsten, damit die reichen weiter Kohle verfeuern können.«

Jan schüttelte ungläubig den Kopf. »Wahnsinn«, sagte er.

»Ja, Wahnsinn. Aber kein guter. Menschen am anderen Ende der Welt, die nichts falsch gemacht haben, verlieren ihre Existenzgrundlage, weil man hier in Deutschland lieber Milliarden dafür zahlt, den eigenen Wald vernichten zu dürfen und die Kohle darunter zu verbrennen. Es ist nicht zu fassen.«

Jan nahm das T-Shirt in die Hände und fuhr mit dem Finger über die Buchstaben. »Ich schenke es dir«, sagte Sam, und Jan zog es ohne zu zögern an.

Als er das Baumhaus verlassen hatte, als er mit Sam zusammen zurück zu seinem Fahrrad gelaufen war, als er ihn zum Abschied noch einmal lange geküsst hatte, als er ihm versprochen hatte wiederzukommen, da sah er auf sein Handy. Es war bereits nach Mitternacht. Eine Nachricht von Sarah: ein Fragezeichen. Mehr nicht.

7

Paul hatte gehofft, einen Hinweis auf Leonores Vergangenheit, vielleicht sogar auf seinen Vater, in ihren persönlichen Dingen zu finden. Nicht einmal eine Woche hatte er abgewartet, dann hatte er alle denkbaren Verstecke durchforstet. Aber er hatte nichts gefunden. Keinen Brief, kein Dokument, kein Andenken. Leonore hatte praktisch nichts vor den Blicken anderer verborgen gehalten. Nur eine einzige Sache fand er, die ihn erst verwunderte, dann in Erstaunen versetzte und schließlich erschütterte. In einem Karton, den er ganz hinten in der untersten Schublade ihres Kleiderschrankes gefunden hatte, versteckt hinter alten Strümpfen und Unterhemden, hatte er ein paar Schuhe entdeckt. Auf den ersten Blick hatte er sie fast nicht als Schuhe erkannt, so zerschlissen waren sie. Die Naht, die das Leder mit der nur noch hauchdünnen Sohle verband, hatte sich bei beiden Exemplaren an mehreren Stellen aufgelöst. Die Absätze waren fast nicht mehr vorhanden, und nur noch einer der beiden Schuhe wurde von einem Schnürsenkel zusammengehalten. Beim anderen haftete zwischen den obersten Löchern eine rostige Sicherheitsnadel. Paul hatte sie in die Hände genommen, sie waren leicht und klein. Es hatte eine Weile gedauert, bis Paul begriff, dass dies die Schuhe waren, mit denen seine Mutter nach dem Krieg quer durch Deutschland geflohen war. Sie schienen das Einzige zu sein, das seine Mutter aus ihrer Kindheit, aus ihrer ostpreußischen Heimat hatte mitnehmen können. Sie hatte die Schuhe siebzig Jahre lang versteckt. Er fragte sich, ob Leonore sich überhaupt noch an sie erinnert hatte, ob sie sie wohl manchmal aus dem Schuhkarton geholt hatte, um sie in den Händen zu halten und sich an Schirwindt, diesen vergessenen Ort im

Osten, den die Russen nach dem Krieg dem Erdboden gleichgemacht hatten und von dem Paul nur den Namen kannte, zu erinnern.

Auch Paul versteckte etwas in einem ganz ähnlichen Karton. Auch er bewahrte ihn in seinem Kleiderschrank auf. Er hatte nie mit jemandem darüber gesprochen. Wie sollte er auch? Manchmal holte er den Inhalt heraus, nahm ihn in die Hand, betrachtete ihn verstohlen, wie um zu kontrollieren, ob noch alles vorhanden, ob noch alles so schön war wie zuvor. Der Blick in seinen Karton hatte ihn durch schwere Zeiten getragen, hatte ihm manche Sorgen erleichtert und die Angst genommen, alleine zu sein, nachdem Petra ihn verlassen hatte. Und auch jetzt, nach dem Tod der Mutter, empfand er Trost bei dem Andenken an sie, an den alten Ort, an seine Herkunft. Er hielt sein Geheimnis stets nur kurz in den Händen, dann ließ er es schnell wieder verschwinden.

Früher hatte er mit seinem Freund John oft Zuflucht im Wald gesucht. Aber das alles gab es schon seit einer Ewigkeit nicht mehr: weder den Wald noch John und auch keine Zuflucht. Manchmal, wenn ihre Route es zuließ, machte er mit seinem Kollegen Schulz Mittagspause auf der Sophienhöhe. Es war ihm nie wirklich aufgefallen, aber jetzt, da er immer öfter über seine Kindheit nachdachte, wurde ihm klar, wie wenig der Wald, den man hier auf dem künstlichen Berg angepflanzt hatte, mit dem gemein hatte, in dem er seine Kindheit verbrachte. Auch wenn man sich in den letzten Jahren Mühe gegeben hatte, die Sophienhöhe als Naherholungsgebiet zu erschließen, für Wanderer, Reiter und Radfahrer attraktiv zu machen. Man hatte Schutzhütten, Waldlehrpfade und sogar einen Römerturm erbaut, der zweihundert Meter über der ursprünglichen Römerstraße stand. Er war vielleicht das stärkste Symbol für die Künstlichkeit, für die Falschheit dieses Projektes. Die Sophienhöhe blieb eine Nachahmung. Und der angepflanzte Wald blieb nicht nur künstlich, sondern geradezu mickrig. Man hatte es mit vielen Arten versucht, genügsamen Fichten, schnell wachsenden Pappeln, aber auch nach Jahrzehnten erweckten die Bäume auf der Höhe einfach nicht den Eindruck eines Waldes.

»Es liegt am Grundwasser«, erklärte Schulz, als Paul sich bei Wurstbrot und einer Thermoskanne Kaffee über die kleinwüchsigen Gehölze ausließ. »Es gibt hier ganz einfach keins. Hier kann kein Wald entstehen, jedenfalls keiner, wie es der Bürgewald früher war.«

Sie hatten den weißen Geländewagen an einer Stelle abgestellt, an der man den kompletten Tagebau überblicken konnte. Ein Dutzend riesiger Windräder verschandelte die Landschaft. Vor sich sah Paul die Absetzer, die den Abraum zu immer neuen Schichten anwachsen ließen, und weiter hinten die Bagger, die dem letzten Rest Wald, den man am Horizont nur erahnen konnte, zu Leibe rückten. Paul wurde schlecht bei dem Gedanken, dass in einem der Bagger sein Sohn und in einem der Bäume seine Tochter saß. Seine Übelkeit nahm zu, wenn er dorthin sah, wo früher sein Dorf gestanden hatte. Vor seinem inneren Auge sah er sein Geburtshaus, das alte Nonnenstift und die Pappelreihe am Ortsausgang, dort, wo sein Freund John, den er noch immer vermisste, vor beinahe vierzig Jahren in das Erdbeerfeld geschleudert worden war. Auf der einen Seite lag seine Geschichte in Schutt und Asche, auf der anderen stand die Zukunft seiner Familie auf dem Spiel.

»Was ist los mit dir?«, fragte Schulz. »Du bist kreidebleich.«

»Nichts«, brachte Paul noch heraus, und dann übergab er sich auf den frischen, aufgeschütteten Abraum. Er wischte sich mit der Hand die Spucke aus dem Mundwinkel.

Schulz hielt ihm ein Papiertaschentuch hin. »Hast du was Falsches gegessen?«

»Wahrscheinlich«, sagte Paul trocken und hätte doch heulen können vor Wut darüber, dass es unmöglich war, seinem Kollegen gegenüber zuzugeben, wie es ihm wirklich ging. Er musste funktionieren, der Werkschutz musste aufrechterhalten werden, der Tagebau musste laufen. Es gab niemanden, mit dem er hätte teilen können, wie er sich fühlte: seine Mutter tot, sein Sohn auf dem Bagger, seine Tochter im Wald und er selbst gefangen in der Sinnlosigkeit, das Monster zu schützen, das ihn seiner Heimat beraubt hatte.

8

Seit Tagen hatte sich angedeutet, dass es bald passieren würde. Die Rodungssaison stand bevor. Noch ein Monat, dann würde RWE mit den Motorsägen anrücken, um den letzten Rest des Waldes zu fällen. Dann würden sie von hier verschwinden müssen, Sarah und all die anderen in Oaktown, Beech Town, Gallien und den anderen kleineren Barrios, die sie überall angelegt hatten. Und weil keine und keiner von ihnen vorhatte, den Wald freiwillig zu verlassen, war klar, dass es eskalieren würde, dass die Männer mit den Motorsägen nur mit Polizeischutz würden arbeiten können, dass man sie aus ihren Baumhäusern und von ihren Barrikaden würde tragen müssen.

Das alles war Sarah theoretisch bewusst, aber jetzt, da sie die weiß behelmte Hundertschaft der Polizei sah, die unter ihrem Baum aufmarschiert war, um einen Anzugträger mit Megafon zu beschützen, der den Räumungsbefehl verlas, wurde ihr ganz mulmig zumute. Seit Tagen hatten sie einander darauf eingeschworen, standhaft zu bleiben, sich nicht von den Drohungen der Bullen beeindrucken zu lassen. Aber auf den Anblick der zahllosen Uniformierten in ihren Kampfrüstungen konnte man sich nicht vorbereiten.

Von Osten her hatte Sarah am Morgen schon einmal Wortfetzen der Ansprache gehört, und während der Mann seine monotonen Worte hier wiederholte, kreischten von drüben schon die Sägen, und es krachten die Bretter, mit denen sie ihre Häuser gebaut hatten, auf den Boden. Er erzählte etwas von fehlenden Rettungswegen und mangelhaften Brandschutzmaßnahmen, und man hörte in seiner Stimme, dass ihm klar war, dass das nur vorgeschobene Gründe waren. Den ganzen heißen, trockenen Sommer über hatte man sich nicht darum geschert, dass sich die Besetzer selbst in Gefahr bringen könnten. Im Gegenteil: Man wäre wahrscheinlich heilfroh gewesen, wenn der ganze Wald einfach in Flammen aufgegangen wäre. Aber dazu war es nicht gekommen, weil sie alle peinlich genau darauf achteten, keine Zigarette wegzuschnipsen und kein Feuer auf den Petroleumkochern unbeaufsichtigt zu lassen.

Es war Mitte September, und seit Monaten hatte es endlich einmal wieder die ganze Nacht hindurch geregnet. Alles war klamm und nass und vollgesogen. Und ausgerechnet jetzt gab man ihnen noch eine halbe Stunde Zeit, die Häuser freiwillig zu räumen.

»Bitte nehmen Sie Ihre persönlichen Gegenstände mit, wenn Sie die Baumhäuser verlassen«, forderte der Sprecher die Aktivisten auf. Einige von Sarahs Freunden auf den anderen Baumhäusern verhöhnten ihn dafür. Unten auf der Plattform, die sie im Sommer errichtet hatten, um die Räumung zu erschweren, saß ein knappes Dutzend Leute und sang: »Eure Kinder werden so wie wir!« Katze, Sarahs beste Freundin, die auf der Palette oberhalb der Holzkonstruktion saß, sprang auf und stimmte in den Chor mit ein. Die Palette schwankte gefährlich hin und her, aber Katze hielt sich auf den Beinen.

Sarah war froh, dass sie sich dafür entschieden hatte, in ihrem Baumhaus auszuharren, und sich nicht auf der Plattform angekettet hatte. Es waren genügend Unterstützer von außerhalb gekommen, die die Barrikade sicherten. Ihr war nicht nach Singen und nicht nach höhnischem Lachen zumute. Sie wusste, dass sie in wenigen Stunden, wenn es gut lief in wenigen Tagen, ihr geliebtes Haus verlieren würde. Man würde es irgendwann zu ihr hinaufschaffen und sie notfalls mit Gewalt herauszerren auf einen der Cherrypicker, mit denen sie alles platt walzten, das sich ihnen in den Weg stellte. Und dann würde man ihr einen Platzverweis erteilen, oder man würde ihr weitere Gewalt antun, oder man würde sie in die Gefangenensammelstelle nach Düren oder Aachen oder wohin auch immer bringen. Das Schlimmste aber würde sein: Man würde alles vernichten, was ihr in den letzten zwei Jahren ans Herz gewachsen war. Sarah klammerte sich an den Stamm ihrer Eiche, die sanft im Wind schaukelte. »Keine Angst«, sagte sie, mehr zu sich selbst als zu dem Baum.

Irgendwann hatte der Megafon-Mann seine Ausführungen beendet und war im Schutz seiner Hundertschaft davongezogen. Auf dem Podest hatte man dazu den »Imperial March« aus *Star Wars* angestimmt, und Sarah hatte zu weinen begonnen.

Stille legte sich über Oaktown. Nur von Osten her drangen weiter der Lärm der Sägen, das Piepen der Geräte beim Rangieren und vereinzelte verzweifelte Schreie zu ihnen herüber. Jetzt hörte Sarah auch den Hubschrauber, der über dem Wald kreiste und dessen hektisches Flattergeräusch sie in den nächsten Tagen rund um die Uhr begleiten sollte.

Nach einer Weile rückten aus heiterem Himmel wieder Polizisten an. Sie trugen schwarze Helme und Kampfmontur. Die Hundertschaft umstellte in einer offenbar bis ins Kleinste durchgeprobten Inszenierung die Plattform und die Eichen, auf denen sich die Baumhäuser befanden. Sie waren umzingelt. Dann kamen die Spezialisten: Höheninterventionsteams nannten sie sich selbst. Kletterbullen hießen sie unter den Besetzern. Sie schlugen Schneisen in den Wald für ihr schweres Gerät, für die Greifer, Bagger und Hebekräne. Und dann begannen sie, ohne einen Moment des Innehaltens, ohne eine Ankündigung, mit ihrer Arbeit. Sie widmeten sich sofort der Schwachstelle des Barrios. Erst vor wenigen Tagen hatten die Aktivisten eine Barrikade aus Totholz vor einem der Bäume, auf denen ein Haus stand, errichtet, als ihnen klar geworden war, dass er außerhalb des

Baumkreises stand, der Katzes schwebende Palette trug. Der Cherrypicker mit drei maskierten Bullen streckte seine Ziehharmonikabeine aus, störende Äste wurden abgeschnitten wie verblühte Rosenblüten, und innerhalb von wenigen Minuten war die Besetzung für zwei Mitstreiter beendet. Man zog sie mit festen Griffen auf die Hebebühne, und ihre panischen Schreie hielten sich noch lange im Wald.

Alle starrten entsetzt in Richtung der beiden ersten Gefangenen von Oaktown. Niemand hatte damit gerechnet, dass es so schnell gehen würde. Sarah fragte sich, warum sie hier oben Lebensmittel und Wasser für mehrere Tage gebunkert hatte, wenn man sie doch so leicht entfernen konnte.

Die Spezialpolizisten machten sich nun auf zum Podest. Auch hier begannen sie ihre Arbeit ohne ein Wort, ohne einen Augenblick des Nachdenkens. Sie schienen sich strikt an ihren Ablaufplan zu halten.

»Die Befehle, die ihr ausführt, sind Verbrechen!«, schrie ihnen jemand ins Gesicht, als sie mit ihrem Hebekran den Rand der Konstruktion erreicht hatten und den Aktivisten, die sich dort angekettet hatten, gegenüberstanden.

»Wollt ihr wirklich dazu beitragen, dass hier weiter Kohle abgebaut wird, die das Klima anheizt?«, rief eine andere Stimme. Noch immer zeigten sich die Beamten unbeeindruckt. Routiniert bewegten sie sich jetzt selbst auf der Plattform und widmeten der ersten Angeketteten, die sie in wenigen Augenblicken unter Zuhilfenahme von harten Fixierungsgriffen und jaulenden Trennschleifern von ihren Fesseln befreit hatten und anschließend mit der Hebebühne hinabfuhren, um sie abführen zu lassen.

»In zwanzig Jahren wird man euch dafür hassen, was ihr hier tut«, rief sie noch, dann hielt man ihr den Mund zu und trug sie fort.

So ging es den ganzen Tag. Nach und nach wurden Mitstreiter um Mitstreiterin vom Podest geräumt. Aber bei einigen dauerte es so lange, dass sich irgendwann andeutete, dass Oaktown nicht an diesem einen Tag geräumt werden würde. Auch das Höheninterventionsteam schien seine festen Arbeitszeiten zu haben und verabschiedete sich, nachdem niemand mehr auf dem Podest zugegen war, von den Kollegen. Es ging auf neunzehn Uhr zu, als drei Männer von RWE mit Motorsägen erschienen und das Podest abrissen. Es wurde noch an Ort und Stelle zerkleinert und abtransportiert. Katze, die etwa drei Meter über dem Podest gehangen hatte, schwebte plötzlich fast zehn Meter über dem Boden. Sarah konnte sehen, wie sie Ausschau hielt nach den Bullen, die sie jetzt mit dem Cherrypicker holen würden, aber sie kamen nicht. Katze würde über Nacht in der Luft hängen.

»Halt durch, Katze«, rief Sarah, und andere in den Baumhäusern taten es ihr gleich. Einige der Polizisten, die noch immer rund um Oaktown postiert waren, lachten höhnisch.

Sarah konnte vor Sorge nicht schlafen. Sie hatte Angst, dass ihrer Freundin etwas passieren würde, wenn man sie räumte. Sie war noch nicht angekettet. Sie hatte vorgehabt, das Schloss erst dann einrasten zu lassen, wenn die Bullen sich ihr näherten. Sie hatte Angst gehabt, ansonsten unnötig lange in ihrer Bewegung eingeschränkt zu sein. Katze war freiheitsliebend wie wenige andere Menschen, die Sarah kannte. Die ganze Nacht dort oben verbringen zu müssen, musste für sie der Horror sein. Sich aus Sicherheitsgründen anzuketten, würde für sie nicht infrage kommen.

Sarah war im Schneidersitz zusammengesunken und saß an den Baumstamm gelehnt auf der Plattform ihres Hauses. Jetzt erst, mitten in der Nacht, fiel ihr auf, dass sie den ganzen Tag noch nichts zu sich genommen hatte, obwohl sie genügend Vorräte hatte. Sie trank von einer Wasserflasche und nagte an einem Powerball, die sie vorgestern Abend von den Unterstützern vom Wiesencamp bekommen hatte. Sie hatte das Paket am Fuß ihrer Eiche entgegengenommen, sich bedankt und war dann ein letztes Mal wieder nach oben geklettert. Es war erst dreißig Stunden her, aber es fühlte sich an wie ein anderes Leben.

Als es zu dämmern begann, saß Sarah noch immer zwischen Schlaf und Wachheit gefangen auf den Holzplanken. Es war ungewöhnlich ruhig im Wald. Die Vögel, die um diese Uhrzeit normalerweise besonders aktiv waren, schienen den Wald schon verlassen zu haben. In einiger Entfernung hörte man vereinzelte Stimmen und den monotonen Klang des Baggers, der sich Schaufel um Schaufel immer näher fraß. Sarah dachte an ihren Bruder. Ob er jetzt gerade dort drüben hinter der Abbruchkante in seiner Höllenmaschine saß und dafür sorgte, dass der Tagebau dem Wald immer weiter auf die Pelle rückte? Sie hatte ihn vor ein paar Wochen hier im Wald gesehen. Er war gemeinsam mit Sam plötzlich vor der Barrikade aufgetaucht. Hand in Hand. Sarah war Sams körperliche Art bekannt. Sie wusste, dass er seine Mitmenschen gerne berührte. Aber ihr Bruder hier im Wald Hand in Hand mit Sam, das war mehr, als sie verarbeiten konnte. Sie hatte Jan später eine Nachricht geschickt. Sie hatte wissen wollen, was er hier zu suchen hatte, warum er ihr nicht Bescheid gesagt, was es mit ihm und Sam auf sich hatte, aber sie schaffte es nicht, ihre Fragen zu sortieren, und sie hatte bis heute keine Antwort bekommen. Sam wollte sie nicht fragen. Sie befürchtete, ihren Bruder damit in Gefahr zu bringen, oder sich selbst, oder das ganze Projekt.

Sarah blickte über das Geländer ihres Baumhauses. Katze war ebenfalls gerade aufgewacht. Sarah sah, wie sie sich auf ihrer hoch über dem Boden schwebenden Palette reckte und streckte. In ihrem schwarzen Pullover und ihrer schwarzen Hose sah sie wirklich aus wie eine Katze. Ein lautes Miauen schallte als Morgengruß durch die neblige Dämmerung, gefolgt von aufbrandendem Jubel aus den umliegenden Baumhäusern. Oaktown war noch nicht bezwungen.

Als Erstes kam der Hubschrauber, dann löste eine Hundertschaft die Nachtwachen ab, und dann kamen sie wieder, die Spezialisten vom Höheninterventionsteam mit ihren Hebekränen. Sie steuerten ihr Gerät ganz nah an die Palette heran. Als sie so nahe waren, dass sie Katze beinahe an den Füßen hätten herunterziehen können, rastete sie mit einem triumphierenden Klicken ihr Schloss ein. Damit hatte sie dem Wald nach der unverhofften Nacht noch eine weitere Viertelstunde geschenkt. Dann wurde ihre Kette durchtrennt und Katze, die nicht mehr imstande war, weitere Gegenwehr zu leisten, mit dem Cherrypicker nach unten gefahren.

Anschließend kamen die Männer mit den Kettensägen zum Einsatz und widmeten sich den Bäumen, um die die Drahtseile gespannt waren.

»Ihr Schweine!«, dröhnte es von einem der Nachbarhäuser. »Warum fällt ihr die Bäume? Es reicht doch, wenn ihr die Seile kappt!« Und von den anderen Häusern stimmten weitere Besetzer mit ein: »Schweine, Mörder!«

Sarah schrie laut auf, als sie die erste Eiche fallen sah. Ihre Äste zerbarsten wie Knochen, die auf Asphalt zerschellen.

»Das habt ihr euch selbst zuzuschreiben, ihr dreckigen Chaoten«, rief einer der Arbeiter und reckte seine Faust in Richtung der Baumhäuser. Ein Toiletteneimer flog hinab und landete direkt neben einem der Polizisten in Kampfmontur.

Nach und nach fielen alle vier Eichen. Sarah war in Tränen aufgelöst. Sie fühlte sich mitverantwortlich für ihren Tod. Vielleicht hatte das Arschloch mit der Säge recht. Vielleicht hatten sie sich das wirklich selbst zuzuschreiben.

Im Laufe des Vormittags fielen alle Baumhäuser in Oaktown. Sarahs war das dritte. Alles ging rasend schnell und folgte dem immer gleichen Rhythmus: Cherrypicker fuhren an die Häuser heran, Besetzer wurden mit professionellen Griffen von ihren Häusern gezogen und hinabgefahren.

Dann kamen die Greifer und rissen alles herunter, was nicht zum Baum gehörte.

Wenigstens lassen sie diese Bäume stehen, dachte Sarah, als sich der Hebekran ihrer Plattform näherte. Sie blickte in konzentrierte Gesichter, als die Kletterbullen vor ihr auftauchten. Ihre Blicke hatten etwas Hypnotisches. Sarah hatte wochenlang Zeit gehabt, sich auf diesen Augenblick vorzubereiten. Sie hatte Widerstand zeigen wollen, hatte vorgehabt, sich anzuketten, sich nicht einfach so wegtragen zu lassen. Aber als sie jetzt die beiden Männer sah, war alles vergessen, und bevor sie sich erinnern konnte, was ihr Plan gewesen war, lag sie schon bäuchlings im Korb des Cherrypickers. Sie kniete sich hin und sah die Beamten von unten an, die sie keines Blickes würdigten. Bevor sie den Boden erreichten, packte einer sie am Arm und riss sie nach oben.

»Ihr glaubt, ihr habt gewonnen. Aber das habt ihr nicht«, sagte Sarah ganz ruhig und bestimmt.

Der Polizist rührte sich nicht.

»Ihr könnt Baumhäuser zerstören. Ihr könnt Wälder roden. Ihr könnt RWE dabei helfen, mit ihrer Kohle die ganze Erde zu verheizen. Aber das, was ich hier in den letzten zwei Jahren erlebt habe, was wir alle hier erlebt haben, so viel Gemeinschaft, so viel Liebe, das bleibt in unseren Herzen. Das könnt ihr uns nicht nehmen.« Zu ihrer Überraschung hörte der Beamte ihr zu. Er lockerte sogar seinen Griff. »Ihr könnt nicht gewinnen, weil ihr diesen Planeten genauso braucht wie wir. Ihr schaufelt nur euer eigenes Grab.«

»Komm jetzt«, sagte der Polizist und führte sie ab. Er klang beinahe verständnisvoll.

Sarah hatte keine Erinnerung an den restlichen Tag. Sie konnte nicht einmal sagen, wie sie nach Hause gekommen war. Sie wusste auch nicht, ob »Zuhause« noch der richtige Begriff war für das Haus, in dem ihr Vater und ihr Bruder lebten, in dem sie aufgewachsen war und in dem sie zuletzt zu Leonores Beerdigung gewesen war. Das war über vier Monate her. Sie hatte damals ihrer toten Großmutter zuliebe kein böses Wort gesprochen. Sie hatte die Provokationen ihres Bruders an sich abperlen lassen, sogar seine offenen Beleidigungen. Aber danach hatte sie sich zurück in den Wald begeben und keinen Kontakt mehr gesucht.

Jetzt war sie wieder hier in diesem viel zu großen Haus, stand nur mit einem Bademantel bekleidet an der Terrassentür und blickte auf die Eiche ihrer Oma. Sie hatte heiß geduscht, die mit Braunkohlestrom betriebene Waschmaschine angestellt und eine Banane gegessen. Und jetzt wollte sie nur noch schlafen. Es war später Nachmittag, und Sarah fiel in Leonores Bett in einen tiefen, traumlosen Schlaf.

Als sie aufwachte, schien ihr die Septembersonne ins Gesicht. Es war angenehm warm, aber es fühlte sich nicht richtig an. Sarah stand auf, riss das Fenster auf und genoss die frische Luft. Sie öffnete vorsichtig die Tür zum Wohnzimmer. Im Haus war es still. Lediglich die Uhr tickte leise. Wie lange hatte sie geschlafen?

Draußen auf der Terrasse hatte jemand ihre Wäsche auf den Ständer gehängt. Sie zog sich an Ort und Stelle an. Alles fühlte sich warm und frisch an – beinahe zu gut. Sie dachte an Oaktown, an ihre Freunde, ihren Baum. Sie musste zurück. Sie musste wissen, wie es weiterging im Wald. Auch wenn es ihr das Herz brechen würde.

Es war erstaunlich leicht, sich zurück in den Wald zu schleichen. Überall Bullen, hatte sie zwar noch gedacht, als sie sich mit dem Fahrrad näherte, aber natürlich konnten sie nicht jeden Zugang zum Wald sichern. Die Barrios im Westen waren zwar noch nicht geräumt worden, aber die Polizei kontrollierte die Hauptwege und hatte Beechtown und die benachbarten Baumhäuser schon umkreist.

Der Wald war nicht derselbe mit so viel Polizei. Er klang anders. Keine Tiere waren zu hören, dafür kreiste wieder der Hubschrauber. Er roch sogar anders. Die Dieselmotoren der schweren Maschinen durchzogen die Luft mit ihren Abgasen. Aber der Wald war noch immer ein Wald. Er konnte die Polizisten aushalten. Er konnte sogar das schwere Räumgerät aushalten. Selbst wenn man einzelne Bäume fällte, machte das dem Wald nichts aus. Die einzige Gefahr drohte ihm, wenn man ihn komplett räumte, seine Freunde und Unterstützer vertrieb und die Kettensägen freie Bahn hatten.

Sarah lief querwaldein bis nach Gallien. Zuerst hörte sie das Piepen der Hebekräne, dann das Aufheulen der Sägen, und dann war sie nah genug dran, um mit eigenen Augen zu sehen, wie eines der Baumhäuser zu Boden krachte. Das Geräusch schoss ihr in die Wirbelsäule und ließ sie erstarren. Von Gallien war nicht mehr viel übrig. Sie sah die Polizeikette, die sich rund um die fast schon komplett abgerissenen Baumhäuser postiert hatte. Sarah traute sich näher heran. Sie schob sich durch eine Reihe von Journalisten und stand plötzlich ganz nah am Geschehen. Sie sah durch die Reihe der Beamten hindurch, die nur wenige Schritte vor ihr postiert waren. Man war gerade dabei, mithilfe eines brummenden Motors ein riesiges weißes Luftkissen aufzublasen. Es sah fast aus wie eine Hüpfburg.

Sarah sah nach oben und erblickte Sam. Er stand ohne Sicherung, und ohne sich festzuhalten, auf der kleinen Plattform vor seinem Baumhaus.

»O Gott«, flüsterte Sarah.

»Psst!«, zischte es neben ihr.

Sarah traute ihren Augen nicht. Direkt neben ihr stand mit angsterfülltem Blick und schweißnasser Stirn ihr Bruder.

»Jan?«

»Jetzt sei doch leise, du erschreckst ihn noch!«

Sam stand unruhig auf den Holzdielen. Er tippelte auf und ab, wie ein Sportler, der sich auf den nächsten Sprung konzentriert. Sein Blick war nach vorne gerichtet. Unten näherte sich langsam einer der Cherrypicker.

»Wird er springen?«, fragte Jan.

Aber auch Sarah wusste von Sam kaum mehr als seinen Namen, und dass er aus Brasilien kam. Sie spürte Fragen in sich aufsteigen. Sie wollte wissen, warum ihr Bruder überhaupt hier war. Aber das war in diesem Augenblick unwichtig.

Sarah sah, wie der Kran immer höher fuhr. Die Spezialisten auf der Hebebühne gaben sich alle Mühe, vorstehende Äste zu umfahren, und dennoch stießen sie immer wieder gegen das Geäst. Der Baum schlug aus, das Baumhaus bebte, Sam hielt sich. Er stand breitbeinig da, verlagerte das Gewicht von einer Seite auf die andere, und als die Beamten nur noch wenige Meter unterhalb von seinem Baumhaus waren, stürzte er nach vorne und fiel genau in den Korb.

Sarah wusste nicht, ob sie aufatmen sollte oder ob er noch immer in Gefahr war. Auch Jan starrte gebannt nach oben. Es dauerte eine halbe Ewigkeit, bis das Höheninterventionsteam endlich den Boden erreicht hatte. Dann ging alles ganz schnell. Das Luftkissen war längst entfernt worden, der Cherrypicker rangierte piepend davon, Sam wurde von zwei Sanitätern durch die Bullenkette hindurch abgeführt, und dann krachte im Hintergrund sein Baumhaus zu Boden.

Gallien war gefallen.

9

Es war ein kühler Samstagmorgen im Oktober. Nebel lag über dem Land. Die Sophienhöhe sahen sie erst, als sie nördlich der Stelle, an der einmal der alte Ort Lich-Steinstraß gelegen hatte, den leeren Wander-Parkplatz durchquerten. Paul saß auf dem Beifahrersitz. Schulz steuerte.

»Heute gibt es Milchsuppe. Nichts zu sehen«, sagte Schulz, als er den weißen Geländewagen des Werkschutzes auf die Serpentinenstraße lenkte.

Paul brummte zustimmend.

Hier im Norden des Tagebaus war es vergleichsweise ruhig gewesen in den letzten Wochen. Im Süden hatte die Polizei die Protestcamps geräumt, aber noch immer kam es zu Zusammenstößen mit den Aktivisten. Die meisten Demonstranten von auswärts, die erst durch die tagelange Räumung auf die Besetzung des Waldes aufmerksam geworden waren, traten in großer Zahl auf und waren teilweise noch weniger berechenbar als diejenigen, die seit Jahren im Wald hausten. Sie brachten ihre Kinder mit, bewegten sich demonstrativ auf den Wirtschaftswegen in und um den Wald und ließen sich oftmals nur schwer dazu bewegen, dem Werkschutz Platz zu machen. Bei der Handvoll Chaoten, mit denen sie früher zu tun gehabt hatten, wussten sie, woran sie waren. Natürlich waren auch sie nicht ungefährlich. Paul hatte noch immer die stählerne Mutter in seiner Jackentasche, die damals die Windschutzscheibe durchschlagen hatte. Und die Erinnerung an die Begegnung auf der alten Autobahn im letzten Jahr mit den beiden Besetzern, von denen sich eine als Sarah entpuppte, würde er wohl kaum jemals vergessen. Dennoch hatten sie nur selten außerhalb der Baumhaussiedlungen einen von ihnen zu Gesicht bekommen. Sie hatten sich längst ins Unterholz geschlagen, wenn sie sich mit ihren auffallend lauten Autos näherten.

Nach den Regenfällen der letzten Wochen, die einem langen heißen Sommer gefolgt waren, hatten sie an der einen oder anderen Stelle Erdrutsche festgestellt und dem Betriebsförster gemeldet. Viel mehr gab es hier auf der Sophienhöhe in der Regel nicht zu tun. Als sie am Römerturm ausstiegen, nahmen sie die Spachtel, mit denen sie die angekleisterten Demonstrationsplakate von der Mauer und die zahllosen Aufkleber von den Infotafeln kratzten. Paul hatte sich abgewöhnt zu lesen, was er dort entfernte. Es war eine mechanische Handlung. Für Schulz aber war es mehr. Ihn packte bei jedem Aufkleber die blanke Wut. »Hambi bleibt!«, zischte er, wenn er den Spachtel ansetzte. Oder »Stoppt Braunkohle!«. So, als würde ein Verlesen der Botschaft im Moment ihrer Zerstörung den Sinn umkehren.

Sie hatten heute noch nicht viel getan, dennoch stoppten sie den Wagen nach einer ersten Kontrollrunde an einer Bank. Sie nahmen Platz, breiteten ihr mitgebrachtes Frühstück aus, und Paul schenkte Kaffee aus der Thermoskanne ein. Normalerweise hatte man hier eine wunderbare Fernsicht. Bestimmt zwanzig Kilometer weit konnte man sehen, wenn nicht sogar weiter. Das flache niederrheinische Land erstreckte sich bis zum Horizont. Als einzige Landmarken stachen am Horizont die Wolkentürme hervor, die aus den Kraftwerksungetümen des Braunkohlereviers aufstiegen.

Aber heute blickten sie auf eine weiße Wand. Es war, als hätte man in einiger Entfernung ein gigantisches Betttuch aufgespannt, und plötzlich sah Paul darauf den Film seiner Kindheit. Er sah den Kirchturm, die Dächer der Häuser und Höfe. Er sah das Grün zwischen den Höfen, die Obstwiesen, die Gärten. Er sah den Matthiasplatz mit der kleinen Kapelle und der Tankstelle. Die Linde und das alte Wegkreuz tauchten auf, an denen er ungezählte Male vorbeigelaufen war, wenn es ihn über die Felder gezogen hatte, und wo er später Petra zum ersten Mal geküsst hatte. Das Kreuz stand als einziges Bauwerk des ganzen Ortes heute noch dort, wo es vor hundert Jahren schon gestanden hatte.

Er dachte an den Inhalt des Schuhkartons, den er in seinem Kleiderschrank aufbewahrte, und mit einem Mal wusste er, was er zu tun hatte. Er stand auf, und ohne ein Wort zu sagen, ging er zum Auto. Schulz zeigte keine Reaktion, dachte wahrscheinlich, er hätte nur etwas im Wagen vergessen. Aber Paul stieg auf der Fahrerseite ein, schloss die Tür, drehte den im Zündschloss steckenden Schlüssel um und gab Gas.

»Hey!«, hörte er Schulz noch rufen. Seine Stimme ließ sich selbst vom aufheulenden Diesel des Geländewagens nicht übertönen. »Bist du verrückt geworden?«

Paul sah in den Rückspiegel. Als er Schulz nicht mehr hörte, war er auch schon nicht mehr zu sehen. Die Wolke hatte ihn verschluckt.

Viel zu schnell raste er die Serpentinen hinab. Er kannte jeden Meter der Strecke auswendig, er hätte sie auch mit verbunden Augen fahren können. Dennoch hatte er Glück, dass er nicht auf eine versprengte Wandergruppe stieß, die sich an einem herbstlichen Samstagvormittag nicht vom Nebel hatte abschrecken lassen. Am Fuße der Sophienhöhe bog er ab in Richtung Jülich.

Als er zu Hause angekommen war, ließ er den Motor einfach laufen, er hatte nicht vor, lange zu bleiben. Er rannte in sein Schlafzimmer, zog den Schuhkarton aus dem Kleiderschrank und verharrte einen Moment, nachdem er den Deckel abgenommen hatte. Er nahm den Inhalt beinahe zärtlich in die linke Hand. Mit der rechten wischte er Staub vom langen Mantel der Figur und streichelte ihr sachte über das Haar. Paul würde die Mutter Gottes wieder dorthin bringen, wo sie zu Hause war, wo sie hingehörte. Während er mit der Figur auf dem Beifahrersitz die Sophienhöhe umfuhr, dachte er für einen kurzen Moment darüber nach, warum er das tat. Aber er hatte keine Antwort. Er hatte die Statue damals, nachdem die letzten Bewohner das alte Dorf verlassen hatten, einfach unter seine Jacke gesteckt und mitgenommen. Und genauso spontan war nun der Entschluss gekommen, sie wieder an ihren angestammten Platz im Kreuz am Escherpfädchen, dessen Name längst genauso vergessen war wie all die Häuser und Höfe, zu bringen.

Nun stand er dort und blickte in Richtung der Wüstung, die einst sein Dorf gewesen war. Die Mutter Gottes war wieder an ihrem Platz, nur war ihr Platz nicht mehr derselbe. Der niedrige Jägerzaun, der das Wegkreuz einst eingefasst hatte, existierte schon lange nicht mehr, und die Witterung hatte dem Gestein zugesetzt. Paul hatte die weiße Figur wieder in die Nische gestellt und war ein paar Schritte zurückgetreten. Jetzt fiel ihm wieder auf, was er jahrzehntelang übersehen hatte: Ihre Füße schienen keinen Kontakt zum Boden zu finden. Es war, als hätte der unbekannte Künstler sie bewusst über den Maiglöckchen schweben lassen. Ein vergessenes Gefühl überkam ihn. Er lächelte und ging langsam zurück zum Auto.

Der Nebel hatte sich gelichtet, als Sarah den Wald zum ersten Mal nach der Räumung wieder betrat. So viel war passiert. Sie hatten alle Behausungen vernichtet. Sie hatten Schneisen geschlagen, um mit ihrem Räumgerät voranzukommen. Ein Journalist war gestorben, der an einer Dokumentation über die Besetzung gearbeitet hatte. Er war am vierten Tag der Räumung in Beechtown durch eine Hängebrücke gebrochen und abgestürzt. Man hatte die Polizeiaktion ausgesetzt, für ein paar Stunden nur, und dann hatte man einfach weitergemacht. Am Ende hatten die fleißigen Hände, die alle Hinterlassenschaften der Baumbesetzer beseitigten, sogar die spontan errichtete Gedenkstätte für den Verstorbenen vernichtet. Wenige Tage später, nachdem die Polizei wieder vollständig abgezogen war, hatte ein Gericht einen vorläufigen Rodungsstopp verhängt. Aber Sarah war nicht nach Jubel zumute. Zu viel war passiert. Zu viel war verloren gegangen. Zu wenig war noch übrig von dem Wald, den sie hatten schützen wollen.

Sie streifte durch das dichte Unterholz südlich von Gallien. Auf den Hauptwegen wimmelte es von Menschen, die aus der Bequemlichkeit ihrer bürgerlichen Existenz heraus etwas Gutes tun wollten und als Symbol gegenüber der Welt und damit sich selbst nun durch diesen kleinen Wald spazierten, der in den vergangenen Wochen so oft in den Nachrichten gewesen war.

Bei Oaktown verließ Sarah das Dickicht und trat langsam an die alten Eichen heran, die in den letzten Jahren ihr Zuhause gewesen waren. Sie sah hinauf. Vereinzelte Seile in den Ästen, hier und da noch eine Decke, ein Schlafsack und andere Artefakte erinnerten an ihre untergegangene Zivilisation. Jemand hatte die Namen, die sie ihren Häusern gegeben hatten, auf verwitterte Holzplanken gepinselt und mit Kordel an den Stämmen befestigt. *Bolo. Tower. Himmelblau.* Sarah wischte ein paar frühe Herbstblätter von ihrem Schild. Jetzt war der Name wieder gut lesbar: *Leonore.* Vorgestern noch hatte sie den Namen auf dem Grabstein ihrer Großmutter gelesen. Sie war seit der Beerdigung nicht mehr am Grab gewesen. Sie hatte einen Wald zu retten gehabt, und außerdem schien ihr der Friedhof nicht der rechte Ort für Trauer zu sein. Im Wald fühlte sie sich ihrer Oma näher. Sarah erinnerte sich an den kleinen Eichelhäher, den sie beobachtet hatte, als sie vor dem Grab stand. Der Vogel hatte sich von ihr nicht stören lassen bei seiner Arbeit. Immer wieder war er zwischen den Gräbern und den umliegenden Büschen hin und her geflattert, immer wieder war er ihr dabei erstaunlich nahe gekommen. Er schien überhaupt keine Angst zu haben. Sarah hatte dort am Grab an all die Gespräche mit Leonore gedacht, an all die Geschichten, die sie nie mehr hören würde, die sie aber bei sich trug, um sie eines Tages selbst weiterzuerzählen. Es war traurig und tröstlich zugleich. Gerade als sie gehen wollte, landete der kleine graue Eichelhäher auf dem Grabstein. Im weit aufgesperrten Schnabel trug er eine Eichel. Und dann flatterte er hinab und begrub sie im weichen Boden zwischen zwei Erika-Büschen. Leonore hatte Sarah einmal erzählt, dass man einen ganzen Wald entstehen lassen kann, wenn man genügend Eicheln an einer Stelle auslegt, wo kein Wildschwein sie fressen kann, und dann einfach den Eichelhäher den Rest erledigen lässt. Was für ein schöner Gedanke, dass der Vogel nun auf ihrem Grab eine Eiche pflanzte.

Sarah berührte zaghaft den Stamm ihres Baumes, so als müsste sie erst wieder Kontakt zu diesem riesigen Lebewesen aufnehmen, das sie in den letzten Monaten getragen hatte. Ihr Haus war verschwunden, aber der Baum war noch da. Und es würde für die alte Eiche noch einmal einen Frühling geben. So lange galt der Rodungsstopp. Und dann durfte bis zum Herbst sowieso nicht gefällt werden. Vogelschutz. Sarah amüsierte es jedes Mal aufs Neue, dass es möglich war, den Braunkohleriesen mit Kleinigkeiten wie brütenden Spechten oder schlafenden Bechsteinfledermäusen in die Schranken zu weisen, aber dass die gigantische globale Katastrophe des Klimawandels als Argument gegen weitere Rodungen nichts nutzte. Es war alles so absurd.

Plötzlich sah Sarah eine dunkle Gestalt. Sie zuckte kurz zusammen, aber dann erkannte sie sie trotz der Sturmhaube. Sarah und Katze umarmten einander lange und schweigend. »Kommst du mit?«, fragte Katze. »Es geht gleich los.«

Sarah nickte stumm und nahm den weißen Maleranzug entgegen, den Katze ihr hinhielt. Auf einmal sah sie von überallher Menschen in weißen Overalls kommen. Sie zählte sechs, acht, bald ein Dutzend Leute, die den Wald allesamt in eine Richtung durchstreiften. Es war ein Zeichen: ein Neubeginn in den Zeiten nach der Zerstörung. Nichts war gewonnen, aber noch war auch nicht alles verloren. Der Kampf würde weitergehen. Sarah fühlte sich unendlich leicht. Sie stand da auf dem weichen Waldboden mit dem weißen Anzug unter dem Arm. Beinahe schien sie zu schweben.

Für Jan ging die Schicht bald zu Ende. Noch eine Stunde, dann sollte die Ablösung der Spätschicht kommen. Seit heute Morgen hatte er wie üblich den Tag in seiner kleinen Kanzel verbracht, die sich links am vorderen Ausleger des Stahlkolosses befand. Eine Hand am Joystick, den Blick stur nach vorne auf das riesige Schaufelrad gerichtet. Ab und zu Kontrollblicke auf die Instrumente, die Monitore mit den Abbauplänen und den aktuellen Koordinaten. Wie immer hatte er sich mit Guido, dem alten Hasen, dessen Stammplatz das rechte Schwalbennest war, abgewechselt. Alle zwei Stunden tauschten sie die Ruder. Zu ermüdend und gleichzeitig verantwortungsvoll war die Arbeit am Steuer des Riesenbaggers. Heute Morgen auf der Fahrt hatte der Nebel den Tagebau komplett eingehüllt. Jan hatte nur einen schmalen Ausschnitt der Wand, an der das Rad nagte, sehen können. Aber jetzt war der Tag aufgeklart, und die Spitzen der Bäume ragten über die Abbruchkante. Erste Herbstfarben hatten sich unter das Grün gemischt, und gemeinsam mit dem kräftig blauen Himmel ergab sich ein buntes Bild oberhalb des Erdreiches, das abzutragen Jans Aufgabe war.

Er hatte in den letzten Monaten viel an Sam gedacht, der dort drüben im Wald gelebt hatte, bis man ihn im September mit allen anderen vertrieben hatte. Mehr als einmal hatte Guido ihn in die Realität zurückgerissen und über Funk angeschrien, er solle doch aufpassen, er ruiniere noch das Getriebe des Rades, wenn er nicht achtgab. »Träumer!«, hatte er ihn dann wieder gescholten. Aber das monotone Drehen des Schaufelrades, das Brummen der Maschine, der Blick auf die immergleichen Furchen, all das hatte seine sowieso schon zu Flüchtigkeit neigenden Gedanken davonschweben lassen.

Im Sommer hatte er Sam oft im Baumhaus besucht. Jedes Treffen war ungeheuer faszinierend und aufregend gewesen. Jan fühlte sich zu ihm hingezogen, wie er sich noch nie zuvor zu einem Menschen hingezogen gefühlt hatte. Je stärker dieses Gefühl wurde, desto schwieriger fiel es ihm, sich auch nur für einen kurzen Moment auf alltägliche Dinge wie die korrekte Distanz des Schaufelrades zum abzutragenden Abraum zu konzentrieren. Seine Tätigkeit erschien ihm immer absurder. Der Mensch, den er begehrte, den er möglicherweise sogar liebte, saß nur wenige Hundert Meter entfernt auf seinem Baum, und die größte Bedrohung für ihn war er, Jan, selbst.

Im August war er zum letzten Mal im Baumhaus gewesen. Als er zum Abschied erwähnte, dass er am nächsten Tag wieder früh aufstehen müsste, hatte Sam ihn unvermittelt nach seiner Arbeit gefragt. Jan, beflügelt von der Intimität, die er mit Sam genoss, und gleichzeitig tief im Zwiespalt festsitzend, glaubte, endlich ehrlich sein zu können.

Sam hatte lange mit offenem Mund dagesessen. »Warum?«, hatte er nur geflüstert, und Jan hatte ihm erzählt, wieso er im Tagebau angefangen hatte, warum er sich zum Großgeräteführer hatte ausbilden lassen, warum er Sam bislang davon nichts erzählt hatte. Aber keine der Erklärungen waren eine Antwort auf Sams Warum. Ihm waren Tränen über die Wangen gelaufen, als er Jan schweigend bedeutet hatte, sein Baumhaus jetzt und – Jan verstand die Geste auch ohne Worte – für immer zu verlassen. Anschließend war die Arbeit nicht leichter geworden. Seine sowieso schon kaum mehr vorhandene Konzentrationsfähigkeit wurde durch die Tatsache, dass Sam ihn nie mehr wiedersehen wollte, derart in Mitleidenschaft gezogen, dass es für die Sicherheit des Baggers besser gewesen wäre, man hätte eine ungelernte Kraft ins Führerhaus gesetzt. Guido hatte seine Verfassung mittlerweile als dermaßen bedenklich eingestuft, dass er selbst beinahe die ganze Schicht durcharbeitete und Jan nur noch in seinen Pausen an den Joystick ließ. Er hatte ihn zur Seite genommen und ohne mit der Wimper zu zucken gefragt, ob er Liebeskummer habe. Jan hatte genickt.

Seit Wochen schon trug Jan heimlich unter seiner Arbeitsjacke das T-Shirt, das Sam ihm geschenkt hatte. Es am Körper zu tragen fühlte sich ein klein wenig so an, als würde Sam ihn berühren.

Wenigstens war der Wald nach dem Rodungsstopp vorerst in Sicherheit. Der Gerichtsentscheid war bei seinen Kollegen auf Entsetzen gestoßen. Wenn nicht gerodet würde, käme der Tagebau eher früher als später zum Stillstand. Und was das bedeutete, wollte sich lieber niemand so genau ausmalen. Jan aber verspürte eine riesige Erleichterung, denn so würde er zumindest vorerst nicht in die Verlegenheit geraten, den frisch gerodeten Wald, den Ort seiner frisch vergangenen Liebe, abbaggern zu müssen.

Jan blickte hinauf zur Abbruchkante. Er hatte nicht damit gerechnet, heute noch jemand anderen zu sehen als die Kollegen von der Spätschicht. Die weißen Gestalten wirkten wie aus einer anderen Welt. Sie trugen Maleranzüge mit Kapuzen, ihre Gesichter waren mit Masken oder Tüchern verhüllt. Jan sah ihnen fasziniert dabei zu, wie sie geschickt die frisch abgebaggerte Böschung herabkletterten. Es waren bestimmt zwei Dutzend Leute. Er fragte sich, ob seine Schwester und Sam auch dabei waren.

»Scheiße«, hörte er Rolle über Funk. »Die wollen den Bagger besetzen.«

Und dann erklang auch schon Guidos Stimme aus dem Megafon: »Verlassen Sie sofort das Tagebaugelände! Sie begeben sich in Lebensgefahr!«

»Werkschutz ist alarmiert«, hörte er Christian über das Funkgerät.

»Der Werkschutz ist alarmiert«, wiederholte Guido durch das Megafon. Es war selbst durch den metallisch verzerrenden Lautsprecher deutlich zu hören, dass seine Stimme bebte. Er musste es als persönliche Beleidigung empfinden, dass diese Menschen seine Arbeit störten. Er sah sein Lebenswerk in Gefahr. »Verlassen Sie sofort den Tagebau!«, schrie er. »Das ist Landfriedensbruch!«

Es half nicht. Im Gegenteil. Von oben rückten immer mehr Menschen nach. Das waren nicht mehr nur eine Handvoll Aktivisten, die sich ihnen entgegenstellten, sondern eine breite Front. Jan sah Familien mit Kindern, alte Menschen.

Er wusste, dass er den Antrieb des Schaufelrades längst hätte abschalten müssen, und auch über das Funkgerät schallte es ununterbrochen: »Abschalten! Abschalten! Klimkeit, du Träumer, schalt die Maschine ab!«

Aber Jan träumte nicht. Zu lange hatte er seit dem Sommer Zeit gehabt, über das, was er tagtäglich hier tat, nachzudenken. Und unter dem monotonen Surren und Schaukeln der Schaufeln und des Förderbandes hatte er heimlich einen Plan gefasst. So heimlich, dass er zunächst nicht einmal selbst davon Notiz genommen hatte. Aber irgendwann war ihm klar geworden, dass er längst wusste, was er zu tun hatte, und als die Menschen in den Overalls sich dem Bagger näherten, Hunderte Unterstützer und Zuschauer in ihrem Rücken, da begriff er, dass heute der Tag sein würde.

Er verriegelte die Tür seiner Fahrerkabine, das Funkgerät

stellte er ab. Er musste schnell handeln, bevor einer der Kollegen auf die Idee kam, den Notschalter zu betätigen, aber offensichtlich waren sie zu sehr damit beschäftigt, sich vor den näher kommenden Aktivisten zu fürchten. Jan atmete tief durch. Er wusste, dass dies seine letzte Handlung als Großgeräteführer sein würde, und er konnte nur hoffen, dass er das Richtige tat. Langsam bewegte er den Joystick nach vorne. Mit den Pedalen steuerte er den Ausleger, das Rad und den ganzen Bagger Zentimeter für Zentimeter nach vorne. Die Schwenkvorrichtung hatte er deaktiviert, sodass sich die Schaufeln nun geradeaus in die Wand fraßen. Er drückte den Hebel durch. Der Ausleger begann zu schaukeln. Jan wurde in seinem Sitz auf und ab geschleudert. Der Koloss aus Stahl stöhnte und ächzte, der sandige Abraum wurde umhergewirbelt. Die Schaufeln waren nun viel zu nah an der Wand, wurden viel zu schnell gefüllt.

Jan fluchte. Unten sah er die ersten Aktivisten schon auf den Bagger zulaufen. Wenn er den Bagger jetzt nicht abschaltete, waren sie wirklich in Lebensgefahr. Aus dreißig Metern Höhe herabfallender Abraum würde sie erschlagen und unter sich begraben. Er hatte nicht gedacht, dass es so lange dauern würde, aber der Bagger bäumte sich in seinem Todeskampf auf. Jan konnte sich kaum mehr im Sitz halten, so sehr schwankte und pendelte die Kanzel, von der aus er dem Bagger den Garaus machte.

Plötzlich stand Guido neben der Tür und pochte wild dagegen. Er schien Mühe zu haben, sich auf den Beinen zu halten. Jan sah in sein entsetztes Gesicht, als plötzlich ein ohrenbetäubendes Jaulen ertönte, der Todesschrei des Stahlriesen. Das gigantische Schaufelrad wippte auf und ab, schlug von links nach rechts. Und dann, mit einem kaum auszuhaltenden Krachen, blieb es einfach schief in der Wand stecken.

Jan starrte auf das stillstehende Rad. Er hatte dem gefräßigen Monster das Genick gebrochen. Plötzlich war es so still, dass er sein Herz schlagen hörte.

Der alte Kollege vor der Tür glotzte einfach nur nach vorne in das völlig entstellte Schaufelrad. Vierzig Jahre lang hatte Guido seinem Kätzchen beim Schnurren zugesehen, und nun stand das Rad einfach still.

Als Jan die Tür des Fahrerhauses öffnete, hörte er Jubel.

»Komm mit, Guido«, sagte er. »Unsere Zeit ist vorbei.«

DANKSAGUNG

Viele Menschen hatten an der Entstehung dieses Buches ihren Anteil. Besonders erwähnen möchte ich Thorsten Basche, Frank Finken, Sebastian Hesse, Katharina Hierling, Sabine Langohr, Helena Trowe und Heinz-Werner Wagner, ohne die es nicht denkbar gewesen wäre. Vielen Dank euch!